DER BERGISCHE KRIMI

7

Edgar Noske, Jahrgang 1957, lebt als freier Autor in Niederkassel. Im Emons Verlag erschienen von ihm bisher die Kriminalromane »Nacht über Nippes«, »Über die Wupper«, »Bitte ein Mord«, »Tote Rosen«, »Rittermord«, »Der Bastard von Berg«, »Der Fall Hildegard von Bingen« und »Lohengrins Grabgesang«.

Dieses Buch ist ein Roman. Handlungen und Personen sind frei erfunden. Ähnlichkeiten mit lebenden oder toten Personen sind rein zufällig oder durchaus beabsichtigt.

Edgar Noske

Mitten ins Herz

Emons Verlag

Umschlaggestaltung: Atelier Schaller, Köln
Umschlagzeichnung: Heribert Stragholz
Umschlaglithografie: Media Cologne GmbH, Köln
Druck und Bindung: Clausen & Bosse GmbH, Leck
Printed in Germany 2001
ISBN 3-89705-216-4

www. emons-verlag.de

Für

Anne, Annegret, Annick, Bernard, Bernd,
Brigitte, Carole, Catherine B., Catherine V.,
Christine, Claudine, Dominique, Erika,
Evelyn, Franciane, François, Frank-Peter,
Frederic, Gilles, Gundel, Heike, Holger,
Isabelle, Jean-Louis, Karin, Klaus, Laurent,
Lydie, Marie-Pascale (†), Marliese, Martina,
Matthias, Michael A., Michael R., Michaela,
Michel, Moisette, Nicole, Philippe C.,
Philippe D., Ralf (†), Robin, Romy, Sigrid,
Sylvie, Uschi, Valerie, Veronique
und für mich

Liste der Hauptpersonen

Die Deutschen

Rüdiger Neuhaus, 45, Finanzberater
Tamara Neuhaus, geb. Voßwinkel, 43, Hausfrau
Heinzmario vom Stein, 45, Bürgermeister von Wermelskirchen
Dr. med. Beatrice vom Stein-Zulauf, geb. Zulauf, 43, Frauenärztin
Margot Cacciatore, geb. Jäger, 43, Kriminalhauptkommissarin
Eleonore Jäger, geb. Faßbender, 73, Witwe
Thomas Frowein, 43, Autohändler
Daniela Frowein, geb. Hulverscheidt, 44, Hausfrau

Die Franzosen

Thierry Vigneron, 43, Elektronikgroßhändler
Yvette Vigneron, geb. Roland, 43, Hausfrau
Gilbert Marchais, 44, Fernsehmoderator
Jean-Marcel Fresson, 25, Gigolo
Ophelie Desloges, 44, Bürgermeisterin von Loches
François Belbec, 39, Geiger
Roger Thibault, 44, Elektrohändler
Solange Thibault, geb. Austerlitz, 42, Hausfrau

Schloßbesuche am laufenden Band

Klasse 11 a/b des Gymnasiums berichtet aus Loches / Volles Programm

Fasst beendet ist der Aufenthalt der Klasse 11 a/b des Wermelskirchener Gymnasiums in der zukünftigen Partnerstadt Loches (Mittelfrankreich). Hier ein Bericht der Schüler, die am 5. Mai starteten:

„Mit dem Bus ging es schon um 7 Uhr nach Köln, von dort mit dem Zug über Aachen, Lüttich, Paris bis Tours. Da wir in Paris einige Stunden Aufenthalt hatten, ließen wir es uns natürlich nicht nehmen, einige Sehenswürdigkeiten, wie dem Triumphbogen, dem Loevre und dem Place de la Concorde mit dem Obelisken, den Napoleon seinerzeit aus Ägypten mitgebracht hat, einen kurzen Besuch abzustatten.

Gegen 19 Uhr setzten wir uns in den Zug nach Tours, wo wir dann von unseren französischen Partnern empfangen wurden. Ein Bus stand bereit, der uns schließlich an unser Reiseziel bringen sollte. So kamen wir dann gegen 23 Uhr ziemlich müde in Loches an. Die Hinfahrt wurde offiziell mit einem Umtrunk im Hotel de la Ville abgeschlossen.

Von nun an war jeder auf sich selbst gestellt. Jetzt hieß es, die mühevoll gepaukten französischen Sprachkenntnisse, teilweise auch -unkenntnisse an den Mann zu bringen. Anfangs machte man sich mehr durch Gestik als durch Worte verständlich, aber schließlich überwog doch die Sprache, zumal unsere französischen Partner fleißig zu reden begannen.

Am nächsten Morgen, wie auch an den meisten folgenden, nahmen wir am Unterricht teil. Die Deutschstunden wurden verständlicherweise bevorzugt. Hier wird man sich der Schwierigkeiten bewußt, auf die Ausländer beim Erlernen der deutschen Sprache stoßen.

Doch, wie gesagt, nehmen wir nicht nur am Deutschunterricht, sondern auch an Fächern wie Mathematik, Englisch oder Geschichte teil. Einige von uns wagten sich sogar in die Französischstunde, gaben nachher allerdings zu, sehr wenig verstanden zu haben.

Doch so wißbegierig, wie es hier erscheint, sind wir nun auch wieder nicht. Oft lassen wir eine oder zwei oder ... Unterrichtsstunde(n) aus und gehen in die Stadt, um uns von den Anstrengungen zu erholen.

Für nachmittags stehen meistens Besichtigungen oder irgendwelche Ausflüge auf dem Programm. So haben wir natürlich zunächst einmal Loches, sein Schloß und eine alte Festung, genannt Donjon, besichtigt.

Da die größten Sehenswürdigkeiten der Umgebung von Loches ohne Zwiefel die Loireschlüsser sind, blieb es natürlich bei der einen Schloßbesichtigung; es folgen noch Blois und Chambord und ein Schloß in Tours. In Tours haben wir nicht nur viel über die Geschichte Frankreichs gelernt, sondern bei mehreren Betriebsbesichtigungen auch einiges über die Champignonzucht, über die Herstellung von Schokolade und andere Süßigkeiten und — nicht zu vergessen — über die Fabrikation von Verkehrsschildern erfahren.

Man sieht, das Programm ist ziemlich umfangreich, und wenn man bedenkt, daß außer alldem auch noch Tanzabende und Unternehmen in den einzelnen Familien stattfinden, ist es nicht verwunderlich, daß wir erst jetzt etwas von uns hören lassen.

An dieser Stelle möchten wir uns schon einmal recht herzlich bei Herrn Brokmeier und Herrn Puéchavy bedanken, deren Organisation und langjährige Zusammenarbeit uns all diese Ausflüge, Besichtigungen und außerdem einen guten Einblick in das Leben und die Arbeit der Franzosen ermöglichen. Ein weiteres Lob sprechen wir unseren Begleitern Frau Dohrmann und Herrn Joest aus."

23 lycéens de Wermelskirchen à Loches pendant deux semaines

Le groupe de lycéens allemands devant le pavillon du tourisme, avant de partir pour la visite du logis royal

Comme chaque année, des lycéens allemands de Wermelkirchen sont arrivés à Loches où ils suivront tous les matins les cours au lycée Alfred-de-Vigny, dans le cadre des échanges entre les deux lycées qui furent à l'origine de l'idée de jumelage de deux villes.

Les 23 jeunes gens, accompagnés de deux professeurs, Mlle Lohrmann et M. Joest, arrivés dimanche soir se sont installés dans les familles de leurs correspondants lochois.

Après leurs cours et les jours de congés, ils visiteront la Touraine et participeront à des rencontres avec les jeunes Lochois.

Hier après-midi, ils ont visité le logis royal. Ce soir ils assisteront à la séance du Ciné-Club lochois et ils se rendront demain à Blois.

Der Wetterbericht hatte Sonnenschein von Sizilien bis Spitzbergen gemeldet. In ganz Europa stöhnten die Menschen angesichts des heißesten und trockensten Mai seit Beginn der Wetteraufzeichnungen.

In ganz Europa? Nein.

Bei einundfünfzig Grad acht Minuten nördlicher Breite und sieben Grad vierzehn Minuten östlicher Länge türmten sich schwarzgraue Wolkenpakete und regneten ab. So heftig, daß die Regenwürmer aus der Erde kamen, um nicht abzusaufen.

Der Ort, an dem sich dieses Phänomen ereignete, hieß Wermelskirchen.

*

Die Villa hätte sich durchaus als Kulisse für eine Neuverfilmung von »Vom Winde verweht« geeignet. Das Drumherum allerdings weniger, denn statt Baumwollfeldern erstreckte sich vor dem Portal die Thomas-Mann-Straße. Dazu gab es vis-à-vis ein Backsteingebäude mit einer Werbetafel, auf der Berti Vogts mit seinem Gesicht für ein Mittel gegen Verstopfung warb.

Ein Ausblick, den sich Thomas Frowein seit einer Viertelstunde antat, denn so lange stand er bereits am Fenster und starrte hinaus. Gekleidet war er wie einer, den Muttern fein gemacht hatte: kleinkarierte Hose, fil-à-fil-gestreiftes Hemd und ein rautenförmig gemusterter Pullunder. Letzterer stammte aus dem Hause Burberrys, wie der hochstehende Einnäher belegte.

Spiegelte Thomas' Gesicht zumeist die tiefe Resignation eines Mannes wider, der sich damit abgefunden hatte, daß das Leben für ihn vorzugsweise Arschtritte bereithielt, war seine Miene an diesem Nachmittag darüber hinaus von völliger Hoffnungslosigkeit bestimmt. Zeitweilig ähnelte sie sogar der des Werbeträgers auf der anderen Straßenseite. Nur ließ sich, was ihn bedrückte, nicht mit »Darmfrei!« kurieren.

»Du bist ja schon zu Hause«, sagte Daniela, als sie das Wohnzimmer betrat, wobei sie zur Straffung ihrer Waden wie immer auf den Ballen lief. »Ich habe dich gar nicht kommen hören.«

Gehüllt in einen blütenweißen Bademantel, der mit dem Logo eines US-amerikanischen Automobilherstellers bestickt war, zog sie eine Duftwolke Zedernöl wie eine unsichtbare Schleppe hinter sich her. Ihre Figur war nach wie vor ansehnlich – ein kleiner Ausgleich dafür, daß sie keine Kinder bekommen konnte –, dafür ließ der gegerbte Teint auf eine unvernünftig intensive Nutzung des Solariums schließen. Mochte der asymmetrische Haarschnitt zwischen Wupper und Sieg auch als Dernier cri gelten, anderenorts wurde er bestenfalls getragen, um ein fehlendes Ohr zu kaschieren.

»Ja«, sagte Thomas, ohne sich umzuwenden. »Ich habe es im Geschäft nicht mehr ausgehalten.«

»Ist irgend etwas passiert?«

»Nichts Besonderes. Außer, daß der Konzern den Händlervertrag gekündigt hat.«

»Wie bitte?« Daniela sank auf den nächstbesten Sessel. »Sag, daß das nicht wahr ist.«

»Und wie wahr das ist.« Thomas zog ein zerknülltes Blatt aus der Hosentasche und warf es seiner Frau in den Schoß. »Da, lies selbst. Das Fax kam vor einer Stunde. Nicht einmal Briefporto sind wir denen noch wert.«

Daniela glättete das Thermopapier und überflog den Text. »... Neuausrichtung des Unternehmensprofils ... Verankerung im Premiumsegment ... Umstrukturierung des Vertriebsnetzes ... Präsentationsdefizit Ihrerseits ... zu unserem außerordentlichen Bedauern ... Mein Gott, wir haben den Salon doch erst im letzten Jahr für eine halbe Million umbauen lassen!«

»Auf Drängen der gleichen Herren, die uns nun eiskalt abservieren. Ich habe die Worte dieses Cowboys noch im Ohr, als er sagte: ›Tja, Mister Frowein – oder darf ich Tom sagen? –, wenn Sie an einer langfristigen Cooperation mit unserer Company interessiert sind, dann müssen Sie investieren.‹ Genau das haben wir getan. Und kein Jahr später stellt sich heraus, daß das alles für die Katz gewesen ist.«

»Das stehen wir durch«, sagte Daniela und reckte das Kinn, als gelte es im Spalier einer geifernden Menge Contenance zu bewahren. »Das stehen wir durch, Tommy.«

»Dein Optimismus in Ehren, Dani, aber das ist doch Pfeifen im Räuberwald.«

»Nein, Tommy. Du wirst sehen, alles wird gut.«

»Du hörst dich an wie diese Fernsehtante.«

»Man muß immer positiv denken, das sagt auch Peter Lauster.«

»Der hat gut reden, dem hat man bestimmt nicht seine Existenzgrundlage entzogen.«

»Die einen gehen, die anderen kommen. Zur Not verkaufen wir eben Koreaner.«

»Die Umstellung würde uns mehr kosten, als wir noch haben, Dani.« Thomas knallte sich den Handballen vor die Stirn. »Oh, was bin ich für ein lausiger Geschäftsmann!«

»Tommy!« Daniela sprang auf und hängte sich an seinen Arm. »Du darfst dir nicht weh tun. Du weißt doch, ich kann schon nicht sehen, wenn du Nägel kaust.«

»Es ist ja nicht allein wegen der Autos. Im Keller türmen sich die Kisten mit den Saurierfiguren und Tamagotchis. Und ob das mit den Kickboards eine gute Idee war, bezweifle ich inzwischen auch. Nächste Woche werden die ersten fünfhundert geliefert. Womöglich bin ich auch da zu spät aufgesprungen.«

»Du wägst eben immer sehr sorgfältig ab. Das ist eine durchaus löbliche Eigenschaft.«

»Vielleicht für einen Beamten.«

»Bitte sag so etwas nicht.«

Sie umschlangen einander wie Verzweifelte auf einem sinkenden Luxusliner, wobei Daniela die Gelegenheit nutzte und den vorwitzigen Einnäher zurückstopfte. Nur wenig später kribbelte Thomas der Duft des Badezusatzes in der Nase. Er mußte niesen.

»Deine Hausstauballergie?«

Thomas nickte.

Während er sich schneuzte, trat Daniela hinter den Sessel und strich über den Lehnenschoner aus Chintz.

»Was glaubst du, wieviel es kosten würde, mit den Koreanern ins Geschäft zu kommen?« fragte sie.

»Was weiß ich – bestimmt an die hunderttausend.«

»Und wieviel schuldet Rüdiger uns noch?«

»Das weißt du doch selbst: zweihundert.«

»Dann ist jetzt der Zeitpunkt gekommen, Heinzmario um seine Unterstützung zu bitten. Wozu hat man schließlich Parteifreunde?«

»Du vergißt, daß auch Rüdiger unserer Partei angehört, und weiß der Teufel wer alles aus dem Ortsverein mit ihm Geschäfte macht. Da gerät man schnell in ein Minenfeld. Nein, ich werde zunächst noch einmal selbst mit Rüdiger sprechen. Ihm sozusagen eine letzte Chance geben, bevor ich die Sache an die große Glocke hänge.«

»Hat er so viel Rücksichtnahme verdient?«

»Natürlich nicht. Aber es wäre ausgesprochen unklug, Heinzmario hinzuzuziehen, solange ich nicht noch diesen einen Versuch unternommen habe. Das macht sich besser, glaube mir.«

Die ausstehenden zweihunderttausend hatten mit dem Verkauf der Hulverscheidtschen Apotheke zu tun, die im sogenannten Bermuda-Dreieck, dem Herzen der Wermelskirchener Innenstadt, lag. Das Haus war Danielas Elternhaus und das Geburtshaus ihrer Mutter, ihres Großvaters und Urgroßvaters. Im Erdgeschoß hatten ihre Eltern bis zu ihrem unerwartet zeitigen Ableben vor zwei Jahren eine der ältesten Apotheken der Stadt betrieben. Anschließend hatten Daniela und Thomas das Geschäft verpachtet, aber der Pächter war ein Rüpel gewesen und hatte es sich mit sämtlichen Kunden verdorben, so daß er nach nur einem Jahr hatte aufgeben müssen. Danach hatte das Ladenlokal leer gestanden. Nach mehreren Angeboten unter Marktwert hatte Rüdiger ihnen im letzten Herbst überraschend achthundertfünfzigtausend Mark für Haus und Grundstück geboten. Da zu der Zeit das Autohaus auf Druck des Konzerns modernisiert werden mußte, hatten sie zugegriffen.

Keinen Monat später hatte Rüdiger das Anwesen für eineinviertel Millionen weiterveräußert. Als Daniela und Thomas das erfuhren und dann auch noch herauskam, daß Rüdiger den Käufer bereits an der Hand gehabt hatte, als er ihnen sein Angebot unterbreitet hatte, fühlten sie sich übervorteilt. Zur Rede gestellt, gab Rüdiger sich zunächst stur. Erst als Thomas damit gedroht hatte, dem endgültigen Käufer die Augen zu öffnen, hatte er eingelenkt. Schließlich hatten sie sich auf fifty-fifty geeinigt. Ein Betrag, auf den die Froweins seit fünf Monaten vergeblich warteten.

»Du solltest jetzt gleich mit Rüdiger sprechen«, sagte Daniela. »Unangenehmes erledigt man am besten sofort.«

»Dafür bin ich nach dem Schock der Kündigung zu aufgewühlt. Ich hoffe, er kommt zu dem Treffen mit den Lochern. Dort ergibt sich gewiß eine Gelegenheit.«

»Oder soll ich mit ihm reden?«

»Das kommt überhaupt nicht in Frage!« fuhr Thomas auf. Im gleichen Augenblick schämte er sich für seinen Ausbruch. »Lieb von dir, Dani, aber das ist nicht nötig.«

Daniela lächelte. »Du bist noch immer eifersüchtig, stimmt's?«

»Ich weiß beim besten Willen nicht, was du meinst.«

Sie trat vor ihn hin und fuhr mit dem Zeigefinger sein Kinn entlang. »Du weißt sehr genau, was ich meine, Thomas Frowein. Die Fete am Hohen Stein.«

»Was für eine Fete am Hohen Stein?«

»Ich spreche von der Woche nach dem Abi.«

»Ach so, die meinst du. Du liebe Güte, das ist doch fünfundzwanzig Jahre her.«

»Und noch immer bist du eifersüchtig, weil ich an dem Abend mit Rüdiger geknutscht habe.«

»Quatsch!«

»Leugne nicht, ich weiß es besser«, sagte sie und zog seinen Kopf zu sich heran. »Dafür liebe ich dich.«

Sie küßten sich. Zunächst verhalten, dann zunehmend leidenschaftlicher, bis Daniela plötzlich »Aua!« sagte.

»Entschuldigung«, sagte Thomas und nahm die Hand von ihrer Brust. »Wie gedankenlos von mir. Tut es noch weh?«

»Ein bißchen. Beatrice meinte, zwei Wochen bräuchte die Wundheilung.«

Thomas räusperte sich, trotzdem blieb der Kloß, den er im Hals hatte, unüberhörbar. »Wann bekommst du eigentlich das Ergebnis?«

»Vielleicht schon am Wochenende.« Daniela kniff ihn in die Wange. »Jetzt mach nicht so ein Gesicht. Alles wird gut.«

Der Ausblick von der zweitobersten Etage der Grand Arche war atemberaubend. Avenue Charles de Gaulle, Avenue de la Grande Armée, der Triumphbogen, Avenue des Champs Elysées, der Obelisk, die Tuilerien und der Louvre mit der in der Morgensonne wie ein Tausendkaräter glitzernden Glaspyramide lagen dem Betrachter zu Füßen wie mit dem Lineal – was heißt Lineal: wie mit dem Laserstrahl ausgerichtet. Wer hier oben sein Büro hatte, hatte es geschafft.

Gilbert Marchais gehörte nicht dazu. Dafür aber sein Programmdirektor bei Antenne Plus, Lucien Porcelaine, hinter vorgehaltener Hand Porcelet genannt.

»Nimm Platz, mein lieber Gilbert«, sagte Lucien und wies auf den Besuchersessel vor dem Schreibtisch. »Kaffee? Cognac? Ein Glas Veuve Cliquot?«

Klein und fett wirkte Porcelaine auf dem monströsen Direktorensessel wie ein übergewichtiges Kind, das verbotenerweise auf Papas Platz geklettert war, um Chef zu spielen. Obwohl die Klimaanlage einen Eissturm produzierte, glänzte sein Gesicht schweißnaß. Daß er und Gilbert der gleiche Jahrgang waren, war unbegreiflich. Porcelaine sah glatt zwanzig Jahre älter aus.

»Nur ein Perrier«, sagte Gilbert, setzte sich und schlug die Beine übereinander, sorgsam darauf achtend, daß die Bügelfalte in der Kniemitte saß.

Wie immer war er, der bereits zweimal die Wahl zum attraktivsten Fernsehmoderator Frankreichs gewonnen hatte, wie aus dem Ei gepellt. Allein mit dem Geld, das die Schuhe gekostet hatten, bestritt eine vierköpfige Familie für gewöhnlich ihren Jahresurlaub.

Nachdem Gilbert an dem von der Sekretärin servierten Mineralwasser genippt hatte, fragte Lucien:

»Kennst du schon deine Quote?«

»Neun Komma acht«, sagte Gilbert. »Nicht schlecht, wenn man bedenkt, daß zeitgleich auf TF1 ein Länderspiel der Blauen lief.«

»Ein Freundschaftsspiel gegen Andorra, von dem im vorhinein bekannt war, daß Zidane, Anelka, Lizarazu, Djorkaeff und diese kahlköpfige Schwuchtel von Torwart nicht dabei sein würden.«

»Du solltest dir deinen abfälligen Tonfall, sobald du über sexuell gleichgeschlechtlich Orientierte sprichst, langsam abgewöhnen. Er ist nicht mehr zeitgemäß. Spätestens seit wir einen schwulen Bürgermeister haben.«

»Danke für die Belehrung. Ich weiß, daß ich ein Fossil bin, und darauf bin ich stolz.« Lucien klemmte sich eine Zigarre zwischen die Zähne, zündete sie aber nicht an. Der Arzt hatte ihm das Rauchen verboten. »Bei der ersten Sendung von ›Numéro du dossier XY non résolu‹

hattest du vierzehn Komma drei, bei der zweiten glatte zwölf und jetzt nur noch neun Komma acht Prozent. Das ist Scheiße! Angepeilt waren achtzehn Prozent Marktanteil.«

»Ja, nach einem halben Jahr, sprich sechs Sendungen. Die Zuschauer müssen sich erst an das neue Format gewöhnen. Mit ›XY‹ haben wir in Frankreich Neuland betreten. Rom wurde auch nicht an einem Tag erbaut.«

»Soll ich diese tiefgründige Lebensweisheit an unsere Werbekunden weiterreichen, um sie bei der Stange zu halten? Verdammt noch mal, Gilbert, die Kurve zeigt in die falsche Richtung! Abwärts statt aufwärts.«

»Sag bloß, du zweifelst schon nach der dritten Sendung an dem Format? Wo bleibt das berühmte porcelainesche Stehvermögen?«

»Wer sagt denn, daß ich an dem Format zweifle?«

Gilbert zupfte an den Manschetten, bis sie exakt zwei Zentimeter aus den Ärmeln ragten. Dann straffte er den Rücken. »Wie darf ich das verstehen? Soll das etwa bedeuten, daß du den Moderator in Frage stellst?«

»Bingo!« Lucien schlug mit der flachen Hand auf den Tisch.

»Das ist unfair«, sagte Gilbert, um Fassung ringend. »Wenn ich daran denke, wie viele deiner Zusagen nicht eingehalten wurden, sind selbst die gestrigen neun Komma acht mehr als achtbar.«

»Papperlapapp!«

»Von wegen Papperlapapp! Darf ich dich daran erinnern, daß du den versprochenen Etat um nahezu die Hälfte gekürzt hast? Was ist die Folge? Für die Einspielfilme kann ich statt prominenter Gesichter nur Provinzmimen verpflichten. Dann hast du mir die Liveauftritte der Opfer beziehungsweise ihrer Angehörigen gestrichen. Angeblich aus Gründen der Pietät. Einfach lachhaft! In jeder verdammten Talkshow werden die Leute bloßgestellt, daß sie sich nicht mehr nach Hause trauen, nur bei meinem Format überfallen dich plötzlich Skrupel. Der härteste Schlag war jedoch, daß XY statt wie vorgesehen am Freitag am Donnerstag ausgestrahlt wird. Das allein kostet glatte fünf Prozent.«

»Meine Güte, Gilbert, du bist doch lange genug im Geschäft, um zu wissen, wie der Hase läuft. Alle wollen mehr Geld, alle wollen die Primetime am Freitag, alle wollen Laetitia Casta. Jedes Format hat mit Schwierigkeiten zu kämpfen. Das ist doch der Grund, warum Leute wie du derart fürstlich bezahlt werden. Von euch wird erwartet, daß ihr solche Formate trotz aller Widrigkeiten zum Erfolg führt. Ein Anspruch, an dem auch du dich messen lassen mußt.«

»Ich wurde zweimal zum attraktivsten –«

»Gilbert! Das liegt sieben und fünf Jahre zurück. Inzwischen rangiert sogar dieser Plumpshosenträger mit dem Nasenring, der im Hip-Hop-Kanal den Wetterfrosch macht, in der Zuschauergunst vor dir.«

»Ich war nie krank. Auf mich war immer Verlaß.«

»Du hast nie die Schule geschwänzt, ich weiß. Dafür hast du im vergangenen Jahr zwei bestens eingeführte Formate vor die Wand gefahren. Schon vergessen? Im ersten Halbjahr ›Que suis-je?‹ und im zweiten ›Reconnaissez-vous la mélodie?‹. Beide Wracks haben wir nur wieder flott gekriegt, weil wir dein ehedem preisgekröntes Antlitz gegen neue, unverbrauchte Gesichter ausgetauscht haben. Gilbert, es wird Zeit, daß du den Tatsachen ins Auge siehst: Du bist das, was man beim Film Kassengift nennt.«

»Kassengift?« Gilberts Augen quollen hervor, als werde er stranguliert. Er verkrallte sich in die Sessellehnen und hinderte sich so selbst am Aufspringen. »Du wagst es, mich Kassengift zu nennen? Was fällt dir ein, du kleines fettes Ferkel? Du bist doch erst im Kielwasser meiner Erfolge auf deinen Direktorenposten gerudert! Seit fünfzehn Jahren bin ich das Flaggschiff dieses verpißten Senders. Wäre ich nicht gewesen, hättest du niemals –«

Der Knall war ohrenbetäubend. Für einige Sekunden hing der beißende Geruch von Kordit in der Luft, dann saugte ihn die Klimaanlage ab. Gilbert saß in seinem Sessel wie schockgefroren. In aller Seelenruhe legte Lucien den Revolver wieder in die Schublade.

»Beim ersten Mal habe ich mit Leuchtspur geschossen«, sagte er. »Dadurch wurde die Sprinkleranlage aktiviert. Das war vielleicht eine Sauerei. Seitdem nehme ich nur noch Schreckschußpatronen. Kommt gut, nicht?«

Gilbert sagte nichts, aber ein unkontrolliertes Zucken seines Mundwinkels belegte, daß er lebte.

»Ich mache dir aus alter Freundschaft einen Vorschlag zur Güte, Gilbert. Du spannst ein paar Tage aus, gönnst dir ein verlängertes Wochenende, und wir sehen uns am Montag um« – Lucien blätterte in seinem Kalender – »Punkt elf Uhr wieder. Bis dahin ist mir mit Sicherheit eine Verwendungsmöglichkeit für dich eingefallen. D'accord?«

»Leck mich am Arsch«, krächzte Gilbert, erhob sich und verließ den Raum steifbeinig schwankend wie ein angetrunkener Grandseigneur.

*

Als Gilbert sein Büro am Boulevard Levebvre gegenüber dem Théatre Silvia Monfort betrat, hatte er sich wieder gefangen.

»Nimm gefälligst die Füße vom Tisch!« schnauzte er.

Der Adressat seiner Aufforderung hieß Jean-Marcel Fresson. JM, wie er genannt wurde, war ein fünfundzwanzigjähriger knackarschiger Kokser, mit dem der Moderator seit gut drei Monaten das Wasserbett teilte. Im Augenblick lümmelte er hinter dem Mies-van-der-Rohe-Schreibtisch und blätterte mit gewohnheitsmäßig gelangweiltem Gesichtsausdruck in einem Hochglanzmagazin.

»Welche Laus ist dir denn über die Leber gelaufen?« fragte er.

Gilbert schob JMs Westernstiefel vom Tisch und bedeutete ihm mit einem Fingerzeig, den Sessel zu räumen. Maulend wechselte JM auf die Chaiselongue unter dem Fenster, während Gilbert sich in den vorgewärmten Fauteuil fallen ließ.

»Du weißt genau, daß ich nicht will, daß du hierherkommst«, sagte Gilbert.

»Ich bin pleite. Schon den Frühstücks-Grand-Crème mußte ich anschreiben lassen.«

»Wieviel brauchst du?«

»Mindestens fünftausend.«

Gilbert nahm die Brieftasche heraus und zählte einige Scheine ab. »Teil dir das Geld ein. Ich verreise für ein paar Tage.«

»Beruflich?«

»Privat.«

»Ohne mich?«

»Ich brauche Tapetenwechsel.«

»Wie heißt die Tapete?«

Gilbert konnte sich ein Grinsen nicht verkneifen. »Ich reise allein. Nach Deutschland. Dort findet eine Art Klassentreffen statt.«

»Klassentreffen?«

»Das machen Leute, die eine Schule besucht haben. Nichts, was dir widerfahren wird.«

»Warum hast mir nichts davon erzählt?«

»Weil ich mich eben erst entschlossen habe, teilzunehmen.«

»Woher kommt der Sinneswandel?«

»Reine Sentimentalität.« Gilbert wühlte in seinem Ablagekörbchen. »Wo steckt denn nur die verflixte Einladung? – Ah, da ist sie ja.«

»Liebe Freunde/Chers amis!
Die Feierlichkeiten anläßlich des 27jährigen Jubiläums unseres Schüleraustausches finden am Samstag, dem 12.05.2001, ab 17.00 Uhr in der Gaststätte ›Giebel‹, Stockhauser Straße, 42929 Wermelskirchen statt. Übernachtungsmöglichkeiten bestehen im Haus Vogelsang, Am Vogelsang 14. Um rechtzeitige Anmeldung wird jedoch gebeten. Ich freue mich auf euer zahlreiches Erscheinen.
Es grüßt euch/Amitiés – Heinzmario«

»Bringst du mir etwas mit?« fragte JM.

»Mal sehen. Vielleicht eine Brezel.«

»Une breselle? Was ist das?«

»Das Croissant des Bergischen Landes«, sagte Gilbert.

Rüdiger Neuhaus stand an der Terrassentür seines Bungalows am Buchenhang und starrte hinaus in den Garten und den angrenzenden Wald. Gleich hinter der zweiten Baumreihe begann der Friedhof, der dem Wald seinen Namen verdankte.

»Wenigstens habe ich es nicht weit, wenn es mal soweit ist«, murmelte er und prostete seinem verschwommenen Spiegelbild zu.

Er, der ehemalige Schönling, war feist geworden. Glenfiddich und Co. forderten zunehmend ihren Preis. Insbesondere seit Rüdiger die einst eiserne Regel »Nie vor Sonnenuntergang!« ignorierte. Da half auch kein Färben der grauen Locken, die Tränensäcke erzählten eine andere Geschichte.

Im Flur bellte der Hund. Dann winselte er. Stöckelschuhabsätze takkerten auf den Fliesen.

»Schon zurück?« fragte Rüdiger über die Schulter.

Der Dimmer wurde zurückgenommen, und die Deckenleuchte blendete auf.

»Mutter läßt grüßen«, sagte Tamara. »Was stehst du denn im Dunkeln? Oh – ich sehe schon.«

An ihr waren die Jahre fast spurlos vorübergegangen. Zart und blond wirkte sie noch immer wie das Mädchen, hinter dem vor einem Vierteljahrhundert halb Wermelskirchen her gewesen war. Nur die dunklen Ringe um die Augen und einige nicht wegzuschminkende Sorgenfalten kündeten davon, daß auch sie ihr Päckchen zu tragen hatte.

»Nichts siehst du«, gab Rüdiger zurück. »Kummer kann man nicht sehen.«

»Ahhh – diesmal säuft der Herr also aus Kummer. Irgendein Grund findet sich ja immer.«

»Wundert dich das nach dem, was du mir zum Frühstück eröffnet hast?«

»Wenn meine Ankündigung, mich scheiden zu lassen, dich bereits in derartige Katastrophenstimmung versetzt hat, dann möchte ich nicht wissen, wie es dir geht, wenn mein Anwalt mit dir fertig ist. Ich glaube, du ahnst nicht ansatzweise, wie bitter das Leben sein kann, wenn man um Wohngeld ansteht.«

»Wußte ich es doch!« Rüdiger schoß herum, daß die Neige auf dem Parkett landete. »Darum geht es dir in Wirklichkeit: Du willst mich fertigmachen!«

»Mit Wonne!« Tamara ließ sich auf das Sofa fallen. »Die Zeit der Demütigungen ist vorbei, mein Lieber. Von nun an werde ich den süßen Wein der Rache kosten.«

»Freu dich nicht zu früh!«

»Ich habe mich bereits kundig gemacht. Dir wird nichts bleiben. Nicht das Haus, nicht das Auto, nicht einmal der Hund. Die Konten kannst du haben, die sind sowieso im Minus. Im Gegenzug bin ich gern bereit, dir deine Konfektionsgrößen aufzuschreiben, damit du bei der Kleiderkammer der Caritas die richtigen Angaben machen kannst.«

Rüdiger unterdrückte den Impuls, Tamara das Glas an den Kopf zu werfen.

»Ich habe dir gesagt – nein, ich habe dir geschworen, daß ich nie mit dieser kleinen Schlampe geschlafen habe«, schnaubte er. »Warum, zum Teufel, glaubst du mir nicht?«

»Weil du bisher mit allen deinen Sekretärinnen geschlafen hast.«

»Aber nicht mit Amelie!«

»Ich wußte gar nicht, daß du Frau Krüger beim Vornamen nennst.«

»Wenn ich jede Frau, die ich beim Vornamen nenne, geschwängert hätte, wäre ich Vater einer Armee!«

Mit hochgezogenen Schultern marschierte Rüdiger zum Getränkewagen und schenkte sich reichlich ein. Dann ließ er das Glas jedoch stehen.

»Gleich am Montag schmeiß ich sie raus«, sagte er. »Und ich werde einen Vaterschaftstest machen lassen. Dann wird sich schnell herausstellen, daß dieses miese Weib mir ein fremdes Balg unterschieben will.«

»Ich hoffe, du hast alle Möglichkeiten bedacht.«

»Wie meinst du das?«

»Ich sage nur: Samenraub.«

»Der einzige Raub, bei dem das Opfer auch noch zur Kasse gebeten wird. Keine Sorge, auch das kommt nicht in Frage.«

»Ich mache mir keine Sorgen.«

Die Hand, mit der Rüdiger das Glas nun doch zum Mund führte, zitterte. Schottisches Malzdestillat rann über sein Kinn. Er wischte das Rinnsal mit dem Handrücken ab.

»Bis das Testergebnis vorliegt, gelte ich als unschuldig«, sagte er. »Ich verlange, daß auch du dieses Prinzip unseres Rechtssystems respektierst.«

»Den Test kannst du erst nach der Geburt des Kindes machen lassen. Bis dahin dauert es unter normalen Umständen noch ein halbes Jahr. Du wirst doch nicht erwarten, daß ich so lange Spießruten laufe.«

»Wieso Spießruten laufen? Im Gegenteil, die Leute werden dich bewundern, wenn du zu mir stehst. Jetzt ist Souveränität gefragt, Tammy. Solange wir zusammenhalten, kann uns keiner was. Und mit ein bißchen Glück wird es ein Frühchen, dann haben wir die Gewißheit eher.«

»Oder es kommt nie zur Welt«, sagte Tamara mit auf einmal sehr schmalen Augen. »Ist es das, worauf du spekulierst? Daß du die Krüger zur Abtreibung überreden kannst?«

»Quatsch!« Rüdiger stellte sein Glas unnötig laut auf der Glasplatte des Getränkewagens ab. Dann stopfte er die Hände in die Hosentaschen und baute sich breitbeinig auf.

»Außerdem rate ich dir in deinem eigenen Interesse dringend, jetzt keine Scheidungsgerüchte in die Welt zu setzen. Wie du weißt, ist der Kurs des Fonds zur Zeit im Keller. Jede noch so kleine Negativschlagzeile könnte ihm den Rest geben. Und dann bliebe auch für dich nichts übrig.« Rüdiger machte eine umfassende Geste. »Nicht einmal das hier.«

Aus Tamaras Gesicht sprach der pure Unglaube. »Sag bloß, du hast eine Hypothek auf das Haus aufgenommen?«

»Inklusive Wetterfahne. Nun guck nicht so. Wir leben in einer Zeit, in der nur top oder hopp gilt.«

»Hast du bei deinen Jonglierereien eigentlich jemals an unsere Kinder gedacht?«

»Für die Mädchen existieren Ausbildungsversicherungen. Außerdem haben sie reiche Großeltern. Was willst du mehr?«

»Gäbe es eine Auszeichnung für das skrupelloseste Miststück des Jahres, du wärest Abonnementsieger.«

»Es gab Zeiten, da hat dich das angetörnt.«

»Das kann nur gewesen sein, als ich nach dem Skiunfall im Koma gelegen habe.«

Rüdiger verlagerte sein Gewicht von den Ballen auf die Fersen und wieder nach vorn. »Was ist nun? Stehen wir diese Affäre, die gar keine ist, gemeinsam durch?«

Tamara klang müde, als sie antwortete. »Du weißt, daß ich mit dir durch dick und dünn gehen würde, wenn ich wüßte, daß du die Wahrheit sagst. Aber du hast mich so oft belogen, Rüdiger. Ich fürchte, ich würde dir nicht einmal mehr glauben, sollte der Test negativ ausfallen.«

»Tammy, bitte! Allein schon den Mädchen zuliebe.«

»Die sind mittlerweile vierzehn und zwölf und wissen, was sie von ihrem Vater zu halten haben.«

»Sie lieben mich, und ich sie auch.«

Tamara seufzte. »Du wirst heute von mir nichts anderes hören als das, was ich dir gesagt habe.«

»Heißt das, morgen würdest du eventuell ...«

»Das heißt gar nichts.«

Schweigen breitete sich aus wie ein tödliches Gas.

Kurz bevor er erstickte, fragte Rüdiger: »Wie steht es eigentlich mit heute abend?«

»Sag bloß, du willst doch hingehen?«

»Warum nicht?«

»Weil du wörtlich gesagt hast, dieses Pappnasentreffen ginge dir am Arsch vorbei.«

»Das tut es auch. So ein Treffen macht man, wenn überhaupt, nach fünfundzwanzig Jahren.«

»Da hatte Heinzmario doch diese Nebenhöhlengeschichte.«

»Dann eben im Jahr darauf.«

»Da war Wahlkampf.«

»Jedenfalls habe ich meine Meinung revidiert. Wir waren seit ewigen Zeiten nicht mehr zusammen aus. Das wäre mal wieder eine Gelegenheit. Vielleicht gibt es sogar etwas zu lachen.«

»Glaubst du, das ist das, was wir im Augenblick brauchen?«

»Dann betrachte es als Gelegenheit, deine Freundin Ophelie wiederzusehen. Wann waren wir das letzte Mal in Loches?«

»Im Sommer '98. Im Jahr darauf habe ich sie aber noch mal hier getroffen. Ich glaube, an dem Wochenende warst du in Frankfurt. Damals hatte Ophelie gerade mit dem Umbau der Cloutiere begonnen.«

Das Telefon klingelte. Keiner von beiden machte Anstalten, den Anruf entgegenzunehmen. Schließlich stand Tamara auf und ging in den Flur.

»Ich bin nicht da«, rief Rüdiger ihr nach. »Egal, wer es ist.«

Keine Minute später kehrte Tamara zurück. Rüdiger hantierte erneut mit der Karaffe.

»Und?« fragte er.

»Heinzmario«, sagte Tamara.

Rüdiger zuckte zusammen. »Was wollte er?«

»Na was schon? Dich sprechen. Er klang ziemlich erregt. Ich habe ihm gesagt, du wärst bei einem Klienten. Ich bin mir sicher, er hat mir kein Wort geglaubt.«

»War das alles?«

»Nein. Er hat mir dringend geraten, dich heute abend mitzubringen.«

»Na, dann Prost«, sagte Rüdiger. »Auf eine gelungene Fete.«

»Drei Stunden«, stieß Yvette Vigneron gepreßt hervor.

Sie war eine gutaussehende Brünette Anfang Vierzig, der jedoch – für eine Französin außergewöhnlich – jedes Gespür für Chic abging. Make-up und Frisur entsprachen einem Vorschlag der Vogue aus dem Herbst 1979. Dazu bevorzugte sie figurtötend geschnittene Kostüme in

Beige und Braun sowie Schuhe, denen man ihr gesundes Fußbett ansah. So auch an diesem Tag, an dem die Temperatur im Innenraum der nicht klimatisierbaren Citroën DS um die vierzig Grad betrug.

»Was meinst du damit?« fragte ihr Mann Thierry.

Selbst im Sitzen war er einen halben Kopf kleiner als Yvette. Dafür hatte er ein maskulin schönes Gesicht. Wohlmeinende Freunde attestierten ihm bei der richtigen Beleuchtung sogar eine gewisse Ähnlichkeit mit Jean-Paul Belmondo. Bekleidet war Thierry mit Jeans und T-Shirt. Eine in die Stirn geschobene Ray Ban komplettierte den Eindruck, er sei auf dem Weg an die Côte d'Azur.

»Seit du mich in Tours gefragt hast, ob ich ein Zehn-Francs-Stück für die Péage habe, hast du kein Wort mehr gesagt.«

»Ich muß mich aufs Fahren konzentrieren.«

»Wir stehen im Stau!«

Yvette hatte recht. Auf dem Pariser Boulevard Périphérique in Höhe der Porte de Montreuil hatte sich ein Unfall ereignet. »Bouchon 7 km« zeigte die ferngesteuerte Hinweistafel an. In diesem Stau saßen sie seit zwanzig Minuten fest.

»Was möchtest du denn, daß ich sage?«

»Das weiß ich doch nicht! Laß dir was einfallen. Ich komme mir ja vor, als sei ich in diesem Auto unerwünscht.«

Thierry musterte sie eine Weile von der Seite.

Dann sagte er: »Yvette, du hast immer noch die schärfsten Titten der Touraine.«

»Also wirklich!« Yvette schoß die Röte ins Gesicht. »Du weißt genau, daß ich diese Ausdrucksweise nicht schätze.«

»Wie man es macht, macht man es verkehrt.«

Glücklicherweise ging es in diesem Moment schrittweise weiter. Als sie wieder standen, versuchte Thierry sich erneut in Konversation.

»Ich werde meine Bewerbung um den Vorsitz der UCIAL zurückziehen«, sagte er. »Gleich am Montag.«

Da Yvette nicht reagierte, dachte er zunächst, sie hätte nicht zugehört. Als er zur Seite blickte, sah er jedoch, daß sie ihn mit offenem Mund anglotzte, als habe er verkündet, er werde eine Mondreise buchen.

»Das glaube ich nicht.«

»Doch, und das ist noch nicht alles. Ich werde das Geschäft verkaufen.«

»Das wirst du nicht tun! Das ist das Geschäft von Papa!«

»Papa ist tot.«

Wie auf Knopfdruck brach Yvette in Tränen aus. Lautlos schluchzend weinte sie ihre Bluse naß, daß die gestärkten Rüschen welkten. Wie eigentlich immer in den vergangenen fünfzehn Jahren, wenn die Sprache auf ihren Vater kam, denn so lange lag der alte Roland schon unter der Erde.

»Im Handschuhkasten ist eine Packung Kleenex«, sagte Thierry.

Das Make-up hatte gelitten. Es dauerte eine Viertelstunde, bis alles wieder war wie zuvor. Thierry nannte das taktisches Schminken, vergleichbar mit der Auszeit beim Basketball. Den hatte er gespielt, solange noch Hoffnung bestanden hatte, daß er wachsen würde.

Als Yvette soweit war, schloß sie ihre Handtasche mit einem energischen »Klick!« und sagte: »So, und nun will ich wissen, was das zu bedeuten hat!«

»Das will ich dir sagen«, sagte Thierry. »Ich bin dreiundvierzig Jahre alt und habe die letzten zwanzig Jahre geschuftet wie ein Pferd, um aus dem Elektroladen deines Vaters einen höchst profitablen Elektronikgroßhandel zu machen. Jetzt will ich nicht mehr. Genauer gesagt: Ich möchte etwas Neues anfangen.«

»Mit einer anderen Frau?« fragte Yvette.

»Nein, zunächst einmal dachte ich an dich.«

»Und was ist dieses Neue?«

»Ich habe eine Offerte vorliegen, bei der so viel herausspringen würde, daß wir bis zum Ende unserer Tage bequem davon leben und sogar noch etwas vererben könnten. Außerdem will ich das Haus abstoßen und künftig im Sommer in Irland und im Winter in Portugal leben.«

»Mein Gott, du bist in der Midlife-Krise! Was um alles in der Welt willst du in Irland und Portugal machen?«

»Bilder malen.«

»Bilder?«

»Bilder kennst du doch. Solche Dinger, die im Louvre hängen.«

»Wie Mona Lisa?«

»Ich dachte eher an Meereslandschaften. Aber für dich als meine Muse würde ich natürlich eine Ausnahme machen. ›Une brunette nue au bord de la mer‹«, intonierte Thierry zur Melodie von »Quand on s'promène au bord de l'eau«, einem Vorkriegschanson von Jean Gabin.

»Lenk jetzt nicht ab. Wir können doch nicht auf einen Schlag unser ganzes bisheriges Leben aufgeben.«

»Doch, das können wir. Wer oder was hindert uns daran?«

»Mutter. Sie würde den Verkauf des Geschäfts nicht überleben.«

»Deine Mutter hat Alzheimer, Yvette. Sie erkennt weder dich noch mich, noch würde sie deinen Vater erkennen, wenn er zur Tür hereinkäme. Sie lebt in ihrer Welt. In einer Welt, in der es keine Geschäfte gibt.«

Für einen Moment sah es so aus, als wollte Yvette erneut in Tränen ausbrechen, aber diesmal riß sie sich zusammen.

»Du vergißt, daß ich Papa auf dem Totenbett versprochen habe, das Geschäft niemals zu verkaufen.«

»Ich habe dir schon mehrfach gesagt, daß es unmoralisch ist, seinem Kind ein solches Versprechen abzunehmen, weil man es damit seiner eigenen Lebensplanung beraubt. Mithin bist du an das Versprechen nicht gebunden.«

»Du hast leicht reden. Dir hat ja auch niemand etwas hinterlassen.«

Thierry hob drohend den Zeigefinger. »Ich warne dich: Wage es nicht, wieder über meinen Vater herzuziehen. Von wegen, daß er nur von den Brosamen gelebt hätte, die dein Vater ihm hat zukommen lassen.«

»Darf man denn nicht einmal mehr die Wahrheit sagen? Wenn Papa deinem Herrn Vater ›Thierry-hol-mal-'ne-Flasche-aus-dem-Keller!‹ nicht ab und zu einen Elektrorasierer zum Reparieren überlassen hätte, wärt ihr doch glatt verhungert.«

Thierry beugte sich über Yvette und stieß die Beifahrertür auf. »Raus!«

»Du kannst mich doch nicht mitten in Paris aus dem Auto werfen!« rief Yvette und klammerte sich mit beiden Händen an den Haltegriff über ihrem Kopf.

»Der Wagen steht. Du brauchst nicht einmal abzurollen.«

»Da vorne, diese Hochhäuser, die sind bestimmt eine Brutstätte von Jugendbanden. Wenn ich denen in die Hände falle ... Oh, mein Gott!«

»Sie werden dich zusammenschlagen, ausrauben und vergewaltigen. Und was von dir übrigbleibt, werfen sie ihren Kampfhunden vor.«

»Du mußt wahnsinnig sein!«

»Beschwer dich nicht, du hast es provoziert.«

»Das kann nicht dein Ernst sein. Sag, daß es nicht dein Ernst ist, Thierry. Ich sehe doch, daß du grinst.«

»Mach die Tür zu, sonst fährt sie noch einer dieser bekloppten Scooterfahrer ab.«

Als die Tür ins Schloß fiel, sagte Yvette: »Daß du wegen deines Vaters immer gleich so heftig reagieren mußt.«

»Der Alte hatte bei allen Fehlern eine Eigenschaft, die dein Vater nicht einmal vom Hörensagen kannte: Er hat seine Kinder geliebt. Dafür hat er verdient, daß ich ihn verteidige.«

»Ich wußte gar nicht, daß du so sentimental bist.«

»Du weißt vieles nicht.«

»Danke! Vor allem scheint es etwas anderes zu sein, wenn ich mit dem gleichen Herzblut für die Bewahrung der Tradition des Geschäftes –«

»Was für eine Tradition?« rief Thierry und warf die Arme hoch. »Nach dem Krieg hat dein Großvater in seiner Werkstatt in der Rue Picois Fahrradrahmen geschweißt. Daraus hat dein Vater einen Handel mit Radios und Staubsaugern gemacht. Ich betreibe einen Großhandel für Computer und Hi-Fi-Geräte. Das sogenannte Geschäft befindet sich nicht einmal mehr am gleichen Platz. Wo siehst du da eine Tradition? Und falls da doch eine sein sollte, dann endet sie spätestens mit unseren Kindern.«

»Das ist noch nicht erwiesen.«

»Mach dir doch nichts vor! Hélène ist eine begnadete Köchin – weiß der Teufel, woher sie das Talent hat – und wird irgendwann ein eigenes Restaurant eröffnen. Und Philémon wird ab dem nächsten Jahr Jura studieren. Wahrscheinlich um uns wegen seines Vornamens zu verklagen.«

»Er trägt den Namen von Papa!«

»Zu dem hat er auch gepaßt. Erinnere mich daran, daß ich mich, sobald wir zurück in Loches sind, bei unserem Sohn entschuldige, daß ich mich damals zu dieser idiotischen Namensgebung habe breitschlagen lassen.«

»Jetzt reicht es aber! Nicht nur, daß ich eine Schmähung meiner Familie nach der anderen über mich ergehen lassen muß, zu allem Überfluß muß ich mir auch noch anhören, ich sei eine miserable Köchin. Eine Unverschämtheit sondergleichen! Aber wehe ich äußere nur die leiseste Kritik an deiner Sippe, dann werde ich umgehend mit Rauswurf bedroht. Du scheinst völlig zu vergessen, daß das Geschäft noch immer mir gehört und daß du lediglich der Geschäftsführer bist. Und ich als Eigentümerin sage: Das Geschäft wird nicht verkauft. Und damit basta!«

»Ist das dein letztes Wort?«

»Ich kann dich nicht zwingen, Vorsitzender des Einzelhandelsverbandes zu werden, obwohl du weiß Gott alle Chancen hättest, die Wahl zu gewinnen, nicht zuletzt auch, weil Papa den Vorsitz mehr als zwanzig Jahre innegehabt hat – aber bitte, das ist deine Entscheidung. Was jedoch das Geschäft betrifft ...«

»Ja?«

»Manchmal frage ich mich, ob es nicht ein Fehler war, Roger Thibault wegen dir verlassen zu haben.«

»Weil er ein manischer Ehrgeizling ist?«

»Ich dachte eher an Solange. Ich finde, sie sieht zufriedener aus als ich.«

Besonders samstags, wenn du deine Mutter besuchst und Roger im Golfclub ist, dachte Thierry. Laut sagte er: »Du hast deinen Satz noch nicht beendet. ›Was jedoch das Geschäft betrifft ...‹«

»Dazu ist alles gesagt«, sagte Yvette.

Thierry nickte stumm. Er hatte verstanden.

Die weitere Fahrt bis Wermelskirchen verlief wortlos.

TAGEBUCHEINTRAG VON BEATRICE ZULAUF FÜR SONNTAG, DEN 5. MAI 1974

»Nach sechzehnstündiger Zug- und Busfahrt über Köln, Paris und Tours sind wir gegen dreiundzwanzig Uhr völlig groggy in Loches angekommen. Ich wurde von Solange und ihrem älteren Bruder René abgeholt. Solanges Eltern schliefen schon, sie haben eine Metzgerei und müssen morgens früh raus. Nach einem Umtrunk im Hôtel de Ville sind wir dann zum Haus der Austerlitz gegangen, das ziemlich zentral in einer schmalen Straße liegt. Andere wie Margot haben es weniger gut getroffen, sie wohnen kilometerweit außerhalb der Stadt.

Da das Geschäft schon abgeschlossen war, mußten wir das Haus hintenherum betreten. Der Zugang über den Hof war düster und total verwinkelt, mich hat es richtiggehend gegruselt. René, der ein bißchen aus-

sieht wie Roger Daltrey von den Who, verabschiedete sich, er schläft in einem Anbau. Da ich noch zur Toilette mußte, sperrte Solange die Metzgerei auf, denn seltsamerweise kommt man nur durch das Geschäft zur Toilette. Dummerweise war aber die Tür auf der anderen Seite abgeschlossen, so daß Solange mich allein ließ, um den Schlüssel zu holen.

Mutterseelenallein stand ich in dem dunklen Laden. Nur dank der Straßenlaterne konnte ich überhaupt etwas sehen. Solange ließ ewig auf sich warten. Plötzlich hörte ich ein Geräusch hinter einem Vorhang, den ich zuvor gar nicht bemerkt hatte. In der Annahme, das sei Solange, schob ich den Vorhang zur Seite und stand vor einem an den Läufen aufgehängten, aufgeschlitzten Wildschwein. Ich hätte nie gedacht, daß ich so laut schreien kann. So kam es, daß ich Solanges Eltern doch noch am ersten Abend kennenlernte.«

Nach zwei Stunden und unzähligen Anproben entschied sich Dr. med. Beatrice vom Stein-Zulauf, Fachärztin für Frauenheilkunde, doch für das kleine Schwarze, das sie gleich zu Anfang favorisiert hatte. Das unverwüstliche Stück saß ein bißchen spack, aber schließlich hatte sie es auch vor über zehn Jahren gekauft. In Siena, anläßlich einer Toskanareise des Kreisverbandes der Partei. Eine Albtraumreise, die sich nur mit Hilfe von Brunello hatte ertragen lassen.

Inzwischen hatte sie genau das Quentchen mehr auf den Hüften, das viele Frauen jenseits der vierzig so unwiderstehlich macht. Fehlte nur noch der Sticker. Den heftete sie auf ihre linke Brust. Als sie eine abschließende Kontrolldrehung vor dem Spiegel vollführte, kam Heinzmario mit einem Gesicht herein, das dem Wetter entsprach.

Der Bürgermeister war ein Paradebeispiel für einen Leptosomen, lang, schmal und knochig. Politikertypisch hinkte er der Mode eine Legislaturperiode hinterher und trug die Haare noch halb über die Ohren und die Koteletten kurz.

»Was ist los?« fragte Beatrice. »Hat einer der drei großen Ms das Handtuch geworfen?«

»Wer?«

»Merkel, Meyer, Merz.«

»Wie kommst du denn darauf?«

»So wie es derzeit bei euch läuft, muß man doch mit allem rechnen.«

»Was du wieder redest.« Heinzmario setzte sich auf die Bettkante und zog die Socken aus. Beide kleine Zehen zierten kreisrunde Hühneraugenpflaster. »Nein, ich habe gerade mit Rüdiger telefoniert. Das heißt, ich wollte mit ihm sprechen, aber angeblich war er nicht da.«

»Wieso angeblich?«

»Weil Tamara so gut lügen kann wie Mutter Teresa. Das geht schon seit Tagen so.«

»Hättest du vorgestern die Sojasauce besorgt, wie ich dich gebeten hatte, hätte sich das Problem schon erledigt.«

»Was soll das jetzt wieder heißen?«

»Weil ich Rüdiger, als ich die Sauce notgedrungen selbst gekauft habe, im EKZ getroffen habe.«

»Davon hast du mir nichts erzählt.«

»Nun guck nicht so, als hätte ich dir ein Staatsgeheimnis vorenthalten.«

»Hast du ihn auf die Situation angesprochen, in der ich mich befinde?«

»Wie käme ich dazu? Erstens weiß ich nichts Genaues über eure Geschäfte, und zweitens hieße es doch nur wieder, ich würde mich in Angelegenheiten einmischen, die mich nichts angehen.«

»Was soll ich eigentlich anziehen?« Inzwischen stand Heinzmario in Unterwäsche herum. Doppelripp, kochfest, das Hemd ärmellos, die Hose mit Eingriff. »Du hast nichts rausgelegt.«

Beatrice ging zum Schrank, nahm ohne hinzusehen Anzug, Hemd und Krawatte heraus und warf alles aufs Bett. »Die passenden Socken findest du in der zweiten Schublade.«

»Danke. Was habt ihr denn geredet? Oder habt ihr gar nicht miteinander gesprochen?«

Beatrice lehnte sich gegen die Kommode und schob die rechte Hüfte vor. »Doch, doch. Wir hatten uns kaum begrüßt, da hat Rüdiger mir erzählt, daß er seit Wochen keine Unterhosen mehr trägt – wobei er natürlich Slips gesagt hat. Ein unbeschreibliches Freiheitsgefühl sei das. So ähnlich wie Cabriofahren, nur von unten. Er könne das nur empfehlen.«

Heinzmario war so verdattert, daß er den obersten Hemdknopf ins zweite Loch drückte. »Du willst mich veräppeln.«

»Keineswegs.«

»Hast du dir solche Reden nicht verbeten?«

»Rüdiger war schon immer ein Ferkel. Hätte ich die Empörte gemimt, hätte ihn das wahrscheinlich nur angestachelt. Erst als er nach meinem ›Silikonfrei‹-Sticker griff, um ihn angeblich besser lesen zu können, habe ich ihn vors Schienbein getreten.«

»Du trägst das verdammte Ding ja schon wieder!« rief Heinzmario und geriet gleich doppelt in Rage, weil er im selben Moment unten angekommen war und merkte, daß er sich verknöpft hatte. »So kannst du unmöglich zu dem Treffen gehen.«

»Von mindestens zwei Mädels weiß ich, daß ihr Bluseninhalt gefälscht ist. Da werde ich ja wohl auf Originalware hinweisen dürfen.«

»Das ist doch kindisch!« Heinzmario sank erneut aufs Bett und schlug die Hände vors Gesicht. »Als ob ich nicht schon genug Ärger am Hals hätte. Jetzt muß meine Frau auch noch mit ihren Brüsten angeben.«

Beatrice ließ sich an seiner Seite nieder und strich ihm über die hohe Stirn. »Was ist denn los, Heinzi? Wo drückt der Schuh?«

»Ach, dieser Anlagebetrüger«, seufzte Heinzmario. »Weißt du eigentlich, wem ich alles geraten habe, in Rüdigers verdammten Fonds zu investieren? Dem halben Ortsverein.«

»Anfangs ließ sich das doch so gut an.«

»Deswegen sind ja auch immer mehr eingestiegen. Und ich konnte gar nicht anders, als ihnen zuzuraten, sonst hätten doch alle gedacht, ich wollte sie an den Pfründen nicht teilhaben lassen.«

»Armer Heinzi. Was ist denn dann schiefgelaufen?«

»Rüdiger hat alles Geld am Neuen Markt investiert, insbesondere in Soapbubble-TV. Und in dem Maße, wie deren Wert abgestürzt ist, hat auch Rüdigers Fonds Federn gelassen.«

»Ist das nicht die Firma von diesem hübschen Burschen mit dem unfähigen Bruder? Wie heißt er noch gleich?«

»Hübscher Bursche, ihr Frauen seid doch alle gleich! Der Kerl ist nichts weiter als ein Windhund, genau wie Rüdiger. Die Parteifreunde, die gleich zu Anfang investiert haben, sind zumeist noch mit einem blauen Auge davongekommen. Härter hat es die getroffen, die erst später dazustießen. Sie haben vielfach Kredite zur Finanzierung ihrer Fondsanteile aufgenommen.«

»Irgend jemand, den ich kenne?«

Heinzmario nannte ihr zwei Säulen des Wermelskirchener Einzelhandels. »Bei beiden steht die Existenz auf dem Spiel. Und das kreiden sie mir an.«

»Wie undankbar, dabei wolltest du sie doch nur an den Pfründen teilhaben lassen«, sagte Beatrice und hielt Heinzmarios nach Ironie forschendem Blick stand. »Ich verstehe ja nichts davon, aber ich meine gelesen zu haben, daß Soapbubble-TV, deren Betriebskapital aus ein paar alten Märchenfilmen und den Rechten an den Bildern der Vorkriegsolympiaden besteht, zeitweilig höher bewertet wurde als die Lufthansa mit all ihren Flugzeugen. Hätte euch das nicht stutzig machen müssen?«

»Hinterher ist man immer schlauer.«

»Du hast mich nicht verstanden, Heinzi. Ich rede nicht von hinterher, sondern von vorher, spätestens aber mittendrin.«

Dafür schenkte Heinzmario ihr einen Blick, den man durchaus als versuchten Gattenmord hätte auslegen können. Aber Beatrice dachte nicht daran, ihren Finger aus der Wunde zu nehmen.

»Wieviel haben wir eigentlich verloren?« fragte sie.

Heinzmarios Antwort bestand aus einer vagen Geste und einer unverständlich gebrummten Zahl.

»Pardon?«

»Sechzigtausend!« kläffte er. »Vielleicht auch ein bißchen mehr. Darin eingerechnet ist aber auch, was ich in das Musicalprojekt investiert habe. Der Teil ist keineswegs perdu.«

Beatrice rückte so weit ab, daß sie an das schmiedeeiserne Fußteil stieß. Rosenranken, die ein Herz umschlangen. Lange war es her.

»Sag das noch mal«, sagte sie mit einer Stimme, die selbst einem Bofrost-Fahrer einen Schauer über den Rücken gejagt hätte. »Du hast doch nicht wirklich mein sauer verdientes Geld in dieses Idiotenprojekt gesteckt.«

»Wieso dein Geld?«

»Weil du mit dem, was du als Bürgermeister dieser Stadt verdienst, bestenfalls in Rubbellose investieren könntest.«

»Nennen wir es doch unser Geld«, sagte Heinzmario schafsdämlich.

»Wieso hast du nicht die Erbschaft von deinem Onkel Hermann eingesetzt?«

»Unmöglich. Das ist doch Schwarzgeld.«

»Wo ist das eigentlich geblieben?«

»An einem sicheren Ort, mehr möchte ich dazu nicht sagen. Je weniger du weißt, desto besser.«

»Dein Wort in Gottes Ohr.«

Es ging immerhin um eine Viertelmillion Mark, die Heinzmario im vergangenen Jahr bei der Durchsicht der Hinterlassenschaft seines Patenonkels im Wäscheschrank gefunden hatte. Eine beträchtliche Summe für jemanden, der über vierzig Jahre als Buchhalter bei Henkel-Rollen gearbeitet hatte. Lange hatte der Onkel sich allerdings nicht an seinem Vermögen erfreuen können, denn er war nur wenige Wochen nach seiner Pensionierung auf den Eipringhauser Feldern vom Blitz erschlagen worden. Ausgerechnet am Tage seiner Beisetzung hatte Henkel-Rollen Konkurs angemeldet. Zusammenhänge zwischen diesen Ereignissen hatte Heinzmario stets geleugnet.

»Außerdem weiß ich nicht, was du willst«, fuhr er fort. »Mit dem Musical hatte Rüdiger ausnahmsweise mal eine geniale Idee.«

»Das Eifgenstadion in ein Amphitheater umzubauen, um darin Jurassic Park als Musical aufzuführen, das nennst du genial? Womit hat Rüdiger dir dein Hirn vernebelt? Hat er dir die Rolle des T. Rex versprochen?«

»Bea, nun werd bitte nicht albern. Der Musicalboom ist ungebrochen. Das Phantom der Oper, Starlight Express, Cats und wie sie alle heißen werfen Riesengewinne ab. Aber nicht nur die Musicalbetreiber profitieren davon, auch die Hotellerie, die Gastronomie und der Einzelhandel. Die Bundesbahn wird Sonderzüge bereitstellen –«

»Sonderzüge? Und wo würden die halten? Am West-, am Ost- oder am Zentralbahnhof?«*

»Dann kommen die Leute eben mit Bussen!« rief Heinzmario unwirsch und sprang auf. »Das ist doch völlig egal. Jedenfalls wird dieses Musical mein Abschiedsgeschenk an die Stadt, bevor ich nach Düsseldorf in den Landtag gehe.«

»Sei froh, daß dich gerade niemand Ernstzunehmendes gehört hat, sonst würden sie dich statt in den Landtag nach Australien schicken. Hast du die Fraktion wegen des Stadionumbaus eigentlich hinter dir?«

»Das ist ja die Krux. Solange ich die Sache mit dem Fonds nicht in

*Anmerkung des Autors: Der letzte Personenzug verließ den einzigen Bahnhof Wermelskirchens am 29.5.1983.

Ordnung gebracht habe, verweigern mir die entscheidenden Leute ihre Zustimmung. Das ist doch der Grund, weshalb ich hinter Rüdiger herlaufe wie ein kranker Hund.«

»Vielleicht kriegst du ihn ja heute abend zu fassen.«

»Sonst stehe ich morgen früh bei ihm auf der Matte, und dann Gnade ihm Gott. – Ist das nicht das Telefon?«

»Das ist für mich. Ich warte noch auf einen Anruf aus dem Labor.«

Es ging um Daniela Frowein, mit der Beatrice seit der Grundschule befreundet war. Vor drei Tagen hatte Beatrice der Freundin eine Geschwulst aus der linken Brust entfernt. Das Labor hatte zugesagt, das Ergebnis noch am Wochenende durchzugeben.

Ein wenig atemlos hob Beatrice ab. Kurz glich sie mit dem Laborarzt die Personendaten ab, um jeder Verwechslung vorzubeugen. Als das erledigt war, nannte der Mann ihr das Ergebnis.

Unendlich langsam legte Beatrice auf. Dann zog sie den Sticker vom Kleid und warf ihn tränenblind in Richtung Papierkorb.

Der Reisebus war ein vollklimatisierter Renault mit honigfarbenen Scheiben, einer Mikrowellenküche und einem defekten Chemieklo, weswegen der Fahrer jeden zweiten Rastplatz ansteuern mußte. Folgerichtig hinkte die Reisegruppe dem Zeitplan anderthalb Stunden hinterher.

In der ersten Reihe, gleich hinter dem Chauffeur, saßen Ophelie Desloges, die Bürgermeisterin von Loches, und ihr fünf Jahre jüngerer Lebensgefährte François Belbec, der seinen Beruf mit freier Violinist anzugeben pflegte.

Beim Schüleraustausch anno 1974 war Ophelie die Zierlichste und Schüchternste von allen gewesen. Ein Püppchen, das sein Piepsstimmchen nur nach wiederholter Anrede hatte verlauten lassen. Heute, siebenundzwanzig Jahre später, war Ophelie ein Faß von einer Frau, der es ein leichtes war, mit ihrem in ungezählten Ratssitzungen gestählten Organ einen Feldwebel niederzubrüllen. Dabei war sie herzensgut, was ihr bereits mehr als einmal zum Verhängnis geworden war.

»Jetzt spiel endlich was«, sagte sie zu François und rammte ihm aufmunternd den Ellbogen in die Rippen.

Ob François wirklich nur die Hälfte seiner Lebensgefährtin wog, war unbewiesen. Jedenfalls sah er aus, als hätte er zeitlebens nie seinen Teller leer gegessen. Die pomadisierten schwarzen Haare waren schulterlang und voller Schuppen; die buschigen Brauen erinnerten an Nachtfalterraupen unmittelbar vor der Verpuppung. Sein bevorzugt zur Schau gestellter Gesichtsausdruck war eine Mischung aus Blasiertheit und Mürrischkeit – die Miene des verkannten Genies. In Loches wurde er als »Paganini der Touraine« verspottet.

»Wenn du mir erklärst, wie ich mich in Gegenwart dieser Untiere konzentrieren soll, gern«, schnaubte er. »Diese Reise ist eine einzige Zumutung!«

Das kleine Grüppchen derjenigen, die per Bus zum Treffen der ehemaligen Austauschschüler wollten, hatte sich aus Kostengründen mit dem Bienenzuchtverein Loches zusammengetan, der an diesem Wochenende zur Begegnung mit seinem Partnerverein nach Wermelskirchen reiste. Was einst mit den Gymnasiasten begonnen hatte, war längst zu einem Austausch auf allen gesellschaftlichen Ebenen geworden.

Bedauerlicherweise hatte sich aber nicht für jede Interessensgruppe ein adäquates Pendant gefunden. Machte die Partnerschaft der Kegelbrüder mit den Boulespielern noch einen gewissen Sinn, waren die Begegnungen der französischen Union des amateurs du fromage de Chèvre mit dem deutschen Brieftaubenzuchtverein eher von Sprachlosigkeit geprägt. Völlig außen vor blieben wie so oft die Modelleisenbahner, die Kleingärtner und die Vertriebenen. Und der Freie Liebe e.V. Letztere wurde zwar auch in Frankreich praktiziert, aber nicht vereinsmäßig.

Probleme, die den Bienenzüchtern unbekannt waren, denn sie gab es hüben wie drüben. Diesmal hatten die Franzosen als Gastgeschenk für ihre bergischen Brüder gleich ein ganzes Volk dabei.

»Woher willst du eigentlich wissen, daß du eine Allergie gegen Bienenstiche hast?« fragte Ophelie. »Du bist doch noch nie von einer gestochen worden.«

»Soll ich mich etwa umbringen lassen, um es dir zu beweisen? Außerdem ist meine Mutter daran gestorben. Das reicht doch wohl.«

»Deine Mutter wurde von einem Taxi überfahren, François.«

»Nachdem sie von einer Biene gestochen worden war, ja. Sonst wäre das mit dem Taxi nie passiert. Mutter war immer sehr umsichtig.«

»Bei ihrer Obduktion wurde ein Blutalkoholgehalt von zwei Komma fünf Promille festgestellt.«

»Mußt du das hier hinausposaunen? Du weißt genau, daß das auf die Medizin zurückzuführen war, die sie wegen ihrer Kreislaufbeschwerden nehmen mußte.«

»Solche Beschwerden möchte ich auch mal haben.«

François konterte mit eisigem Schweigen, aber Ophelie war noch nicht fertig.

»Darf ich dich daran erinnern, daß du für diese Reise fünfzehnhundert Francs aus der Gemeindekasse für sogenannte ›musikalische Begleitung‹ erhalten hast? Als du den Scheck angenommen hast, wußtest du bereits, daß wir mit den Bienenzüchtern reisen würden.«

»Es war aber nie die Rede davon, daß die Imkertruppe ihr Viehzeug mitnimmt. Hätte ich das gewußt, hätte ich auf dieses Engagement verzichtet.«

»Du hast die Wahl – entweder du packst unverzüglich deine Geige aus, oder ich lasse den Scheck sperren.«

»Du hast doch nur einen Scheck ausgestellt. Damit entgingen mir auch die fünfzehnhundert für die Videodokumentation.«

»So ist es. Für dich heißt es – alles oder nichts.«

»Das würdest du nicht wagen.«

»Stell mich auf die Probe.«

François' wie toll tanzender Adamsapfel zeigte, wie es um seine Fassung bestellt war. »Ist dir bewußt, daß du mich damit um eine von derzeit zwei Einnahmequellen bringen würdest?«

»Viel schlimmer: Ich würde dich um deine einzige Einnahmequelle bringen, denn deine CD verkauft sich wie gebrauchtes Klopapier. Im April waren es landesweit neun Stück.«

»Das liegt am Cover. Es ist viel zu düster.«

»So düster wie die Kritiken.«

»Auf Kritiken scheiße ich!« platzte François derart lautstark heraus, daß der Busfahrer ihn eine Weile mit Hilfe des Innenspiegels argwöhnisch im Auge behielt.

Kaum konzentrierte der Chauffeur sich wieder auf die Straße, raunte François: »Hast du dir übrigens den Vorschlag meines Bruders und seiner Freunde durch den Kopf gehen lassen? Ewig werden sie ihr Angebot nicht aufrechterhalten.«

»Warum tust du auf einmal so verschämt?« fragte Ophelie. »Sprich den Namen der ominösen Freunde doch ruhig aus: L'Action Nationale.«

François warf einen Blick über die Schulter, aber niemand schien etwas mitbekommen zu haben.

»Willst du, daß die Sache platzt, bevor sie überhaupt begonnen hat? Was glaubst du, warum die AN meinen Bruder eingeschaltet hat?«

»Du meinst wohl, warum sie sich hinter ihm, dem sauberen Herrn Anwalt, versteckt. Weil sie so beliebt ist wie Krätze.«

»Blödsinn – weil alle Welt ihr mit Vorurteilen begegnet. Vorurteile, die die Leute, die ich kennengelernt habe, in keiner Weise bestätigen. Sie waren sogar ausgesprochen charmant. Außerdem gilt die Partei bezüglich ihrer Zahlungsmoral als untadelig.«

»Wenn man nur wüßte, aus welchen Quellen das Geld stammt.«

»Ich glaube nicht, daß wir bei unserem Schuldenberg in der Position sind, danach zu fragen. Wir sollten lieber dankbar sein, daß die AN uns durch eine langfristige Anmietung der Cloutiere eine wirtschaftliche Perspektive bieten würde. Oder glaubst du immer noch, daß dein Freund Rüdiger seine Seminare und Jahrestagungen bei uns abhalten wird?«

»Ach, auf einmal ist Rüdiger nur noch mein Freund. Wer hat denn Nacht für Nacht mit ihm unsere Weinvorräte vernichtet? Wer war denn vor Gier kaum zu bremsen, als Rüdiger vorgeschlagen hat, einen Kredit aufzunehmen, um das Schlößchen in ein Tagungszentrum umzubauen? Doch wohl du!«

»Die Idee als solche war ja auch bestechend. Das Problem ist nur, daß du dich aus sentimentaler Verbundenheit mit deiner Freundin Tamara geweigert hast, auf einem Vertrag mit Rüdiger zu bestehen. Was ist die Folge? Wir haben keinerlei Handhabe gegen ihn, obwohl er die Cloutiere entgegen seiner großspurigen Zusage nicht für einen einzigen Tag gebucht hat.«

»Versuch mir nicht weiszumachen, daß du ihm einen wasserdichten Vertrag abgerungen hättest!«

»Wer weiß, wer weiß«, sagte François, bemüht wie Sibylle von Cumae zu klingen. »Der beste Beweis für meine Managerqualitäten ist doch, wie rasch ich neue Interessenten aufgetan habe.«

Ophelie stöhnte auf wie bei einer Preßwehe. »Auf dein Akquirierungstalent kann ich verzichten. Als nächstes schleppst du noch die Mafia an.«

»In unserer Lage können wir nicht geschmäcklerisch sein.«

»Du kannst doch nicht allen Ernstes annehmen, daß ich als überzeugte Sozialistin, demokratisch gewählte Bürgermeisterin von Loches und damit Repräsentantin dieser Stadt und dieses Staates Geschäfte mit Verfassungsfeinden machen würde.«

»Feinde der Verfassung! Nun kommen Sie mal runter von Ihrem hohen Roß, Madame. Außerdem, solange du dich nicht verplapperst, wird niemand davon erfahren. Offizieller Mieter wäre ein Institut für soziologische Studien oder so ähnlich.«

»Als ob sich das geheimhalten ließe. Nein, ich will nichts mehr davon hören.«

»Dann kommt der Stammsitz deiner Familie eben unter den Hammer. Wenn dir das lieber ist ...«

»Soweit ist es noch nicht. Ich werde unseren Aufenthalt nutzen, um mit Rüdiger ein ernstes Wort zu reden.«

»Da wird er aber beeindruckt sein«, höhnte François.

»Ich kann manchmal sehr überzeugend sein«, sagte Ophelie. »Erinnere dich daran, wie ich dich dazu gebracht habe, uns etwas vorzuspielen.«

»Den Teufel werde ich tun!«

Während der Bus durch Belgien schaukelte, versuchte François sich an Mozarts »Violinkonzert Nummer 3«. Wer nicht schlief, hielt sich die Ohren zu. Nur die Bienen summten.

Das kleine Einfamilienhaus in der Leverkusener Waldsiedlung wurde von einer mächtigen Eiche beschattet, die die Hitze wirkungsvoller als jede Klimaanlage milderte. Der Garten war von kundiger Hand liebevoll gepflegt; Fassade, Dach und Fensterrahmen hingegen signalisierten akuten Renovierungsbedarf. Offenbar fehlte es den Bewohnern an Geld, vielleicht aber auch nur an einem versierten Heimwerker.

»Das Badezimmerfenster läßt sich schon wieder nicht schließen«, rief Eleonore Jäger die Treppe hinunter.

Da sie sich mit Rohkost und täglichen Atemübungen fit hielt, fand sie nichts dabei, bereits im vierten Jahr ihren neunundsechzigsten Geburtstag zu feiern. Nur nervlich war sie nicht die Stabilste.

»Laß es offen«, rief Margot, die vor dem Flurspiegel mit Wimperntusche hantierte, »ich kümmere mich morgen darum.«

Sie maß barfuß einen Meter achtzig und hatte eine passable Figur, wobei sie als junge Frau unter ihren X-Beinen gelitten hatte. Ihre fransige Kurzhaarfrisur war mit dem Prädikat »praktisch« hinreichend beschrieben. Fächer von Lachfältchen an den Mundwinkeln nahmen dem schmallippigen Mund etwas die Härte. An diesem Nachmittag war sie mit einem marineblauen Kostüm bekleidet, dem nur die Schulterstücke fehlten, um sie wie eine Schlachtschiffkommandantin aussehen zu lassen.

»Aber dann kommen so viele Spinnen rein.«

»Schließ die Tür. Ich nehme sie dann weg und setze sie raus.«

»Daß du dieses Viehzeug anfassen kannst.« Es folgte ein Seufzer, der einen Gerichtsvollzieher nicht nur zum Rückzug, sondern zusätzlich zu einer Spende veranlaßt hätte. »Das sind die Situationen, in denen ich deinen Vater vermisse.«

»Dann würde das Fenster trotzdem klemmen. Meine einzige Erinnerung an ihn als Handwerker ist, wie er beim Wechsel einer Glühbirne beinahe ums Leben gekommen wäre.«

»Dafür hatte er andere Qualitäten.«

Margot schwieg so lange, bis unmißverständlich klar war, wie sie das sah. Dann sagte sie:

»Außerdem weint man keinem Mann nach, der einem weggelaufen ist.«

»Daß du das immer wieder behauptest!« Eleonore kam die Treppe herunter. Sie trug einen paisleygemusterten Hausmantel und duftete atemnotverursachend nach Lavendel. »Dein Vater war auf Reisen, als er verstarb.«

»Drei Monate von einer Kanarischen Insel zur nächsten. Mit sämtlichen Sparbüchern und in Begleitung der blonden Serviererin von Café Curtius.«

»Ich bin mir sicher, er wäre zurückgekommen, hätte ihn in der Fremde nicht sein Schicksal ereilt. Mir gegenüber hat er nämlich nie von Trennung gesprochen. Außerdem ...«

»Ja?«

»... hat dein Mann das Ende eurer Beziehung nicht einmal um sechs Wochen überlebt.«

»Was soll dieser blöde Vergleich? Mario ist bei einem Unfall ums Leben gekommen, wohingegen Vater Selbstmord begangen hat.«

»Das wurde nie bewiesen!«

»Wenn jemand um Mitternacht vom Hoteldach fällt, nachdem er nachmittags seine Armbanduhr versetzt hat, um das Abendessen bezahlen zu können, läßt das zumindest einen gewissen Verdacht zu.«

»Ich will nichts mehr davon hören.« Eleonore wechselte ins Wohnzimmer. »Nimmst du auch einen Sherry?«

»Ich muß noch fahren.«

»Das ist der Preis der Emanzipation. Zu meiner Zeit gehörte es zum guten Ton, daß die Männer die Frauen abholten und auch wieder nach Hause brachten.«

»Irrtum – das ist der Preis, wenn man allein ausgeht.«

»Bist du denn nicht mit diesem Schröder verabredet?«

Margot folgte ihrer Mutter ins Wohnzimmer. Eine Viertelstunde blieb ihr noch, um der alten Dame Gesellschaft zu leisten. An der Hausbar schenkte sie sich einen Tomatensaft ein, den sie mit einigen Spritzern Tobasco würzte.

»Das mit Schröder ist vorbei«, sagte sie.

»Daß du aber auch keinen Mann halten kannst!«

»So etwas ausgerechnet aus deinem Mund, Mutter. Nein, Schröder ist eingefallen, daß er verheiratet ist und zwei Kinder hat. Ganz simpel.«

»Sag bloß, das hatte er dir verschwiegen?«

»Sagen wir mal – er hatte es ausgeklammert.«

»Männer mit dickem Hinterteil waren mir schon immer verdächtig.« Gedankenverloren setzte Eleonore ihr Glas an die Lippen, obwohl es leer war. »Und nun?«

»Was meinst du?«

»Du brauchst einen neuen Mann.«

»Niemand braucht einen Mann, Mutter.«

»Denk wenigstens an Wölfchen. Dein Sohn braucht einen Vater.«

»Wolfgang ist sechsundzwanzig, hat an jedem Finger eine Braut und sehnt sich nach einem Vater wie nach einer Grippe.«

»Ach, vermutlich hast du recht. Wie die Zeit vergeht. Ich sehe in Wölfchen noch immer den kleinen Dreikäsehoch. Sei so gut und schenk mir noch einen ein.«

Margot tat ihrer Mutter den Gefallen. Nachdem Eleonore genippt hatte, fragte sie:

»Gehst du ins Kino? Wenn ein Film mit Errol Flynn läuft, gehe ich mit.«

»Sei nicht albern, Mutter. Du weißt genau, daß ›Der Herr der sieben Meere‹ nur noch im Kinderprogramm läuft. Ich fahre nach Wermelskirchen.«

Bei der Nennung des Ortsnamens zuckte Eleonore zusammen wie unter einem Peitschenknall. »Wermelskirchen? Was um alles in der Welt willst du in Wermelskirchen?«

Margot berichtete von dem geplanten Treffen mit den ehemaligen Austauschpartnern aus Loches.

»Sag bloß, man hat dich eingeladen?«

»Nein, ich habe zufällig davon erfahren. Schließlich gehört das Bergische jetzt zu meinem Revier.«

Margot sah förmlich, wie sich die Gedanken ihrer Mutter überschlugen.

»Glaubst du, daß er auch kommt?« Das Pronomen hauchte Eleonore, als wimmele es im Vorgarten von Richtmikrofonen.

»Schon möglich.«

»Und? Willst du es ihm jetzt endlich sagen?«

»Wozu? Außerdem schließt die Einladung die Ehepartner ein. Das würde unter Umständen einen schönen Skandal geben.«

»Ist er denn verheiratet?«

»Warum sollte er das nicht sein?«

»Du bist bestimmt die einzige, die keinen Kerl dabei hat. Dieser verdammte Schröder!«

Eleonore war die Empörung in Person. Dann brach sie in Tränen aus. Margot setzte sich zu ihrer Mutter und nahm sie tröstend in den Arm.

»Auf einmal kommt alles wieder hoch«, schluchzte Eleonore. »Als sei es gestern gewesen. Die Schande. Die Flucht. Die Eiseskälte. Die Tiefflieger.«

Hinter einem der Kissen fand sich ein Spitzentaschentuch. Noch während Eleonore ihre Tränen trocknete, sagte Margot:

»Kann es sein, daß du Wermelskirchen '74 mit Ostpreußen '45 verwechselst? Außerdem hättet ihr die Stadt wegen mir nicht verlassen müssen.«

»Na, hör mal! Wer hat denn ein uneheliches Kind erwartet?«

»Das wäre nur halb so schlimm gewesen, hättest du dir nicht ein halbes Jahr zuvor das Maul über die kleine Peters von nebenan zerrissen, als der das gleiche passiert ist.«

»Die Schadenfreude in den Augen dieses ... dieses Packs hätte ich nicht ertragen.«

»Eigentlich hättet ihr mir sogar dankbar sein müssen. Immerhin hat mein Fehltritt Vater vor dem Gefängnis bewahrt.«

»Gefängnis? Wieso Gefängnis?« Eleonore wirkte verstört wie ein Huhn, das vergessen hatte, welchen Platz es in der Hackordnung einnahm. »Wovon sprichst du?«

»Du weißt genau, wovon ich spreche. Von der Anzeige wegen sexueller Nötigung, die ins Haus stand.«

»Sexuelle ... gütiger Himmel, Margot, was redest du da?«

»Davon, daß meine Austauschpartnerin Yvette Vater anzeigen wollte, weil er eines Nachts plötzlich in ihrem Zimmer stand. Und das, nachdem er bereits am Tag zuvor ins Bad geplatzt war, als sie in der Wanne lag.«

»Sie hätte die Tür abschließen müssen.«

»Ohne Schlüssel?«

»Auf der Badezimmertür hat immer ein Schlüssel gesteckt.«

»An dem Tag nicht.«

»Woher willst du das wissen?«

»Yvette hat es mir gesagt.«

»Mein Gott, bist du naiv! Sie hat dich belogen. Und dein Vater wird sich in der Tür geirrt haben.«

»Unbekleidet?«

»Unbekleidet!« Der Laut, den Eleonore ausstieß, lag irgendwo zwischen Aufschrei und Lacher. In jedem Fall war er hysterisch. »Das hatte sich dieses kleine Luder doch aus den Fingern gesogen!«

»Welchen Grund sollte Yvette gehabt haben, sich ein derartiges Horrormärchen auszudenken?«

»Weil ... weil ... Sie war eben so eine. Ich hatte von Anfang an ein schlechtes Gefühl, als –«

»Mutter, bitte! Nach siebenundzwanzig Jahren solltest du den Tatsachen endlich ins Auge blicken. Vater war ein Schwein.«

Eleonore wandte den Kopf zur Anrichte, auf der neben einer Dröppelminna ein silbergerahmtes Foto von Hans-Wilhelm Jäger stand. Ein feister, lachender Waidmann, bluthochdruckrot unter dem grünen Hut mit Gamsbart, den rechten Fuß auf einer toten Wildsau. Am kodakblauen Himmel ballten sich Gewitterwolken.

»Als ich wußte, daß ich schwanger war, habe ich Yvette geschrieben, ich sei schwer erkrankt«, fuhr Margot fort. »Daraufhin haben ihre Eltern auf eine Anzeige verzichtet, weil sie fanden, mit meiner Erkrankung wären wir gestraft genug. Damals war ich darüber erleichtert. Heute finde ich, Vater hätte verurteilt werden sollen. Vielleicht wäre dir und mir dadurch manches erspart geblieben.«

Das Ticken der Standuhr war für die nächsten Minuten das einzige Geräusch. Dazu tanzte Staub im spätnachmittäglichen Sonnenlicht.

»Ich habe diesen Mann geliebt«, sagte Eleonore plötzlich mit dem Trotz einer Gauleiterwitwe, die auch nach über fünfzig Jahren noch von einer Einladung auf dem Obersalzberg schwärmt. »Die Erinnerung daran ist alles, was ich noch habe. Und die lasse ich mir von dir nicht kaputtmachen.«

»Es ist schon recht, Mutter.« Margot drückte Eleonore einen Kuß auf die Wange. »Ich muß jetzt los.«

Als sie die Haustür öffnete, rief ihre Mutter ihr nach: »Fahr doch an unserem alten Haus vorbei und mach ein Foto!«

Margot tat, als hätte sie nichts gehört.

»Mußt du so rasen?« fragte Solange Thibault, geborene Austerlitz, die so verkrampft auf dem Beifahrersitz kauerte wie bei ihrer ersten Achterbahnfahrt.

Sie war eine zierliche, zweiundvierzigjährige Brünette, die aufgrund ihrer mädchenhaften Züge für zehn Jahre jünger gehalten wurde. Einzig der Schatten eines Damenbartes trübte das ansonsten makellose Erscheinungsbild. Seinerzeit auf der Schule hatten ihr die Jungen den Spitznamen »Waterloo« verpaßt, weil jeder Versuch, bei ihr zu landen, mit einer Niederlage geendet hatte. Aber das war lange her.

»Was hast du gesagt?« brüllte ihr Ehemann Roger, der am Steuer des funkelnagelneuen 607 saß.

»MUSST DU SO RASEN?«

»Davon verstehst du nichts. Der Wagen muß eingefahren werden. Je schneller, desto besser. Erzähl mir lieber, warum du dir die Haare hast abschneiden lassen.«

Klein, schmal und bis auf einen dünnen Haarkranz kahl hatte die Natur Roger mit dem Gesicht eines betrügerischen Buchhalters ausgestattet. Trotzdem oder gerade deshalb hatte er sich den Ruf eines seriösen Geschäftsmannes erworben. Was auf seinem Schädel fehlte, sproß um so üppiger anderenorts, weswegen Solange ihm letzte Woche zum Geburtstag einen Kleinstepilateur mit rotierendem Scherkopf geschenkt hatte, den man in Nase und Ohren einführen konnte. Wie beim Autofahren hatte Roger es auch beim Entfernen der Haare übertrieben. Seither klagte er über Nasenbluten und Schwerhörigkeit.

»Einfach, weil es praktischer ist«, sagte Solange, klappte die Sonnenblende runter und fuhr sich angesichts ihres Spiegelbildes mit den Fingern durch die zahnstocherlangen Haare. »Außerdem ähnele ich so Marlène Jobert.«

»Wer sagt das? Etwa dein Friseur? Wie nennt sich dieser Vogel noch? Apocalypse?«

»Améthyste, wegen seiner violetten Augen. Aber nicht nur er. Auch andere haben das gesagt.«

»Marlène Jobert hin oder her, ich wünsche, daß solche gravierenden Veränderungen im Vorfeld mit mir abgesprochen werden. Schließlich bist du keine x-beliebige Frau, sondern meine Gattin und repräsentierst daher automatisch mein Unternehmen und die Vereinigungen, denen ich vorstehe. Bei Gott, ich hätte dich nicht erkannt, wenn du mir auf der Straße begegnet wärst.«

»Was mir hin und wieder gar nicht so unlieb wäre«, murmelte Solange.

»Wie?«

»NICHTS. Abgesehen von dem repräsentativen Moment, gefällt dir die Frisur nun oder nicht?«

»Glücklicherweise hat die Natur es so eingerichtet, daß Haare nachwachsen. – Mach Platz, du Idiot!«

»Nun fahr doch nicht so dicht auf! Ich konnte nicht einmal mehr das Nummernschild erkennen.«

»Die Nummer war auch uninteressant.«

»Du fährst heute, als säße in jedem Wagen vor uns Thierry Vigneron.«

Roger lachte meckernd auf. »Ein schöner Vergleich. Weißt du eigentlich, daß der Kerl für den Vorsitz der UCIAL kandidiert? Aber die Suppe werde ich ihm versalzen.«

»Ich glaube, daß das weniger seine Idee ist als die seiner Frau.«

»Du mußt lauter sprechen, ich verstehe kein Wort.«

»ICH SAGTE, ICH GLAUBE NICHT, DASS ER DAS WIRKLICH WILL.«

»Wie kommst du darauf?«

»Das ist nur so ein Gefühl«, sagte Solange und ärgerte sich, überhaupt darauf eingegangen zu sein.

Roger warf ihr einen schrägen Blick zu. »Bei der letzten Zusammenkunft hat Thierry seine Bewerbung offiziell bekanntgegeben. Dabei wirkte er sehr entschlossen.«

»Ich fürchte, er wird dich erneut zum Narren halten, wie schon mit seinen angeblichen Kandidaturen für die Vorsitze im Golfclub und im Jagdverein. Beide Male hast du dich von ihm provozieren lassen, bist nur, um ihn zu ärgern, selbst angetreten und hast gewonnen. Wenn das so weitergeht, bist du in fünf Jahren der Präsident sämtlicher Vereine der Stadt und kriegst einen Herzinfarkt, wenn wir nicht vorher pleite gehen.«

»Von wegen angebliche Kandidaturen! Schwarz geärgert hat Thierry sich, als ich ihm die Posten weggeschnappt habe. Und bei der Schlacht um die UCIAL werde ich ihm ein weiteres Dien Bien Phu bereiten, so wahr ich Roger Thibault heiße.«

»Sie merken wohl nie, wenn Sie verarscht werden, Monsieur Ho Chi Minh? Wozu sollte ein Mann, der weder Golf spielt, noch auf die Jagd geht, Vereinen vorstehen wollen, in denen eben das betrieben wird?«

»Glaubst du, mich interessierte, Golfbälle durch die Gegend zu kloppen oder Karnickel und Enten mit Blei vollzupumpen? Solchen Vereinen steht man vor, um Macht und Einfluß zu mehren.«

»Wogegen ich nichts hätte, würde das Geschäft nicht darunter leiden. Du magst zwar die Macht und den Einfluß haben, dafür macht Thierry die besseren Umsätze.«

»Was?«

»ICH SAGTE, DU HAST DIE MACHT UND –«

»Ich habe gehört, was du gesagt hast, ich bin ja nicht taub. Woher, zum Teufel, willst du wissen, daß Thierry mehr Umsatz macht?«

»Yvette hat beim Friseur neben mir gesessen, da sind wir ins Plaudern gekommen. Die Zahlen, die sie mir für das erste Quartal genannt hat, lagen gut dreißig Prozent über unseren.«

Roger verriß das Steuer und schoß mit Tempo 180 über alle drei Fahrbahnen bis auf den Standstreifen und retour auf die Überholspur. Das Dutzend Fahrzeuge, das er dabei schnitt, revanchierte sich mit einem orchestralen Hupkonzert.

»Soll das etwa heißen, ihr Weiber tauscht beim Coiffeur die aktuellen Umsatzzahlen aus wie andere Frauen Kochrezepte?« brüllte er. »Womöglich auch noch in Gegenwart von diesem Anarchiste?«

»Améthyste«, korrigierte Solange mit schriller Stimme. »Jedenfalls ist das kein Grund, uns in den Graben zu fahren.«

»Du hast mir doch erzählt, daß sich auch die Frau unseres Finanzamtleiters, Madame Saint-Pitié, bei deinem Figaro die Haare machen läßt. Kannst du garantieren, daß der Kerl nicht in einem Anfall von Wichtigtuerei weitergibt, was er bei anderer Gelegenheit aufgeschnappt hat? Der Himmel stehe mir bei, was bist du für ein hirnloses Huhn!«

»Nun reg dich nicht auf, Roger. Améthyste ist die Verschwiegenheit in Person.«

»Sollte ich in der nächsten Zeit eine Betriebsprüfung am Hals haben, weiß ich zumindest, wem ich sie zu verdanken habe.«

Dumpf brütend rasten sie dahin. Nur der TGV auf der parallel verlaufenden Bahntrasse war schneller. Als die ersten Jets im Landeanflug auf Orly in Sicht kamen, sagte Roger: »Dreißig Prozent – ich fasse es nicht! Jetzt erst recht.«

»Wovon sprichst du?«

»Vom Vorsitz der UCIAL. Bis aufs Messer werde ich darum kämpfen.«

Solange schüttelte den Kopf. »Warum haßt du Thierry nur dermaßen, Roger? Hast du immer noch nicht verwunden, daß er dir damals Yvette ausgespannt hat? Ist es das?« Da er stumm blieb, setzte sie fort: »Also habe ich recht. Weißt du eigentlich, wie sehr du mich damit verletzt?«

»Rede dir bloß nichts ein. Schon unsere Großväter und Väter konnten sich nicht leiden, die Feindschaft mit den Vignerons hat Tradition, wenn auch heute keiner mehr weiß, warum eigentlich. Ich habe dir doch erzählt, daß mein Vater das Konterfei des alten Vigneron auf gefüllte Vittel-Flaschen geklebt und dann mit der Flinte darauf geschossen hat. Peng! Die Flaschen sind explodiert wie Granaten.«

»Dafür zierte das Gesicht deines Vaters die Kloschüssel der Vignerons.«

»Das ist nicht wahr!«

»Und ob das wahr ist. Ich habe selbst mal auf dem Klo gesessen.«

»Wie konntest du das wagen?«

»Was sollte ich denn tun? Meinen Hintern aus dem Fenster hängen? Da hätte die Rue Balzac aber ihren Spaß gehabt. Außerdem konnte ich deinen Vater zu der Zeit auch nicht leiden.«

»Sag bloß, diese Infamie hat dir auch noch Freude bereitet?«

»Ich habe mich eher unwohl gefühlt. Als würde ich beobachtet.«

Roger schloß seine Augen bis auf einen schmalen Schlitz. »Weißt du, wer das Bild gemalt hatte? Doch nicht der alte Vigneron mit seinem Tatterich.«

»Nein, es war ein ausgesprochen gelungenes Portrait.«

»Ich will den Namen des Malers hören.«

»Denk an deinen Blutdruck.«

»Wie?«

»DU WIRST NUR WÜTEND, WENN ICH –«

»Also Thierry. Dieser Hurensohn!«

»Er konnte schon immer gut malen.«

»Den mache ich fertig«, knurrte Roger und trat das Gaspedal bis auf den Boden durch. Plötzlich lachte er auf wie irre. »Weißt du, welches Gerücht ich neulich über Thierry im Jagdverein gestreut habe? – Nein? – Ich habe verbreitet, er sei impotent. Hahaha.«

»Das wüßte ich«, plapperte Solange gedankenlos, und im gleichen Atemzug war ihr, als werde sie mit siedendem Öl übergossen.

Sie schloß die Augen. Eine unwirkliche Stille umfing sie, als sei sie nach einem Sprung vom Turm im Schwimmbecken untergetaucht. Das war es, dachte sie. Aus und vorbei. Roger wird die Scheidung einreichen. In der Stadt wird man mich schneiden. Womöglich hält unser einziges Kind zu seinem Vater. Die Zukunft wird einsam.

»Was hast du gesagt?« drang Rogers Stimme wie durch Watte an ihr Ohr. »Du mußt lauter sprechen.«

Langsam tauchte Solange auf und sog die Lungen voll Luft. Augenblicklich war ihr klar, daß das ein Fingerzeig Gottes gewesen war, die Affäre mit Thierry zu beenden. Am liebsten hätte sie vor Erleichterung laut gelacht. Das verkniff sie sich jedoch mit einem Biß auf die Lippe und schlug die Augen auf. Gerade rechtzeitig, um einen grellen Blitz wahrzunehmen.

»ICH HOFFE, DU HAST DEIN SCHECKBUCH DABEI.«
»Wieso?«
»Weil wir gerade in eine Radarfalle gerast sind«, sagte sie.

BEI FAMILIE DESLOGES, »LA CLOUTIERE«, PERRUSSON, AM DIENSTAG, DEM 7. MAI 1974

Als Vorspeise gab es Champignoncrèmesuppe mit frischen Kräutern. Lediglich das Klappern der Löffel auf den Tellerrändern und gelegentlich ein dezentes Schlürfen waren zu vernehmen. Die Desloges speisten schnell und vor allem schweigend, was für Tamara bedrückend ungewohnt war, da ihre Eltern bei Tisch die Ereignisse des Tages zu besprechen pflegten. Trotzdem aß sie mit großem Appetit, denn abgesehen von dem kargen Frühstück hatte sie noch nichts zu sich genommen.

Plötzlich erklang die Türglocke, und augenblicklich bildeten sich zwischen den buschigen Brauen von Monsieur Desloges tiefe Unmutsfalten. Unaufgefordert ging Ophelies kleine Schwester Juliette zur Tür. Sekunden später war sie zurück und sagte:

»Es ist für dich, Tamara. Dein Freund.«

»Ich habe keinen Freund«, sagte Tamara, während die Blicke von Madame und Monsieur auf ihr brannten, als hätte sie einen unanständigen Witz erzählt. Ophelie starrte in ihren Teller und sagte wie immer nichts.

»Er sagt, er heißt Rüdiger«, sagte Juliette.

»Entschuldigung«, sagte Tamara und stand auf.

Auf dem Weg zur Tür sagte sie »Er ist wirklich nicht mein Freund«, aber man schenkte ihr so viel Glauben, als hätte sie behauptet, sie sei ein Faun.

Vor dem Eingang lümmelte Rüdiger grinsend auf dem Sattel einer aufgemotzten Motobécane. Beinahe so lässig wie Peter Fonda in der Rolle des Wyatt auf seiner Harley. Aber eben nur beinahe.

»Das ist ja ein geiler Schuppen«, sagte er zur Begrüßung und deutete auf das herrschaftliche Gebäude. »Haben die auch Personal?«

»Was fällt dir ein, dich als mein Freund auszugeben?« fuhr Tamara ihn an.

»Na, hör mal, ich –«

»Glaubst du, du hättest irgendwelche Rechte, nur weil wir mal geknutscht heben?«

»Was ist los mit dir? Ich dachte, wir gehen zusammen.«

»Du tickst wohl nicht richtig.«

»Hey, Tamara.« Rüdiger streckte den Arm nach ihr aus, aber sie hielt sich außerhalb seiner Reichweite. »Ich liebe dich doch.«

»Red keinen Quatsch!«

»Dann bin ich eben in dich verknallt. Das aber richtig.«

»Seit zwei Tagen hast du kein Wort mit mir geredet, und auf einmal sülzt du hier herum. Was soll das?«

»Ich mußte mich erst mal akklimatisieren. Aber heute ist mir danach, mit dir einen trinken zu gehen.« Rüdiger tätschelte den Tank der Motobécane. »Thierry hat mir extra seinen heißen Ofen geliehen. Das Ding läuft locker sechzig.«

»Kein Bedarf. Außerdem habe ich Ophelie versprochen, nach dem Essen mit ihr Halma zu spielen.«

»Halma?« Rüdiger feixte. »Warum hockt ihr euch nicht gleich in den Sandkasten und spielt Backe-backe-Kuchen? Von mir aus bring Ophelie mit. Thomas und Daniela kommen übrigens auch. Wir treffen uns im ›Tour St. Antoine‹.«

»Was treibt die denn aus dem Haus?«

Rüdiger wies mit einer großen Geste in den Park, in dem mehrere Pfauen herumstolzierten, und sog gleichzeitig Luft ein. »Riechst du nichts?«

Tamara schnupperte, nahm aber nichts Auffälliges wahr. »Was meinst du? Rauch?«

»Wir haben Mai, Mädchen. Das ist die Zeit der Liebe. Nie davon gehört?«

»Du willst mir doch nicht weismachen, daß sich zwischen den beiden etwas anbahnt?«

»Allemal genug, um sie damit aufzuziehen.«

»Deine ewigen Sticheleien gehen mir auf den Geist.« Tamara trat zurück in die Diele und legte die Hände ans Türblatt. »Meine Suppe wird kalt.«

»Ist das dein letztes Wort? Hast du keine Angst, ich könnte mich aus Verzweiflung mit einer anderen einlassen?«

»Das einzige, wovor ich mich fürchte, sind Gewitter. Und komm nicht wieder her. Die Desloges mögen so etwas nicht.«

»Ganz wie du meinst«, sagte Rüdiger und schob das Moped an. »Hoffentlich bereust du es nicht.«

»Es gibt Schlimmeres.«

Das bestätigte sich schneller als erwartet. Nicht nur Tamaras Suppenteller war abgetragen worden, sie hatte außerdem den Hauptgang verpaßt. Und dann gab es auch noch Weincreme als Nachspeise. Verzweifelt suchte Tamara Ophelies Blick, aber die starrte nur schweigend in ihre Dessertschale. Tamara verfluchte den Tag, an dem ausgerechnet sie einander zugeteilt worden waren.

Auch die erste Partie Halma wurde nahezu wortlos gespielt. Tamara verlor haushoch, nicht zuletzt weil ihr vor Hunger flau war. Als sie die Figürchen zur Revanche aufstellten, knurrte ihr Magen wie ein ungehaltener Hund.

»Im Kühlschrank steht übrigens noch kalter Braten und Käse«, sagte Ophelie.

Dann lächelte sie, und Tamara lächelte zurück.

»Seltsam«, sagte Thierry. »Keiner der übrigen Hotelgäste ist unter siebzig.«

»Vielleicht findet hier gerade ein Seniorenkongreß statt«, sagte Yvette.

»Wo sind dann die Namensschildchen? Kein Kongreß ohne Namensschildchen. Hast du übrigens das Telefon gesehen? Die Tasten sind so groß wie Briefmarken. Und der Knopf für den Etagenkellner befindet sich neben der Wanne. Kurios.«

»Damit wird man sich das Frühstück ins Bad bestellen können. Das ist moderner Komfort. Wann haben wir eigentlich das letzte Mal in einem Hotel übernachtet? Das muß Ewigkeiten her sein. Wir sind gar nicht mehr auf dem laufenden.«

»Ein Grund mehr, das Geschäft zu verkaufen.«

»Ich hatte dich gebeten, das Thema an diesem Wochenende nicht mehr anzuschneiden. Also halte dich bitte daran.«

Sie lehnten am Balkongeländer ihres Zimmers im zweiten Stock des Hauses Vogelsang. Allerdings nicht Arm an Arm, sondern im Abstand von einem Meter. Einhundert Zentimeter, das entsprach in etwa ihrer gefühlsmäßigen Distanz.

Yvette sog übertrieben intensiv Luft ein, hielt sie an, bis sie nicht mehr konnte, und ließ sie dann langsam und pfeifend entweichen. Beseelt vom Sauerstoff wies sie mit einer theatralischen Geste ins Eifgental.

»Ist die Aussicht nicht wunderbar?«

»So wie die Erde dampft, hat es hier vor nicht einmal einer Stunde geregnet«, sagte Thierry. »Kannst du dich an einen einzigen Tag während unseres Austausches anno '74 erinnern, an dem es nicht geschüttet hat?«

»Der Tag unserer Ankunft. Und als wir abgefahren sind, glaube ich.«

»Wenn Engel reisen. Deswegen kriegen die Bergischen Kinder spätestens zur Einschulung ihren eigenen Regenschirm geschenkt.«

»Wer hat dir das erzählt?«

»Heinzmario. Seine Mutter hatte seinen ersten Schirm zusammen mit seinen Babyschühchen, einer Locke und den Milchzähnen wie in einem Reliquienschrein in der obersten Schublade einer Kommode aufgehoben. Ich wußte gar nicht, daß es so kleine Schirme gibt. Kaum größer als die, die man auf Törtchen steckt.«

»Vielleicht eine Sonderanfertigung für diese Gegend.«

Thierry zog ein Päckchen Gauloises ohne Filter und ein Sturmfeuerzeug aus der Tasche. Auf dem Feuerzeug klopfte er die Zigarette an. Eine von fünf, die er pro Tag rauchte.

»Wie hieß noch das Mädchen, bei dem du damals untergebracht warst?« fragte er, nachdem er die Zigarette angezündet hatte. »Die Lange, deren Vater dir nachgestellt hat?«

»Margot. Warum fragst du? Würdest du sie gern wiedersehen?«

»Ich bezweifle, daß sie mich in guter Erinnerung behalten hat.«

»Da könntest du recht haben, so scheußlich, wie du dich ihr gegenüber benommen hast. Wie habt ihr euer Spiel damals, als die Franzosen bei uns waren, genannt? Jungfrauen knacken?«

»Mir scheint, du hast zu viele Schundfilme gesehen. Bei Margot ging es darum, einen BH als Trophäe vorzuweisen. Normalerweise mußte es ein Slip sein, aber da Margot als uneinnehmbar galt, haben die Jungs eine Ausnahme gemacht.«

»Was hast du bei der Wette gewonnen?«

»Einen Abend freies Saufen. In dieser Kneipe bei der Schule. ›Audimax‹ hieß sie, jetzt fällt es mir wieder ein. Das Gegenstück zu unserem seligen ›Charles VII‹. Am nächsten Tag habe ich gekotzt wie ein Reiher. In meinem ganzen Leben war mir nie wieder so schlecht. Das war der Tag, als wir diese Industriellenvilla im Ruhrgebiet besichtigt haben. Ich habe den Namen der Sippe nicht präsent, aber es gibt einen phantastischen Film von Visconti über die Familie.«

»Die Villa Krupp«, sagte Yvette. »Im Park der Villa war es auch, wo Margot den eigentlichen Grund für deine Avancen erfahren hat. Dein Intimfeind Rüdiger hat sie damit aufgezogen. Mein Gott, die Ärmste hat sich die Augen ausgeheult.«

»Ich muß zu der Zeit ein ziemlicher Kotzbrocken gewesen sein.«

»Allerdings. Wenn mir damals jemand geweissagt hätte, daß ich dich einmal heiraten würde, wäre ich ins Wasser gegangen.«

»Weißt du, was aus ihr geworden ist?«

»Wir haben uns nur noch kurze Zeit geschrieben. Damals stand ja eine Zeitlang im Raum, daß meine Eltern Margots Vater anzeigen würden. Aber dann ist Margot schwer erkrankt und mit ihren Eltern aus Wermelskirchen weggezogen. Ich hatte sie zwar gebeten, mir ihre neue Anschrift mitzuteilen, habe aber nie wieder von ihr gehört. – Sieh mal, dort drüben am Fenster steht Ophelie. Juhu!«

Die Bürgermeisterin winkte zurück. Keine fünf Minuten später leisteten sie und François den Vignerons auf dem Balkon Gesellschaft. Nach dem obligatorischen Küßchen-Küßchen wies Thierry auf die Betagtheit der anderen Gäste hin. François hielt die Szene mit einer Videokamera fest.

»Das ist ein Altenheim«, sagte Ophelie. »Kein Hotel. Wußtet ihr das nicht?«

»Ein Altenheim?« fragte Yvette erschüttert, als sei sie dadurch zur Greisin mutiert. »Wieso sind wir in einem Altenheim untergebracht?«

»Das ist eine Geste meines deutschen Amtskollegen Heinzmario vom Stein, deines früheren Ersatzaustauschpartners, Thierry. Er will uns so Kosten ersparen.«

»Wieso Ersatzaustauschpartner?« fragte François, ohne die Kamera abzusetzen.

»Als die Deutschen in Loches waren, hatte Thierry zunächst Rüdiger zur Einquartierung, während Heinzmario bei Gilbert Marchais untergebracht war. Nach wenigen Tagen kam es jedoch zu gewissen Spannungen, weswegen Rüdiger und Heinzmario die Quartiere tauschen mußten.«

»Gewisse Spannungen? Das hört sich interessant an. Erzählt mal.«

»Heinzmario hat bei den Marchais ins Bidet geschissen«, sagte Thierry. »Gleich in der ersten Nacht.«

»Wie kann denn so etwas passieren?«

»Er hat den Lichtschalter nicht gefunden und sich auf die erstbeste Schüssel gehockt, die er ertastet hat.«

»Und der Mann ist heute Bürgermeister?«

»Das war aber nicht der Grund für den Wechsel«, sagte Ophelie. »Zwischen Thierry und Rüdiger sind während der Fete in Puits Bertin die Fäuste geflogen. Deswegen mußten die beiden getrennt werden.«

»Rüdiger ist auf mich losgegangen«, sagte Thierry, »weil ich mit seiner Freundin getanzt habe.«

»Aber wie«, sagte Yvette. »Ich habe das Bild noch heute vor Augen. Das war der reinste Begattungstanz.«

»Rüdiger und Tamara sind übrigens verheiratet und haben zwei süße Kinder«, sagtc Ophelie.

»Dann sind solche Raufereien ja Schnee von gestern«, sagte François.

Mittlerweile zitterte seine Hand unter dem Gewicht der Kamera. Das würde Erdbebenbilder geben.

»Warum filmst du eigentlich die ganze Zeit?« fragte Thierry.

»François filmt gegen ein geringes Entgelt das heutige Treffen im Auftrag des Komitees der Städtepartnerschaft«, sagte Ophelie schnell. »Sonst gibt es immer nur Fotos. Ich dachte, ein Video sei mal etwas anderes.«

Es klopfte. Thierry ging zur Tür und öffnete. Solange und Roger Thibault standen im Flur. Da die drei auf dem Balkon die Neuankömmlinge bereits entdeckt hatten, konnte Thierry nicht anders, als sie eintreten zu lassen. Als Solange an ihm vorbeiging, warf Thierry ihr einen Blick zu, der »Schade!« bedeuten sollte, denn heute war eigentlich ihr Tag.

Sie behandelte ihn wie einen Butler. Roger hingegen machte ein Gesicht wie der Direktor der Oper von Venedig am Tag nach dem großen Brand.

»Sechstausendfünfhundert Francs«, sagte Solange. »Und Rogers Führerschein haben die Flics auch behalten.«

»Das ist die reinste Wegelagerei«, schimpfte Roger. »Ich werde mich beim Präsidenten der Republik persönlich beschweren.«

»Damit wäre ich vorsichtig«, sagte Thierry. »Wenn Chirac das in den falschen Hals kriegt, landest du auf Cayenne.«

Blanke Mordlust loderte in Rogers Augen auf. Wie ganz Loches wußte, hatte ein Bruder seines Großvaters die Zelle mit Henri »Papillon« Charrière geteilt.

Ophelie, die erkannte, welcher Sturm da heraufzog, drängte sich zwischen die beiden und fragte in die Runde: »Was glaubt ihr, wer von uns alles kommt? Ob sich vielleicht sogar unser Fernsehstar blicken läßt? Jedenfalls wurde er eingeladen, wie Heinzmario mir am Telefon sagte.«

»Ich habe Gilbert zuletzt vor ein paar Jahren gesehen, als er in einem offenen Cadillac durch Loches fuhr«, sagte Yvette. »Glaubt ja nicht, daß er mich gegrüßt hätte.«

»Seinem Vater geht es wohl sehr schlecht«, sagte Solange. »Angeblich liegt er im Sterben.«

»Der alte Marchais soll ja schon vor Jahrzehnten das Recht erworben haben, im Collégiale Saint Ours bestattet zu werden«, sagte Roger. »Ist dir darüber etwas bekannt, Ophelie?«

»Das ist doch dummes Gerede«, sagte Ophelie. »Genauso gut könntest du behaupten, er habe das Grab des Unbekannten Soldaten unter dem Arc de Triomphe gekauft. – Du liebe Güte, es ist ja schon halb fünf! In einer halben Stunde soll die Feier beginnen. Wir sollten uns aufmachen, ihr wißt doch, wie pünktlich die Deutschen sind.«

Als sie zu sechst durch das Foyer des Altenheims schritten, drohte ihnen ein zahnloser alter Herr mit seinem Stock und rief: »Ihr verdammten Käsefresser! Wegen euch muß ich im Keller schlafen. Dabei war auch ich gegen Hitler.«

»Was hat der Mann gesagt?« fragte Thierry. »Ich habe nur Hitler verstanden.«

»Bestimmt ein alter Nazi«, sagte Roger.

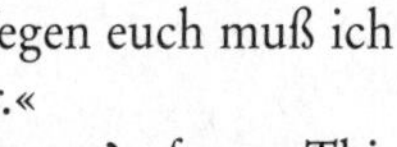

»Alles, was Sie wollen«, sagte der Kellner. »Wir sind perfekt vorbereitet.«

»Schön«, sagte Heinzmario, der die acht Meter lange, sorgfältig eingedeckte Tafel im Wintergarten des Restaurants »Im Giebel« inspizierte. »Nur kein Rindfleisch. Wegen BSE.«

»Mein Mann ist schon so vergeßlich genug«, sagte Beatrice und kippte den doppelten Cognac, den sie sich an der Theke besorgt hatte. »Da würde CJK gerade noch fehlen.«

»Bea, bitte!« Heinzmario wandte sich wieder an den Kellner. »Und kein Schwein. Wegen MKS. Die soll zwar nicht übertragbar sein, aber man weiß ja nie.«

Der Kellner notierte.

»Was ist mit TBC?« fragte Beatrice. »Neulich habe ich gelesen, der Tuberkelbazillus grassiere in Hähnchenmastbetrieben.«

»Stimmt das?« fragte Heinzmario, aber der Kellner zuckte nur die Achseln. »Dann streichen Sie Geflügel. Sicherheitshalber.«

»Ist Ihnen Lammfleisch recht?« fragte der Kellner, nachdem er Hähnchen und Puter durchgeschlängelt hatte.

»Scrabie«, sagte Beatrice. »Die Traberkrankheit.«

»Dann weg damit«, sagte Heinzmario.

»Ich hätte noch Forellen anzubieten«, sagte der Kellner.

Beatrice schüttelte den Kopf. »Keine Forellen, Heinzi. Bei denen hat man jede Menge Dioxin im Futter gefunden.«

»Grundgütiger Himmel, bleibt denn überhaupt noch etwas?« fragte Heinzmario.

»Strauß, Känguruh und Krokodil«, sagte der Kellner. »Kleingeschnitten und mit Sauce sieht das aus wie ganz gewöhnliches Fleisch.«

»Mir bringen Sie bitte noch einen doppelten Cognac«, sagte Beatrice und drückte dem Mann den Schwenker in die Hand. »VSOP.«

Nachdem der Kellner gegangen war, sagte Heinzmario scharf: »Das ist schon der zweite Doppelte. Wenn du so weitermachst, tanzt du auf dem Tisch, bevor die Franzosen kommen.«

»Der dritte«, sagte Beatrice. »Den ersten habe ich gleich am Tresen getrunken. Erzähl mir lieber, wo die Tischkärtchen sind.«

»Es gibt keine Sitzordnung. Wir müssen improvisieren. Abgesehen von einigen Ausnahmen weiß ich nicht, wer kommt. Das Feedback auf meine Einladung war ausgesprochen dürftig. Für den Notfall habe ich ein paar Lückenbüßer in der Hinterhand.«

»Was für Lückenbüßer?«

»Diese Sozialhilfeempfänger, die uns mal den Garten gemacht haben. Denen hatte ich für irgendwann ein Essen versprochen.«

»Zu Lasten des Etats der Städtepartnerschaft.«

»Ich weiß gar nicht, was du willst. Billiger kriege ich die nicht abgefüttert.«

»Wenn du nicht weißt, wie viele Franzosen kommen, woher wußtest du dann, wie viele Zimmer im Haus Vogelsang benötigt werden?«

»Ich habe einfach die komplette zweite Etage räumen lassen. Irgendeinen Vorteil muß es doch haben, wenn man im Vorstand des Trägers sitzt.«

»Hat niemand protestiert?«

»Die alten Leutchen sind doch dankbar für jede Abwechslung. Für die ist das wie Urlaub, wenn sie mal woanders untergebracht sind.«

Der Kellner brachte den Cognac und fragte: »Tragen Sie heute nicht Ihre Kette?«

»Nein«, sagte Heinzmario im Tonfall eines Vaters, der seinem Kind die Welt erklärt. »Heute bin ich mit der absoluten Mehrheit von einundfünfzig Prozent als Privatmann hier und nur zu neunundvierzig Prozent als Bürgermeister – hahaha.«

»Da kommen Dani und Tommy«, sagte Beatrice. »Falls du mich mit welchem Prozentsatz deiner selbst auch immer suchen solltest, ich bin am Tresen.«

Heinzmario verfolgte mit besorgtem bis verärgertem Gesicht, wie Beatrice Daniela abfing und an die Theke lotste, wo sie gleich zwei Finger hob. Thomas dagegen strebte ohne Umweg in den Wintergarten.

»Sind wir die ersten?« fragte er und blickte sich um.

»Nein, wir waren vor euch da«, sagte Heinzmario. »Suchst du jemanden?«

»Ich dachte, Rüdiger sei vielleicht schon hier.«

»Willst du ihn sprechen?«

»Ja.« Thomas lächelte unsicher. »Eigentlich schon.«

»Worum geht es denn? Vielleicht kann ich dir helfen.«

»Es handelt sich um eine Privatangelegenheit, Heinzmario. Nichts, womit ich dich belästigen möchte. Jedenfalls nicht im Augenblick.«

»Belästigung – ich bitte dich.« Heinzmario legte dem handbreit kleineren Thomas jovial den Arm um die Schultern. »Wenn ich nicht mehr die Zeit hätte, einem Freund und noch dazu einem langjährigen Parteifreund mein Ohr zu schenken, wo kämen wir da hin? Du darfst mich ruhig als deinen politischen Beichtvater betrachten, Tommy. – Schuldet Rüdiger dir vielleicht Geld?«

Eine Kopfnuß hätte Thomas nicht unerwarteter treffen können.

»Wie kommst du darauf?« stammelte er. »Hat Rüdiger etwa –«

»Nein, nein. Reine Intuition. Wenn man so lange im Geschäft ist wie ich ... Aber was rede ich, mein Lieber! Du bist es, der mir sein Herz ausschütten will.«

Dazu senkte Heinzmario den Kopf und schloß die Augen. Eine reflexhafte Haltung, die höchste Konzentration signalisieren sollte, aber auch als bewährte Camouflage für das Einnicken bei Auftritten des Singkreises oder des Volkschores diente.

Thomas begann stockend, steigerte jedoch mit jedem Satz seinen Redefluß, bis er schließlich ein für ihn furioses Erzähltempo erreichte und sich in Rage redete. Als er zuletzt von der Kündigung durch den Konzern und der daraus erwachsenen Notlage berichtete, stampfte er sogar mit dem Fuß auf und ballte die Fäuste. Träge wie ein Löwe, der aus dem Mittagsschlaf erwacht, hob Heinzmario die Lider.

»Bei Gott, Thomas, das sind Nackenschläge, wie man sie selbst seinem ärgsten Feind nicht wünscht«, sagte er. »Und erst recht keinem Freund. Andererseits kann ich dir den Vorwurf nicht ersparen, seinerzeit nicht auf mich gehört zu haben. Ein Wechsel der Marke bringt immer Komplikationen und Umsatzeinbußen mit sich, hatte ich dir gesagt. Dein Vater hat dreißig Jahre lang italienische Autos verkauft und ist damit gut gefahren. Ehrlich gesagt habe ich bis heute nicht begriffen, warum du den Vertrag gekündigt hast.«

»Ich wollte es besser machen.«

»Mit dem bekannten Ergebnis. Und dann diese Nebengeschäfte mit Kinderspielzeug. Bei dir im Autohaus sieht es manchmal aus wie auf dem Flohmarkt. Da darf es dich nicht wundern, wenn den Amis dein Auftritt mißfällt.«

»An Tankstellen wird auch nicht nur Benzin verkauft.«

»Und im Puff gibt es belegte Brötchen. Deswegen sieht es da trotzdem nicht aus wie in einer Bäckerei.«

»Ich war noch nie im Puff.«

Heinzmario stöhnte auf. »Dein Problem ist, daß du im Innersten eine kleinkarierte Krämerseele bist, Tommy. Du wärst besser Buchhalter bei OBI geworden. Selbständigkeit ist nichts für dich.«

»Für solche Erkenntnisse ist es jetzt zu spät.«

»In der Tat.«

»Was ist mit dem Geld, das Rüdiger mir schuldet?«

Heinzmario hob die Brauen. »Ich fürchte, auch dabei hast du dich verrechnet, mein lieber Tommy. Wenn es sich verhält, wie du mir geschildert hast, dann handelt es sich um ein mehr oder weniger freiwilliges Entgegenkommen Rüdigers.«

»Von wegen freiwillig. Rüdiger hat erst klein beigegeben, als ich ihm die Pistole auf die Brust gesetzt habe.«

»Das nennt man Erpressung.«

»Bitte?«

»Ich denke, du hast mich verstanden. Solltest du vorhaben, Rüdiger wegen des Ausbleibens dieser ... nennen wir sie mal Nachzahlung zu verklagen, könnte ich mir durchaus vorstellen, daß er dich im Gegenzug wegen Erpressung beziehungsweise Nötigung anzeigen würde. Wie so ein Verfahren, ganz abgesehen von der Dauer, letztendlich ausgehen würde, wage ich nicht zu beurteilen. Ich könnte mir jedoch denken, so wie ich Rüdiger kenne, daß der Erwerb der Apotheke zumindest formal korrekt abgelaufen ist.«

»Formal korrekt«, sagte Thomas mit einem Zittern, als signalisierten alle zweitausend Geschmacksknospen seiner Zunge Bitterkeit. »Da dürftest du vermutlich recht haben. Auf wessen Seite stehst du eigentlich?«

»Auf niemandes, und das weißt du auch. Ich bemühe mich lediglich, dich vor einer weiteren Dummheit zu bewahren.«

»Vielen, vielen Dank.« Thomas' Stimme troff nur so vor Sarkasmus. »Damit hast du mir sehr geholfen. Du bist ein wirklicher Freund, Heinzmario. Warum gibst du mir nicht gleich den Rat, mir einen Strick zu nehmen?«

»Nun red keinen Blödsinn! Wegen so was hängt man sich nicht auf.« Heinzmario dämpfte die Stimme, obwohl sie den Wintergarten für sich hatten. »Wenn du möchtest, spreche ich mit dem Sparkassenvorstand wegen einer Hypothek.«

»Zwecklos. Das Haus ist bereits bis zum Äußersten belastet. Da sind keine –«

»Wenn man vom Teufel spricht!« fiel Heinzmario ihm laut und launig ins Wort und ging dem Neuankömmling mit ausgebreiteten Armen entgegen. »Rüdiger, altes Haus, wie geht es dir?«

Die beiden Männer zelebrierten diese Abklopfbegrüßung, die den Eindruck erweckt, als tasteten sie sich in Wirklichkeit nach Waffen ab. Thomas' hingehaltene Hand übersah Rüdiger, was von diesem offenbar als gezielte Kränkung aufgefaßt wurde. Mit der Miene eines Zitronenscheibenlutschers zog Thomas sich zurück.

Ohne Umschweife ging Heinzmario in medias res und sprach Rüdiger auf die Krise des Fonds und die Sorgen der Anleger an. Bereits nach wenigen Worten stoppte Rüdiger ihn mit erhobenen Händen.

»No business tonight«, lallte er. »Heute abend gibt es nur eins: Sex and Drugs and Rock 'n' Roll, wie in den alten Zeiten. Wenn du etwas auf dem Herzen hast, stehe ich dir morgen früh um Punkt neun in meinem Büro zur Verfügung. Okay?«

»Morgen ist Sonntag.«

»Na und? Seit wann gehst du alter Atheist in die Messe?«

Eine Antwort blieb Heinzmario schuldig, denn in dem Moment betraten die Lochois unter der Führung von Ophelie Desloges das Restaurant. Mit nur fünf Minuten Verspätung, wie Heinzmario mit einem kurzen Blick auf seine funkgesteuerte Junghans feststellte. Alle Achtung, dachte er.

Auf jeden Fall rechtzeitig, um mitzuerleben, wie Beatrice auf ihrem Barhocker der Cognac hochkam.

Die Reden, die die beiden Stadtoberhäupter hielten, waren erfreulich kurz.

Heinzmario, der wegen des Zusammenbruchs seiner Gattin – die inzwischen per Taxi auf dem Heimweg war – noch sichtlich unter Schock stand, beschränkte sich auf die Begrüßung der Anwesenden und die Bekanntgabe des Programms. Punkt 1: Begrüßung der Anwesenden und Bekanntgabe des Programms; Punkt 2: Eröffnung des Buffets; Punkt 3: Unterhaltung nach Belieben; Punkt 4: Tanzvergnügen, zu dem ein regional bekannter Hammondorganist aufspielen würde. Gegen Mitternacht würde es noch eine Eisbombe geben. Dazu würden während des

Austausches anno '74 gedrehte Super-8-Filme vorgeführt werden. Heinzmario wischte sich den Schweiß von der Stirn und wünschte ein vergnügliches Beisammensein. Applaus brandete auf.

Ophelie blieb mit ihren Ausführungen sogar unter einer Minute. Sie dankte dem Amtskollegen in wenigen Sätzen für die Einladung und für die Organisation des Abends, wünschte allen viel Spaß und stürzte, während die anderen noch klatschten, zum Buffet.

Krokodil ging am besten, wohl auch, weil es die meisten aufgrund der würzigen Rotweintunke und den dazu gereichten Preiselbeeren für Wildschwein hielten. Ein Irrtum, der nicht aufgeklärt wurde, denn auf Heinzmarios Zwanzigmarkschein-Bitte hin beschränkte der Buffetier sich auf ein freundliches Lächeln und tat, als verstehe er kein Deutsch.

»Ich muß regelmäßig essen«, sagte Ophelie. »Deshalb habe ich mich vorgedrängt.«

Sie nahm gerade ihre zweite Portion in Angriff, wobei sie den Teller mit ihrer ausladenden Oberweite abstützte.

»Ich wußte gar nicht, daß du Diabetes hast«, sagte Heinzmario. Dazu machte er das Gesicht, das sich sowohl bei Beisetzungen von politischen Wegbegleitern als auch bei der Verkündung von Mittelkürzungen im Sozialbereich bewährt hatte. »Mußt du Insulin spritzen, oder kommst du mit Tabletten aus?«

»Wieso Diabetes? Mir wird flau, wenn ich eine Mahlzeit auslasse. Ich werde dann regelrecht zur Motte.« Mit rollenden Augen und kreisenden Hüften demonstrierte Ophelie, wie das aussah. »Was war denn mit Beatrice los? Sag bloß, sie ist schwanger?«

Heinzmario, der gerade sein Kölsch angesetzt hatte, verschluckte sich und erlitt einen Hustenanfall. Ophelie lieh ihm ihre Serviette, damit er seine Krawatte säubern konnte.

Nachdem das erledigt war, sagte er: »Bea klagte schon den ganzen Tag über Kreislaufprobleme. Das Wetter ist aber auch teuflisch.«

»Das kenne ich von meiner Schwiegermutter.« Ophelie sah sich um. »Siehst du etwas von Daniela und Thomas?«

Heinzmario stellte sich auf die Zehenspitzen, obwohl er alle anderen auch so überragte. »Nein. Sie waren aber hier.«

»Ich weiß. Gleich bei meinem Eintreffen sprach Daniela mich auf ihre Austauschpartnerin Nicole an und fragte mich, ob ich wüßte, wie es ihr gehe.«

»Nicole ... Nicole ... War das diese Rothaarige?«

»Genau. Die mit den Sommersprossen. Bei uns hieß sie nur Fifi Brin d'Acier.«

»Fifi – wie?«

»Wie sagt ihr noch? Ach ja, Pipi Langstrumpf.«

»Richtig. Was macht sie denn?«

»Nicole ist im vergangenen Dezember an Krebs gestorben.«

»Um Himmels willen! Hast du das etwa Daniela gesagt?«

»Ja. Was sollte ich ihr sonst sagen?«

Heinzmario seufzte. »Das ist wahrlich kein guter Tag für die Froweins.«

»Ich fürchte, ich verstehe nicht.«

Heinzmario beugte sich zu Ophelie hinab und berichtete von der Geschwulst, die seine Frau Daniela entfernt hatte. Ophelie schlug die Hand vor den Mund.

»Ist es bei ihr auch Krebs?«

»Bea wartet noch auf den Befund. Man muß mit allem rechnen.«

»Diese verfluchte Krankheit. Hätte ich bloß meinen Mund gehalten.«

»Das konntest du doch nicht ahnen.« Heinzmario faßte Ophelie am Ellbogen. »Darf ich dich zu einem Bier einladen?«

»Aber nur, wenn du mir auch einen Schnaps spendierst.«

*

Zuerst hatten Rüdiger und Thierry einander ignoriert wie zwei Damen der Gesellschaft, die zum Ball der Bälle in identischen Kleidern erschienen waren. Später, als sie sich am Buffet begegnet waren, hatten sie sich immerhin schon zugenickt. Beim erneuten Essenfassen brach das Eis. Rüdiger erbot sich, Thierry Kartoffelsalat auf den Teller zu löffeln, während dieser ihm bei den Tomatenscheiben mit Mozzarella behilflich war.

»Hast du mal gekellnert?« fragte Rüdiger und bewunderte mit glasigem Blick Thierrys Geschick im Umgang mit dem Servierbesteck.

»Es soll Leute geben, die kriegen das Vaterunser zusammen, ohne Theologie studiert zu haben«, sagte Thierry. »Stop! Das Blättchen Basilikum gehört dazu.«

»Hast du noch Kontakt zu Gilbert?«

»Ich hatte noch nie Kontakt zu ihm.«

»Mensch, ihr habt doch in der Penne nebeneinandergesessen.«

»Sonst war kein Stuhl frei. – Frisch gemahlener Pfeffer?«

»Ein wenig.«

Thierry drehte die Mühle, und Rüdiger mußte niesen.

»Hast du gesehen?« fragte Rüdiger, nachdem er sich geschneuzt hatte, und zeigte unbestimmt in den Raum. »Ich habe Tamara geheiratet. Zwei Kinder haben wir. Prachtmädels. Zwölf und vierzehn.«

»Ophelie sagte so etwas. Meinen Glückwunsch.«

»Es hat sich also gelohnt, daß ich dir damals die Fresse poliert habe. Und du hast Yvette geheiratet, habe ich gehört. Auch ein scharfer Feger.« Rüdiger deutete einen Brustumfang an, für den selbst Dolly Buster noch einmal unters Messer gemußt hätte.

»Dein Hosenstall steht offen.«

»Na, wenn schon.«

»Dein Schwanz guckt raus.«

»Scheiße. Halt mal.«

Während Thierry den Teller hütete, zerrte Rüdiger an dem Reißverschluß. Dabei berichtete er von dem unglaublichen Freiheitsgefühl, das er empfand, seit er Unterhosen abgeschworen hatte. Dann sagte er:

»Was sagst du eigentlich zu meinen Französischkenntnissen? Immer noch 1a, was? Anders ginge es aber auch nicht. Mit Ausnahme von dir habt ihr Franzmänner ja schon '74 kein Wort Deutsch rausgekriegt.«

»Wir waren schon damals Atommacht.«

»Hä?«

»Ein Scherz. – Stehst du noch immer auf Maggi?«

»Wieso Maggi?«

»Das war doch der Spitzname, den mein Alter dir gleich am ersten Abend verpaßt hat, als meine Mutter ihre berühmte Bouillabaisse servierte und du, ohne zu probieren, gefragt hast: ›Avez-vous Maggi?‹«

»Stimmt«, lallte Rüdiger, »stimmt. Aber das Beste war, daß ihr Pappnasen nicht einmal wußtet, was Maggi war, hahahahaha ... Maggi hast du erst hier kennengelernt. War doch so, oder?«

»Aber mein Vater kannte Maggi aus dem Krieg. Von seiner Zeit als Zwangsarbeiter.« Thierry hob den rechten Arm. »Willst du deinen Teller noch? Langsam wird er lästig.«

»Stell ihn weg. Wir trinken jetzt Brüderschaft. Komm.«

Routiniert wie ein Eishockeycrack rempelte Rüdiger François aus dem Weg, von dem alle nur die linke Gesichtshälfte kannten, weil die rechte ständig hinter der Videokamera steckte. Als François sich beschwerte, hielt Rüdiger ihm den gestreckten Mittelfinger vor die Linse.

»Konnte den Penner noch nie leiden«, sagte er zu Thierry, als sie die letzten freien Barhocker enterten, und dann zu dem Barkeeper: »Hey, Ali, mach uns mal zwei Regenwürmer in Alkohol.«

Der Mann hieß natürlich nicht Ali, machte das Spiel aber um des lieben Friedens und des Umsatzes willen mit. Außerdem wußte er, was Rüdiger mit seiner Bestellung gemeint hatte. Zuerst spießte er ein Sardellenfilet auf einen Zahnstocher. Dann legte er den Zahnstocher quer über ein Schnapsglas, so daß die Sardelle im Glas hing. Das wiederholte er, füllte beide Gläser mit eiskaltem Doppelkorn und schob sie über den Tresen.

Thierry dachte daran, daß de Gaulle mit Rheinischem Sauerbraten, Giscard d'Estaing mit Lapskaus und Mitterrand mit Pfälzer Saumagen traktiert worden war, mit anderen Worten, daß jede Annäherung ihren Preis hatte. Fischlein und Schnaps schmeckten dann aber besser als erwartet. Man durfte sich nur nicht an dem Namen stören. Den Bruderkuß ersparte ihm Ophelie, weil sie Rüdiger in den umarmungsbereiten Arm fiel. Thierry nutzte die Gelegenheit und bot ihr seinen Hocker an.

Auf dem Weg zur Toilette begegnete ihm Solange. Als er sie am Arm berührte, knisterte es, aber das lag nur an ihrer Nylonbluse. Ein anderer Funke sprang nicht über. Nicht zum ersten Mal beschlich Thierry das Gefühl, daß ihr Verhältnis womöglich den Zenit überschritten hatte.

Zurück im Gastraum lief ihm Heinzmario über den Weg.

»Eine interessante Autobahnausfahrt habt ihr«, sagte Thierry.

»Die Streckenführung geht auf eine Anregung von mir zurück«, sagte der Bürgermeister, dem die Ironie entgangen war.

»Ich hatte so eine Ahnung.«

»Wie ich sah, hast du dich mit Rüdiger versöhnt.«

»Zweifellos der Anfang einer wunderbaren Freundschaft.«

»So stelle ich mir gelebte Partnerschaft vor«, sagte Heinzmario mit weicher Stimme und einem Schimmer in den Augen. Beides verflog jedoch von einer Sekunde auf die nächste. »Was macht er denn da?«

Rüdiger griff sich, auf dem Barhocker neben Ophelie sitzend, ungeniert in den Schritt und sortierte in aller Ruhe von rechts nach links. Dann lachte er wiehernd auf und zog das Futter seiner Hosentaschen heraus. Lediglich ein schmutziges Taschentuch segelte zu Boden. Die Geste war offenbar auch in Frankreich bekannt. Mit zornesrotem Gesicht rutschte Ophelie von ihrem Hocker und verließ den Raum in Richtung Toiletten. Heinzmario wollte ihr nach, aber Thierry sagte:

»Du handelst dir nur Ärger ein. Sie wird die Damentoilette aufsuchen.«

Im selben Augenblick zerriß ein Aufschrei Yvettes die Luft. Dann stürzte sie auch schon an ihnen vorbei zum Eingang und umarmte Margot. Beide Frauen drehten sich im Kreis, lachten und weinten. Als sie aufhörten zu rotieren und den Blick auf den Türrahmen freigaben, war es Thierry, als hätte er aus Versehen den falschen Kanal eingeschaltet.

Den Kopf ein wenig gedreht, damit die Schokoladenseite seines Gesichts besser zur Geltung kam, lächelte Gilbert mit seinem gletscherweißen Gebiß in die Runde. Es fehlten nur der zentrale Spot und die Erkennungsmelodie.

Und natürlich der Applaus.

Der Orgelspieler war so breit wie hoch. Thierry fühlte sich an Bibendum, das Michelin-Männchen, erinnert, auch wenn der Musiker einen Vollbart trug und vermutlich nicht so gut hüpfen konnte. Außerdem stotterte er, was sich jedoch laut Heinzmario legte, sobald er sang. Im Augenblick kämpfte der Mann mit den Tücken der Technik. Wo er die Orgel aufgebaut hatte, gab es keine Steckdose, und das Verlängerungskabel war zu kurz.

Yvette machte Thierrys beschaulicher Beobachtung ein Ende, weil sie unvermittelt mit Margot an der Hand neben ihm stand. Der Größenunterschied war beträchtlicher, als er ihn in Erinnerung gehabt hatte; Margot überragte ihn glatt um Haupteslänge. Überhaupt konnten, was das anging, von den anwesenden Männern lediglich Heinzmario und vermutlich noch Rüdiger mit ihr mithalten.

»Interessant, dich wiederzusehen«, sagte Margot und reichte Thierry eine kühle, trockene Hand.

»An dir ist die Zeit spurlos vorübergegangen«, sagte er. »Mein Kompliment.«

Margot ging nicht darauf ein, fragte ihn aber auch nicht – wovor er sich insgeheim und idiotischerweise gefürchtet hatte –, ob er noch den BH besitze, den er ihr beim »Jungfrauenknacken« im Juli '74 stibitzt hatte. Statt dessen wandte sie sich Heinzmario zu.

»Ich konnte der Versuchung einfach nicht widerstehen«, sagte sie. »Ich hoffe, niemand nimmt mir übel, daß ich ohne Einladung erschienen bin.«

»Hätte ich gewußt, wo du zu erreichen bist, hätte ich dich selbstverständlich benachrichtigt«, sagte Heinzmario und deutete einen Handkuß an. »Willkommen in Wermelskirchen.«

In dem Moment legte der Organist mit »Es gibt kein Bier auf Hawaii« los. Heinzmario bat Margot um den Tanz. Nachdem die beiden in Richtung der improvisierten Tanzfläche verschwunden waren, standen Yvette und Thierry herum wie die letzten Bäume eines ansonsten abgeholzten Waldes.

»Wie wäre es, wenn du mich auffordern würdest?« zischte Yvette. »Alle gucken schon.«

»Wir können auch etwas trinken, wenn dir das lieber ist.«

»Ich möchte aber tanzen.«

»Vielleicht sollten wir warten, bis der Typ ›Je t'aime‹ von Gainsbourg spielt. Das war doch unser Lied.«

»Thierry, bitte! Außerdem war unser Lied ›Nights in White Satin‹.«

»Du hast recht. Soll ich ihn fragen, ob er das kann?«

»Wenn du nicht auf der Stelle mit mir tanzt, garantiere ich für nichts.«

Thierry ließ sich von den hektischen Flecken erweichen, die sich auf Yvettes Stirn und Wangen abzuzeichnen begannen. Nach fünf Takten trat er ihr auf die Füße.

»Aua!«

»Du weißt doch, daß ich nur schieben und klammern kann. Aber das kann ich verdammt gut.«

»Dräng dich nicht so an mich. Was sollen denn die Leute denken.«

Während Thierry auf schickliche Distanz ging, fiel sein Blick auf Tamara und Ophelie, die an einem der Tische abseits der Tafel zusammensaßen. Beide machten Gesichter, als sei ein guter Freund gestorben und habe ihnen lediglich einen unbezahlten Deckel hinterlassen. An der Tafel selbst drängten sich überwiegend Bergische, zu erkennen an der Kieferstellung. Kam in Loches ein Überbeißer auf tausend Einwohner, standen in Wermelskirchen mindestens jedem dritten Einwohner die oberen Schneidezähne über, das war Thierry schon 1974 aufgefallen.

Die meisten von ihnen waren nie und nimmer ehemalige Austauschpartner; Thierry hatte ein exzellentes Gedächtnis für Gesichter. Nach professionellen Schnorrern sahen sie allerdings auch nicht aus, eher nach armen Schluckern, die ein Abonnement für die Suppenküche der Heilsarmee hatten.

Zwischen ihnen hockten Solange und Roger wie betuchte Kreuzfahrer, die sich auf das Auswandererdeck verirrt hatten. Sie unterhielten sich weder miteinander noch mit anderen, trotzdem hatte Roger die rechte Hand ständig an der Ohrmuschel, gerade so, als sei sie dort angewachsen.

Aus heiterem Himmel schlug der Orgelspieler eine andere Melodie an – den Sirtaki aus Alexis Sorbas. Sich gegenseitig um die Schultern fassend bewegten sich Rüdiger und Gilbert wie einst Anthony Quinn und Alan Bates. Alle anderen räumten die Tanzfläche, bildeten einen Halbkreis und klatschten rhythmisch dazu.

Zunächst hopsten die zwei Männer verhalten wie Teilnehmer der Echternacher Springprozession, bei der Thierry einmal seiner aus Luxemburg stammenden Großmutter mütterlicherseits zuliebe mitgetan und sich den Muskelkater seines Lebens eingehandelt hatte. Langsam aber steigerte sich das Tempo, und beiden Männern war die Konzentration anzusehen. Rüdiger mit hochrotem Kopf, schwitzend und mit bis zum Nabel offenstehendem Hemd. Gilbert dagegen mit dem akkuratesten Scheitel seit Cary Grant und wie aus dem Ei gepellt, nicht einmal das Sakko hatte er abgelegt. Bei allem, was sie äußerlich unterschied, eines war ihnen gemeinsam: die pure Lust, sich zu produzieren.

Plötzlich glitt Rüdiger mit seinen lederbesohlten Westernstiefeln auf verschüttetem Bier aus und riß Gilbert mit sich zu Boden. Eine Schrecksekunde lang blickten die beiden verdutzt, dann brachen sie in unbändiges Lachen aus. Auf ihren Hosenböden sitzend schlugen sie sich auf die Schenkel, bis ihnen die Tränen über die Wangen liefen. Dann nahm Rüdiger Gilbert in den Arm und raunte ihm etwas zu, woraufhin der Franzose erstarrte. Aber nur für einen Herzschlag, dann lachte er wieder mit.

Hilfreiche Hände brachten die beiden auf die Beine, und im gleichen Moment setzte multiples Handyklingeln ein. Drei verschiedene Melodien, eine nerviger als die andere, was ein Dutzend Leute veranlaßte, in ihre Taschen zu greifen. Gemeint waren aber lediglich Margot, Heinzmario und der Kellner. Letzterer auch nur, weil der Anrufer nach Bürgermeister vom Stein suchte.

Das Handy noch am Ohr bat Heinzmario mit der dramatischen Geste eines Dirigenten, der sein Orchester zum Schweigen bringen will, um Ruhe. Das allgemeine Gemurmel verebbte, und der Orgelspieler stieg mit einem dissonanten Akkord aus dem gerade erst angestimmten »Du, die Wanne ist voll« aus.

»Ein Flugzeug?« fragte Heinzmario raumfüllend. »Wo?«

»Wer hat den Absturz gemeldet?« war Margot zu vernehmen, die mit ihrem Nokia an der Terrassentür stand und sich das linke Ohr zuhielt. »Das heißt im Bereich Braunsberg, Eckringhausen, Hoffnung. Alles klar.«

»Gegen zwanzig Uhr«, wiederholte Heinzmario und rekapitulierte dann aus dem Gedächtnis. »Das sind die Planquadrate C3 und C4 sowie D3 und D4. – Dann müssen eben mehr Suchtrupps gebildet werden. Kann wenigstens ausgeschlossen werden, daß es sich um ein militärisches ... – Kann nicht. Auch das noch. Ich habe verstanden. In zehn Minuten bin ich da.«

»Nicht nötig«, beendete Margot ihr Gespräch. »Ich habe einen Stadtplan im Auto. Bis gleich.«

Margot ließ ihr Handy in die Handtasche gleiten und eilte auf Heinzmario zu, der bei seinem Gerät noch den Knopf zum Auflegen suchte. »Tut mir leid, aber ich muß euch schon wieder verlassen. Im Süden Wermelskirchens wurde ein Flugzeugabsturz beobachtet. Die Kreispolizeibehörde hat mich um Unterstützung gebeten.«

»Wieso dich?« fragte Heinzmario verdattert. »Mich hat gerade die Polizeiinspektion Nord informiert ...«

Margot hielt ihm einen Dienstausweis hin.

»Du bist Margot Cacciatore, unsere neue ...? Ja, aber warum hast du das nicht gleich gesagt?«

»Ich wollte in den nächsten Tagen meinen Antrittsbesuch bei dir machen und dich damit überraschen.«

»Das ist dir voll und ganz gelungen.« Heinzmario wurde schlagartig bierernst. »Jodtabletten! Ich muß zuerst nach Hause und mir Jodtabletten besorgen. Nachher hat der Flieger radioaktiv verseuchte Munition an Bord wie die Kiste, die in Remscheid runtergekommen ist.«

»Wieso Jodtabletten?«

»Erinnerst du dich nicht mehr an den Film, den man uns in der

Schule gezeigt hat? ›Duck and Cover‹ hieß der, glaube ich. Da ging es um eine Schildkröte, die den Atomkrieg überlebte, weil sie Jodtabletten geschluckt hatte.«

»Na denn. Der Krisenstab trifft sich in der Polizeidirektion. Bis später.«

Damit entschwand Margot, und Heinzmario mußte sich eines Ansturms von Fragen erwehren. In knappen Worten berichtete er das wenige, das er wußte – wobei Ophelie die Übersetzung übernahm –, und versicherte vollmundig, daß kein Grund zu irgendeiner Beunruhigung bestehe. Zugleich bedauerte er, das Fest verlassen zu müssen, bat die anderen jedoch, ausgelassen weiterzufeiern. Wenn alles klar ginge, sei er spätestens zur Eisbombe wieder zurück.

»Fiel nicht eben das Wort Radioaktivität?« fragte Thierry nach. »Oder habe ich mich da verhört?«

Heinzmario wiegelte ab. »Als Bürgermeister muß ich natürlich auch die absurdeste Annahme ins Kalkül ziehen. Reine Routine. Hier seid ihr aber sicher wie in Abrahams Schoß.«

»Wieso? Hat das Restaurant einen strahlensicheren Bunker?«

»Das nicht.« Heinzmario lächelte nachsichtig. »Aber hier gibt es jede Menge Salzstreuer voll mit Bad Reichenhaller Jodsalz. Nur für alle Fälle. So, jetzt muß ich aber. Macht es gut.«

Nachdem Heinzmario die Runde verlassen hatte, ließ Thierry eine Prise Salz auf seinen Handrücken rieseln und fragte den Kellner: »Bad Reichenhall?«

»Aldi«, sagte der Mann.

BRIEF MARGOT JÄGERS AN IHRE ELTERN MIT DATUM VOM 12.5.1974

»Liebe Mutter! Lieber Vater!
Ich hatte euch ja versprochen zu schreiben, wozu ich den heutigen Sonntag nutze, an dem wir ausnahmsweise kein Programm haben.

Meine Partnerin Yvette ist sehr nett. Wir haben die gleichen Interessen und verstehen uns prima, auch wenn uns manchmal die Worte fehlen. Meistens sprechen wir Französisch. Yvette hat noch einen kleinen Bruder, der heißt Julien und kann tierisch rülpsen. Ihre Mutter ist eine tolle Köchin. Am ersten Tag gab es zum Mittagessen Artischocken. Nur ein kleines Stück Fruchtfleisch am unteren Rand der Blätter ist eßbar. Das wußte ich nicht und habe das ganze Blatt kleingeschnitten und in den Mund gesteckt, worüber die Rolands sich köstlich amüsiert haben. Yvettes Vater ist übrigens entsetzlich cholerisch, vielleicht habe ich mich deswegen gleich heimisch gefühlt. Beim Abendessen schimpft er immer über Mitterrand, so heißt der Kandidat der Sozialisten für die französischen Präsidentschaftswahlen.

Am zweiten Tag nach unserer Ankunft haben wir erfahren, daß Willy Brandt zurückgetreten ist. Aus Kummer darüber hat Studienrat Dr. Bohnsack sich dermaßen betrunken, daß Studienrätin Hettkämper am nächsten Tag die Leitung übernehmen mußte. An dem Tag waren wir in Blois, wo wir eine Schokoladenfabrik besichtigt haben. Die Hitze und der süßliche Geruch waren wahnsinnig. Mir war todschlecht. Die Schokolade, die wir am Ende der Führung geschenkt bekommen haben, haben die meisten von uns weggeworfen. Auf dem Rückweg haben wir dann Chambord besichtigt. Das Schloß ist echt eine Wucht. Einige der Jungs haben Ärger bekommen, weil sie von der Dachterrasse gepinkelt haben. Gestern hatten wir ein Tanzfest in einer umgebauten Scheune außerhalb von Loches. Bis auf eine Rauferei, bei der Studienrat Dr. Bohnsack und Professeur Delacroix, der Lehrer der Franzosen, dazwischengehen mußten, war es ein schöner Abend.

So, das soll es erst mal gewesen sein. Alles weitere mündlich, wenn ich wieder zu Hause bin. Mal sehen, wer eher da ist, der Brief oder ich.
Seid lieb gegrüßt von Eurer Margot«

»Elle court, elle court – la maladie d'amour – dans le cœur des enfants – de sept à soixante dix-sept ans – elle chante, elle chante …«

Thierry war überrascht, daß der Orgelspieler, der sich ihnen nach der

Zwangspause als Didi Klopfer vorgestellt hatte, »La maladie d'amour« im Repertoire hatte. Ophelie, die offenbar weitaus sentimentaler war, als allgemein vermutet wurde, hatte ihn gefragt, und Klopfer hatte das Lied ohne zu zögern angestimmt. Sogar den Pathos von Michel Sardou brachte er perfekt rüber.

Bis auf die armen Schlucker, die sich am Buffet um die mayonnaisebekleckerten Salatblätter und die zu Mäuschen geschnitzten Radieschen balgten, hatten sich alle zu Pärchen gefunden und bevölkerten die Tanzfläche. Ophelie tanzte mit Gilbert, Solange mit Roger, Yvette mit Rüdiger und Tamara mit Thierry.

Gilbert war der erwartet elegante Tänzer, aber auch Ophelie präsentierte sich beeindruckend. Beim »Ballett der Baukräne«, das Barenboim auf der Baustelle am Potsdamer Platz in Berlin inszeniert hatte, hätte sie alle anderen ausgestochen. Die Thibaults bewegten sich routiniert, aber mit der Freudlosigkeit eines Paares, das zwar die richtigen Zahlen angekreuzt, aber vergessen hatte, den Lottoschein abzugeben und sich dieses Versäumnis im fünften Jahr gegenseitig vorwirft. Rüdiger hatte Yvette fest im Griff, vor allem mit seiner rechten Hand, die auf ihrer Hüfte und zeitweise auch tiefer ruhte, während sie ihren Kopf zur Seite gedreht hatte, um seiner Fahne zu entgehen. Thierry hatte die Führung bereits nach wenigen verstolperten Schritten Tamara überlassen.

»Ich hatte nicht mehr damit gerechnet, daß du mich auffordern würdest«, sagte Tamara.

»Sonst war ja niemand mehr frei«, sagte Thierry.

»Du Schuft! – Stand nicht deine Nase schief, nachdem du dich mit Rüdiger in Puits Bertin geprügelt hattest?«

»Zwei Jahre später bin ich mit dem Motorrad verunglückt. Das hat sie wieder geradegerückt. – Und, bist du glücklich mit dem Raufbold?«

»Kennst du eine Beziehung, in der es keine Ups und Downs gibt?«

»Mich hat schon damals eure Vorliebe für amerikanisches Vokabular irritiert. Daran hat sich offenbar nichts geändert.«

»Du müßtest mal meine Töchter hören, die kommen keinen einzigen Satz ohne Amerikanismus aus. Aber auch in Frankreich sagt man doch ›week-end‹ für Wochenende.«

»Ich sage ›fin de semaine‹.«

»Kann es sein, daß du ein Chauvinist bist?«

»Kein Kommentar.«

»Da du mich nach meiner Ehe gefragt hast – daß Yvette und du einmal ein Paar werden würdet, hätte ich seinerzeit nicht für möglich gehalten.«

»Weil sie eine Handbreit größer ist?«

»Nein, das sind doch alle. Yvette war so ein braves, biederes Mädchen, du dagegen warst ein regelrechter ...«

»Ja?«

»Hallodri.«

»Das klingt nach einem Psychopharmakon.«

»Wenn es eins wäre, dann wäre es bestimmt ein Aufputschmittel.«

»Ein nettes Kompliment. Ich werde es aufschreiben, damit ich es nicht vergesse.«

Plötzlich ertönte ein erstickter Aufschrei, der in ein Gurgeln überging, als werde jemand unter Wasser gedrückt. Die Musik erstarb, und alle ließen voneinander ab. Bis auf Rüdiger, der Yvette umklammert hatte und sie hemmungslos abknutschte. Gleichzeitig schob er mit der Rechten ihren Rock hoch und zerrte an ihrem Schlüpfer. Sie wehrte sich verzweifelt, hatte gegen den weitaus kräftigeren Mann aber nicht den Hauch einer Chance.

Mit einem Satz war Thierry bei ihnen und riß Rüdiger an der Schulter zurück. »Verdammt, was fällt dir ein?«

»Fick dich selber, du Zwerg!« schnauzte Rüdiger.

Trotzdem ließ er Yvette los, so daß sie zu Boden stürzte. Als Thierry sich bückte, um ihr aufzuhelfen, traf ihn ein Cowboystiefel mitten ins Gesicht und fällte ihn.

Besinnungslos war Thierry nicht, nur blind. Blind vor Tränen und Blut. Dazu taub, als sei gleich neben seinem Ohr das große Becken geschlagen worden. Dennoch schaffte er es, auf die Beine zu kommen und die Fäuste hochzunehmen.

»Du Dreckschwein!« hörte er sich krächzen. »Ich bringe dich um!«

Orientierungslos tapste er im Kreis und stieß gegen Tische und Stühle, bis ihm jemand eine Serviette in die Hand drückte, damit er seine Augen reinigen konnte. Als er dabei unabsichtlich seinen Nasenrücken berührte, jaulte er auf. Kaum sah er einigermaßen klar, wollte er sich auf Rüdiger stürzen, aber Didi Klopfer hielt ihn zurück.

»Machen Sie sich nicht unglücklich«, sagte der Orgelspieler. »Das ist der Kerl nicht wert.«

Auf Rüdiger loszugehen, wäre in dem Moment auch unfair gewesen: Der Barkeeper, der von ihm plump mit Ali angeredet worden war, hatte ihn im Schwitzkasten und verfrachtete ihn nach draußen. Rüdiger verabschiedete sich mit halberstickt ausgestoßenen Flüchen und Verwünschungen, was Tamara den Rest gab. Sie warf sich an Ophelies Schulter und heulte Rotz und Wasser.

»Will denn niemand die Polizei rufen?« fragte Yvette und blickte irre wie die Überlebende eines Flugzeugabsturzes.

»Schon gut, Chérie.« Thierry nahm sie in den Arm. »Ich wasche mir das Gesicht, dann verschwinden wir hier.«

Was Thierry im Spiegel zu sehen bekam, erinnerte ihn fatal an sein Aussehen nach dem Sturz mit der Motobécane. Glücklicherweise schien die Nase aber nicht gebrochen, wie er zunächst befürchtet hatte. Dafür hatte die metallene Stiefelspitze seine rechte Braue aufgerissen, wenn auch wohl nicht so tief, daß die Wunde geklammert werden mußte. Eine Abschürfung an der Wange und eine anschwellende Oberlippe komplettierten das Desaster. Thierry erwog, Rüdiger auf Schmerzensgeld zu verklagen.

Im Wintergarten hatte sich keiner vom Fleck gerührt, gerade so, als hätte jemand die »Still«-Taste des Videorecorders gedrückt.

»Welch ein Rückschlag für die Jumelage«, stöhnte Ophelie. »Ihr kommt doch morgen trotzdem zum Empfang im Rathaus, oder?«

»Auf Scherzfragen antworte ich nicht«, sagte Thierry.

*

Hatte Yvette im »Giebel« noch den Eindruck gemacht, als habe sie den Verstand verloren, besserte sich ihr Zustand, sobald sie an der Luft waren. Beim Durchqueren des Parks an der Dhünner Straße entdeckte sie im Schein einer Laterne einen Maikäfer. Thierry versuchte sich zu erinnern, ob er überhaupt schon mal ein Exemplar in freier Natur gesehen hatte, es wollte ihm aber nicht einfallen. Das hätte noch gefehlt, dachte er, daß er den ersten und womöglich einzigen Maikäfer seines Lebens an diesem verkorksten Abend in Wermelskirchen zu Gesicht bekäme.

Zurück im Haus Vogelsang verschwand Yvette sofort im Bad. Thierry streckte sich derweil auf dem Bett aus und rauchte die letzte Gauloise des Tages. Er hatte gerade zum zweiten Mal inhaliert, als Yvette schrekkensbleich ins Zimmer kam.

»Was ist los?« fragte Thierry. »Ist das Bad besetzt?«

»Sag mir die Wahrheit«, sagte Yvette. »Konnte man meinen Slip sehen?«

»Wie meinst du das?«

»Als Rüdiger versucht hat, mich zu ... mich zu vergewaltigen, war da mein Slip zu sehen?«

»Nun ja ... Aber nur der Slip, sonst nichts.«

»Dann haben ihn also alle gesehen«, sagte Yvette und verzog den Mund, als hätte jemand ihren Vater erwähnt.

»Wer hinter dir stand, bestimmt nicht. Ich verstehe deine Aufregung nicht. An dem Slip ist doch nichts auszusetzen.«

»Nichts auszusetzen? An meinem Slip soll nichts auszusetzen sein? – Er ist rot!«

»Das habe ich gesehen. Aber was soll's? Die Zeiten, in denen man Frauen mit roten Dessous automatisch für Prostituierte gehalten hat, sind, glaube ich, auch in Deutschland vorbei.«

»Darum geht es doch überhaupt nicht.« Yvette konnte ihre Tränen nicht länger zurückhalten. »Daß du aber auch nie etwas begreifst. Ich hatte einen roten Slip zu fleischfarbenen Strümpfen an.«

Thierry fiel die Kinnlade runter. »Sonst hast du keine Probleme? Mir wurde beinahe die Nase gebrochen, und du regst dich über die unpassende Farbe deines Schlüpfers auf. Dann hättest du verdammt noch mal einen fleischfarbenen anziehen müssen!«

»Ich konnte doch nicht wissen, daß man mich entblößen würde«, rief Yvette tränenerstickt. »Das Allerschlimmste aber ist, daß du Rüdigers Übergriff nicht verhindert hast. Das werde ich dir nie verzeihen.«

Thierry setzte sich auf. »Was redest du da bloß? Wer hat ihn denn von dir weggerissen?«

»Aber erst, nachdem er mir unter den Rock gegriffen hatte und alle meinen Slip sehen konnten.«

»Wenn er dich schon vorher belästigt hat, hättest du um Hilfe rufen müssen.«

»Du hättest mich im Auge behalten müssen. Dann hättest du auch meinen hilfesuchenden Blick bemerkt. Aber du hattest ja nur Augen für Tamara.«

»Jetzt reicht's aber.«

»Dabei wollte ich von Anfang an nicht mit Rüdiger tanzen«, schluchzte Yvette. »Er hat mir nämlich schon vorher widerliches Zeug erzählt. Daß er keine Unterhosen mehr trägt und so.«

»Bist du ein kleines Mädchen oder eine erwachsene Frau? Du hättest ihn abweisen können.«

»Und mit wem hätte ich dann tanzen sollen? Etwa mit dem Kellner? Oh, Thierry Vigneron, ich hasse dich!«

Damit verschwand Yvette erneut im Bad. So, wie sie die Tür hinter sich zuwarf, mußte der Spiegel jetzt einen Sprung haben. Thierry zog seine Socken und Schuhe wieder an, steckte Portemonnaie, Autoschlüssel und Zigaretten ein und verließ das Zimmer.

Als er das von der Notbeleuchtung nur schemenhaft erhellte Foyer durchquerte, meinte er in der Ferne ein dreckiges, schadenfrohes Lachen zu hören.

Aber vielleicht hatte er sich das auch nur eingebildet.

Nach dem dritten Klopfen wurde geöffnet, und Margot wähnte sich im Märchenwald. In mit Plüschbommeln verzierten rosa Pantöffelchen, einem knöchellangen, geblümten Nachthemd und mit einer unter dem Kinn gebundenen Schlafhaube sah Yvette aus wie Rotkäppchens Großmutter. Als Yvette die frühmorgendliche Störerin erkannte, huschte ein Lächeln über ihr Gesicht. Gleichzeitig belegte ihr verstörter Blick, daß sie unter den Nachwehen eines Albtraums litt, in dem mehr als nur ein böser Wolf vorgekommen sein mußte.

»Hallo, Yvette«, sagte Margot. »Entschuldige, daß ich dich aus dem Bett geworfen habe, aber ich muß Thierry sprechen.«

»Wer ist der Mann?« fragte Yvette und raffte ihr Nachthemd am Hals.

»Mein Kollege, Kriminalassistent Walther. Dürfen wir reinkommen?«

»Kriminalassistent? Was bedeutet das?«

Margot zeigte ihre Dienstmarke vor. »Ich bin bei der Kriminalpolizei, Yvette.«

»Davon hast du mir gestern nichts gesagt.«

»Gestern war das auch ohne Bedeutung. Dürfen wir jetzt reinkommen?«

»Ich weiß nicht ... Thierry schläft noch.«

»Dann weck ihn bitte. Es ist dringend.«

»Wurde sein Wagen gestohlen?«

»Yvette, bitte.«

Yvette trat zur Seite und ließ Margot und Walther vorbei. Der Teppichboden war kurzflorig, und die Wände glänzten dank eines abwaschbaren Anstrichs. An der Wand hing ein kupfernes Kruzifix, im Bett darunter lag niemand. KA Walther zog seine Pistole und ging hinaus auf den Balkon. Einen Augenblick später kam er kopfschüttelnd zurück. Margots Blick wanderte zu den Einbauschränken. Walther riß die buchenholzfurnierten Türen eine nach der anderen auf. Die Fächer waren bis auf einen Hartschalenkoffer und etwas ausgepackte Garderobe leer.

»Ist Thierry im Bad?« fragte Margot.

»Er ist nicht da«, sagte Yvette und starrte mit großen Augen auf das Bett. »Ich dachte, er schläft neben mir, dabei ist er gar nicht da.«

»Die eine Betthälfte sieht unbenutzt aus. Hat er überhaupt hier geschlafen?«

»Ich dachte, er sei zurückgekommen.«

»Er ist also weggegangen. Wann war das?«

Zwischenzeitlich hatte Walther das Bad überprüft. Als er Margot zu verstehen gab, daß auch dort niemand war, entdeckte Yvette die Waffe in seiner Hand.

»Warum hantiert dein Assistent mit einer Pistole herum?« fragte sie. »Hat Thierry etwas mit diesem Flugzeugabsturz zu tun?«

»Wie kommst du denn darauf? Nein, nein. Weißt du, um wieviel Uhr Thierry das Zimmer verlassen hat?«

Yvette hatte auf einmal Tränen in den Augen. »Wir hatten Streit. Eigentlich haben wir uns schon seit der Abfahrt aus Loches gestritten. Thierry will das Geschäft verkaufen. Das Geschäft, das mein Vater aufgebaut hat, verstehst du? Und dann diese Sache mit Rüdiger. Mein Gott, hat dieser Mensch mich bloßgestellt.«

»Er hat sich an dir vergriffen.«

»Er hat versucht, mir die Kleider vom Leib zu reißen. Es war entsetzlich. Noch nie in meinem Leben habe ich mich so geschämt.«

»Da ist Thierry dazwischengegangen, und die beiden haben sich geprügelt.«

»Geprügelt ist zuviel gesagt. Rüdiger hat Thierry ins Gesicht getreten. Das war alles.«

»Aber Thierry soll gedroht haben, Rüdiger umzubringen.«

»Das hat er gesagt, ja.« Yvette stutzte. »Woher weißt du das alles? Du warst doch schon weg, als es passiert ist.«

»Es gibt entsprechende Zeugenaussagen. Kommen wir noch einmal auf den Zeitpunkt –«

»Einen Moment.« Auf einmal wirkte Yvette hellwach. »Was geht hier eigentlich vor? Wenn du von Zeugen sprichst, dann ist doch ein Unfall oder sonst etwas geschehen. Ich will sofort wissen, was los ist, Margot!«

Margot und KA Walther warfen sich einen vielsagenden Blick zu.

»Ich bestehe darauf«, schob Yvette nach. »Sonst sage ich keinen Ton mehr.«

»Setz dich erst einmal«, sagte Margot und führte Yvette zu dem einzigen Stuhl im Zimmer, der vor dem Fenster stand.

Auf der Rasenfläche vor dem Haus übten sich drei betagte Herren in Tai-Chi. Über den Plattenweg spazierte ein kopfloser Greis mit verkrüppelten Beinen. Margot mußte zweimal hinsehen, bis sie erkannte, daß der Mann auf den Händen lief. Sie schüttelte sich. Zwei Stunden Schlaf waren einfach zu wenig.

»Ich bin ganz Ohr«, sagte Yvette.

»Rüdiger ist tot«, sagte Margot. »Er wurde vergangene Nacht ermordet.«

»Das ging aber schnell.«

»Wie bitte?«

»Ich sagte, daß das schnell ging.«

»Das habe ich verstanden. Würdest du mir bitte erklären, was du damit meinst?«

»Kleine Sünden bestraft der liebe Gott sofort, die großen etwas später, pflegte mein Vater zu sagen.«

Margots Irritation wurde nicht geringer. »Bist du überhaupt nicht überrascht? Von Betroffenheit will ich ja gar nicht reden. Du hast noch gestern mit ihm getanzt.«

»Du vergißt, daß Rüdiger versucht hat, mich zu vergewaltigen. Mein Mitgefühl ist daher begrenzt. Außerdem bin ich nicht seine Mörderin. Weswegen sollte ich mich also echauffieren?«

»Wo ist Thierry?«

Yvette schlug die rechte Hand vor den Mund wie eine Prothesenträgerin, die merkt, daß sie vergessen hat, ihr Gebiß einzusetzen. Offensichtlich begriff sie erst jetzt den Zusammenhang zwischen der Suche nach Thierry und Rüdigers Ermordung.

»Hat er ihn …?« fragte sie dumpf und deutete mit der Linken einen Gurgelschnitt an.

»Das würde ich Thierry gern persönlich fragen. Immerhin hat er eine entsprechende Drohung von sich gegeben.«

»Flink genug mit dem Messer ist er ja.«

»Wie?«

»Ach, vor Jahren sind wir mal nachts in Tours von zwei Halbstarken bedroht worden. Da hat Thierry sein Messer gezogen und damit herumgespielt wie ein Jongleur. Das hat die beiden dermaßen beeindruckt, daß sie sich davongemacht haben.«

»Wie kommst du darauf, daß Rüdiger mit einem Messer ermordet wurde? Davon habe ich nichts gesagt.«

»Wie sollte Thierry ihn sonst umgebracht haben.«

»Für dich steht also fest, daß er der Täter ist?«

»Für dich etwa nicht? Deswegen seid ihr doch hier.«

In dem Moment klingelte KA Walthers Handy. Er meldete sich, brummte etwas Unverständliches und steckte das Gerät wieder weg.

»Wir haben ihn«, sagte er. »Er liegt unten vor dem Haus in seinem Wagen und schläft.«

*

Das marmorverkleidete Bürger- und Begegnungszentrum mit angedockter Polizeistation paßte in die Stadt wie Trüffeln in eine Erbsensuppe.

»Ist das dein Mann?« fragte Thierry.

Margot nahm ihm das gerahmte Bild aus der Hand und stellte es wieder an seinen Platz auf dem Schreibtisch.

»Das ist die Frau des Kollegen, dessen Büro wir gerade benutzen«, sagte sie. »Ich arbeite normalerweise in Köln.«

»Eine herbe Braut. Aber der Schnäuzer steht ihr.«

»Dafür ist er ein weibischer Typ. Setz dich bitte.«

Der Stuhl war zweckmäßig wie der ganze Raum. Aber die Wanduhr ging nach. Es war bereits halb zehn. Mehr als eine Stunde hatte die erkennungsdienstliche Behandlung gedauert, die Entnahme von Faserproben an sämtlichen Kleidungsstücken eingeschlossen. Vor dem Fenster lachte die Sonne. Hier drinnen lachte niemand.

»Als deine Leute mich aus dem Wagen gezerrt haben, mußte ich an meinen Vater denken«, sagte Thierry. »Er ist während seiner Zeit als Zwangsarbeiter einmal von der Gestapo verhaftet worden, weil er angeblich Speck gestohlen hatte. Die Schweine haben ihm gehörig die

Fresse vollgehauen. Hätte sich der Bauer, bei dem er schuften mußte, nicht für ihn eingesetzt, hätten sie ihn aufgeknüpft.«

»Ich kann mich nur noch einmal für das rüde Vorgehen meiner Leute entschuldigen«, sagte Margot. »Aber in letzter Zeit sind einige Beamte bei sogenannten Routinekontrollen ums Leben gekommen. Daher sind die Kollegen etwas nervös. Zumal wir die Information hatten, daß du ein Messer besitzt und damit umzugehen verstehst.«

»Ein Schweizer Armeemesser. Der Korkenzieher ist höllisch spitz.«

»Yvette sprach nur von einem Messer. Ebensowenig wußten wir, daß du nur mit Boxershorts bekleidet warst. Die Scheiben deines Wagens waren beschlagen, wir konnten nicht hineinsehen.«

»So haben die Gaffer auch mal einen Franzosen in Unterhosen gesehen. Darf ich?« Thierry hielt sein Päckchen Gauloises hoch, und Margot nickte.

»Einem Freund von mir mußten beide Beine amputiert werden, nachdem er in seinem Wagen übernachtet hatte.« Thierry zündete die Zigarette an und inhalierte derart tief und genußvoll, daß Margot, die nie geraucht hatte, sich fragte, ob sie nicht etwas versäumt hatte. »Nachts sind seine Beine abgestorben, weil er hautenge Jeans trug. Er hat das überhaupt nicht gemerkt. Seitdem ziehe ich meine Hose immer aus, wenn ich im Auto schlafe.«

»Schläfst du oft im Wagen?«

»Ist diese Frage für die Ermittlungen bedeutsam?«

Margot sah ihm direkt in die Augen. Ihr Blick war knallhart. »Dafür ist die Frage, die ich dir jetzt stelle, in jedem Fall relevant: Hast du Rüdiger ermordet?«

»Nein.« Thierry hielt ihrem Blick stand, machte aber keine Kraftprobe daraus, sondern gab nach angemessener Dauer nach. »Das ist nicht meine Art.«

»Wir diskutieren hier keine Stilfragen. Du hast ihm immerhin damit gedroht.«

»Nachdem er mir seinen Stiefel ins Gesicht gerammt hatte, ja. Dabei hatte ich noch Glück, daß er mit der Stiefelspitze nur die Augenbraue getroffen hat. Zwei Zentimeter tiefer, und ich könnte mir ein Glasauge bestellen.«

»Ist die Nase gebrochen?«

»Nein, aber sie tut weh, als sei sie es. Wo ist Rüdiger eigentlich ermordet worden?«

»In seinem Büro.«
»Aha.«
»An der Feuerwache. Keine fünf Fußminuten von hier.«
»Wer hat ihn gefunden? Tamara?«
»Seine Sekretärin.«
»Was macht eine Sekretärin am Sonntag im Büro?«
»Überstunden.«
»Welcher Art?«
»Jetzt ist es aber gut. Die Frau war im dritten Monat schwanger. Als Folge des Schocks hat sie das Kind verloren. Sie liegt im Krankenhaus.«
»Das tut mir leid.«
Sie wurden von KA Walther unterbrochen, der ohne anzuklopfen eintrat. Er überreichte Margot einen wattierten Umschlag, flüsterte ihr etwas zu und ging wieder. Margot entnahm dem Umschlag ein durchsichtiges Tütchen von der Größe des kleinsten käuflichen Gefrierbeutels. In dem Tütchen befand sich eine Kette mit Anhänger. Margot legte es vor Thierry auf den Tisch.
»Sieh dir die Kette bitte an«, sagte sie. »Ohne sie herauszunehmen.«
Thierry begutachtete den Anhänger von vorne und hinten. Die Vorderseite zeigte Angelo Guiseppe Roncalli, besser bekannt als Johannes XXIII., auf der Rückseite waren die Initialen T.V. und das Datum 31.7.57 eingraviert.
»Und?« fragte Margot.
»Der gehört mir.«
»Willst du wissen, wo wir ihn gefunden haben?«
Thierry nickte.
»Am Tatort.«
»Oh«, sagte Thierry.

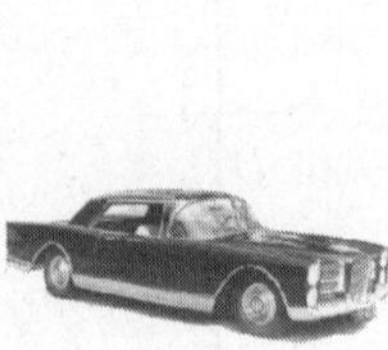

Eine Frau um die sechzig, deren Friseur erschossen gehörte, brachte ihnen Kaffee. Margot trank ihn ungesüßt, Thierry nahm zwei Löffel

Zucker und reichlich Milch. Daß die Milch sauer war, sah er erst beim Umrühren.

»Meine Italienischkenntnisse reichen gerade mal für die Speisekarte«, sagte Thierry. »Trotzdem – bedeuten Jäger und Cacciatore nicht dasselbe?«

Margot nickte. »Die Melodie macht den Unterschied.«

»Inwiefern?«

»Sing die Namen, dann merkst du es.«

»Der Charme des Belcanto. Was macht dein Mann? Ist er auch bei der Polizei?«

»Er ist tot.«

»Desolé – das tut mir leid.«

»Es ist vor fünf Jahren passiert. Kurz zuvor hatten wir uns getrennt.«

»Italiener hupen andauernd.«

»Das war nicht der Grund. Er hat sich auch nicht ständig in den Schritt gefaßt. Er aß sogar lieber Kartoffeln als Nudeln.«

»Bist du sicher, daß er Italiener war?«

»Ja.« Margot lächelte, was sich auf ihre Züge wie ein Weichzeichner auswirkte. »Mario hatte eine wunderbare Stimme. Wie Eros Ramazotti. Wenn ich den im Radio höre, glaube ich an die Auferstehung.«

»Habt ihr Kinder?«

»Ich habe einen Sohn.« Ihr Lächeln verschwand wie Puderzucker bei Durchzug. »Hast du eine Erklärung dafür, wie deine Halskette in Rüdigers Büro gekommen ist?«

»Nein.«

»Hast du sie nicht vermißt?«

»Doch.«

»Seit wann?«

»Seit Mai '74.«

Zum ersten Mal zeigte Margots Fassade eine Beschädigung, wenn auch nur einen Haarriß. »Sag bloß, sie ist dir abhanden gekommen, als wir zum Austausch in Loches waren?«

»Ich kann es weiter präzisieren: während der Fete in Puits Bertin, als Rüdiger mir die Nase krumm gehauen hat.«

»Das weißt du nach siebenundzwanzig Jahren so genau? Weder der Anhänger noch die Kette sehen wertvoll aus.«

»Meine Großmutter hat das Medaillon 1959 aus Rom mitgebracht.

Es ist vom Papst höchstpersönlich im Rahmen einer Audienz gesegnet worden. Ich habe es nie abgelegt.«

»Bis zu jenem Abend in Puits Bertin.«

»So ist es.«

»Willst du damit sagen, Rüdiger hat es dir damals gestohlen?«

»Ob er es vorsätzlich gestohlen hat, oder ob ich es bei unserer Auseinandersetzung verloren habe und er es später gefunden und eingesteckt hat – was weiß ich. Jedenfalls war die Kette nicht mehr da, als ich im Morgengrauen nach Hause kam. Ich bin dann zurück und habe die ganze Scheune abgesucht, aber vergeblich.«

»Und er soll das Medaillon all die Jahre aufbewahrt haben? So etwas macht man normalerweise nur mit einem Liebespfand.«

Thierry mußte an Margots BH denken, und wenn er ihren bohrenden Blick richtig deutete, dachte auch sie daran, wenn nicht an Schlimmeres. Glatteis war rutschfest gegen das Parkett, auf dem er sich in diesem Augenblick bewegte.

»Vielleicht war das Medaillon für ihn eine Art Trophäe«, sagte Thierry so gelassen wie möglich. »Vielleicht hat Rüdiger jedem, den er verprügelt hat, etwas gestohlen. – Nebenbei gefragt: Wie ist er ermordet worden?«

»Rüdiger wurde erstochen. Mit einem Brieföffner. Der erste Stich hat den linken Lungenflügel perforiert, der zweite ging mitten ins Herz.«

»Habt ihr Fingerabdrücke gefunden?«

»Keinen einzigen. Der Griff wurde abgewischt.«

»Noch eine Frage, wenn du gestattest: War Rüdigers Büro durchwühlt?«

»Du denkst, Rüdiger könnte einen Einbrecher überrascht haben? Da muß ich dich enttäuschen, das Büro wurde zwar auf den Kopf gestellt, aber es gibt keine Einbruchspuren.«

»Dann kannte Rüdiger seinen Mörder vermutlich.«

»Vieles ist denkbar. Wir wissen ja noch nicht einmal, ob etwas fehlt. Das müssen Tamara oder Rüdigers Sekretärin feststellen. – Was hast du gemacht, nachdem du vergangene Nacht euer Zimmer verlassen hattest?«

»Ich bin durch die Gegend gefahren.«

»Mit einem bestimmten Ziel?«

»Nein.«

»Aber du weißt noch, welchen Weg du genommen hast.«

»Ich bin auf der Landstraße in Richtung Köln gefahren, bis ich auf einem Hinweisschild Altenberg gelesen habe. In Altenberg habe ich mich auf eine Mauer gesetzt, eine Zigarette geraucht und den Dom angestarrt.«

»Kann das jemand bezeugen?«

»Ein Igel und ein paar Fledermäuse.«

»Wir sind hier nicht beim Casting für eine neue Comedy«, knurrte Margot. »Du bist der Hauptverdächtige in einem Mordfall. Wenn du diesen Raum nicht in Handschellen und Fußfesseln verlassen willst, solltest du meine Fragen ernster nehmen.«

»Wenn ich der Hauptverdächtige bin, gibt es also auch andere.«

Jetzt guckte Margot richtig böse. So böse, daß sie gefährlich aussah. Thierry hatte das Gefühl, überreizt zu haben. Pokern war noch nie seine Stärke gewesen. Netterweise half ihm das Telefon aus der Patsche.

»Cacciatore«, schnauzte Margot in die Muschel. Und dann: »Was? – Ein Flugzeug kann sich doch nicht in Luft auflösen. – Nein, ich habe keine Zeit. Ich bin gerade mitten in einer Vernehmung. – Von mir aus dreht die Augenzeugen durch die Mangel. – Nein, ich will nichts mehr davon hören. – Basta!«

Sie lehnte sich erschöpft zurück und strich mit beiden Händen eine imaginäre Mähne zurück, die sie am Hinterkopf zu einem Zopf zusammenfaßte. Thierry vermutete, daß sie ihre Haare noch nicht lange so kurz trug. Wie bei Solange ein Zeichen, daß sie ihrer Jugend endgültig adieu gesagt hatte. Jetzt begann die Zeit der Altersflecken, in Frankreich »fleurs de cimetière« genannt – Friedhofsblumen.

»Was ist mit dem Flugzeug?« fragte Thierry zaghaft, bereit, den Kopf einzuziehen, falls die Kaffeetasse geflogen käme.

Aber Margot reagierte überraschend mild.

»Eine mysteriöse Geschichte«, sagte sie. »Ein halbes Dutzend Augenzeugen hat gesehen, wie ein Flugzeug abgestürzt ist, aber das Wrack ist nirgendwo zu finden. So etwas gibt es auch nur hier.«

»Vielleicht war das eine Spezialmaschine, die zu Staub zerfällt, sobald sie in Feindesland runterkommt.«

»Ich hätte nicht übel Lust, dich psychologisch begutachten zu lassen. Stundenlang Tintenkleckse deuten und solchen Kram.«

»Wo du gerade davon sprichst – wie geht es weiter? Kann ich gehen? Yvette macht sich bestimmt schon Sorgen.«

»Yvette tut mir aufrichtig leid«, sagte Margot weich, um mit einer

Stimme fortzufahren, gegen die ein Diamant der reinste Pudding war. »Du kannst tatsächlich gehen, Thierry. Aber du darfst die Stadt nicht verlassen und mußt dich täglich auf der Wache melden.«

»So etwas sagen die Sheriffs immer in den Western.«

»Ich sehe, du hast es begriffen.«

»Wie lange soll das gehen?«

»Richte dich auf eine Woche ein.«

»Das ist nicht dein Ernst!«

»Du hast ein Motiv und kein Alibi. Ich kann dich auch in Untersuchungshaft nehmen lassen, wenn dir das lieber ist.«

»Und wo soll ich wohnen? Etwa in diesem Altenheim?«

Margot guckte auf einmal gelangweilt wie eine Sadistin nach dem Ableben ihres Opfers.

»Bitte Freunde um Quartier«, sagte sie.

»Ganz abgesehen davon, daß ich hier keine habe, würden die Leute sich bestimmt darum schlagen, einen Mordverdächtigen zu beherbergen.«

»Dann bleibt dir nur ein Hotelzimmer.«

Eine Weile musterten sie einander wie zwei Geschäftsleute, die beide wissen, daß der andere weiß, daß er über den Tisch gezogen werden soll. Dann fragte Thierry ganz ruhig:

»Gehe ich richtig in der Annahme, daß du deinen Beruf an manchen Tagen besonders gern ausübst?«

»Ich rate dir in deinem eigenen Interesse, diesen Gedanken nicht weiterzuspinnen.«

Ehe Thierry sich um Kopf und Kragen reden konnte, tauchte erneut KA Walther auf.

»Herr Vigneron, Ihre Frau wartet im Nebenzimmer. Sie möchte sich verabschieden.«

Thierry glaubte so lange an einen Übersetzungsfehler, bis er Yvette gegenüberstand.

*

Yvette trug ein beiges Kostüm und eine cremefarbene Rüschenbluse. Ob es die Sachen vom Vortag waren, konnte Thierry nicht sagen, dafür ähnelte sich ihre Garderobe insgesamt zu sehr. Jedenfalls war Yvette reisefertig.

Spontan umarmte er sie. Steif und abweisend ließ sie es zu. Eine Schweinehälfte im Kühlhaus in den Arm zu nehmen, konnte nicht frustrierender sein.

»Möchtest du, daß ich die Botschaft anrufe, damit man dir einen Anwalt besorgt?« fragte Yvette.

»Die Botschaft könnte ich selbst anrufen, wenn ich das wollte«, sagte Thierry. »Was soll ich mit einem Anwalt? Ich bin unschuldig.«

»Die Polizei scheint das anders zu sehen.«

»Margot und ihre Leute stochern im Nebel. Sie haben nichts gegen mich in der Hand. Wie kommst du eigentlich dazu, zu behaupten, ich sei ein versierter Messerstecher?«

»Das stimmt doch, oder nicht?«

»Selbst wenn es so wäre – so etwas erzählt man nicht den Flics. Die haben mich aus dem Auto gezerrt und gefesselt, als sei ich Jacques Mesrine der Zweite.«

»Es tut mir leid.«

»Was tut dir leid? Deine Geschwätzigkeit oder wie man mich behandelt hat?«

Yvette blickte ostentativ auf ihre Armbanduhr. »Ich muß jetzt gehen. Roger und Solange warten.«

»Was soll das heißen, Roger und Solange warten?«

»Sie haben angeboten, mich mitzunehmen. Da Roger der Führerschein abgenommen wurde, muß Solange die ganze Strecke fahren, und sie fährt nicht gern im Dunkeln.«

Thierry packte sie an den Oberarmen. »Du kannst mich doch jetzt nicht allein lassen.«

»Zum einen wüßte ich nicht, was ich für dich tun könnte«, sagte Yvette und entwand sich seinem Griff. »Zum anderen sollte jeder von uns diese Fügung des Schicksals nutzen, um sich darüber klar zu werden, ob und wenn ja wie es mit uns weitergehen soll.«

Thierry starrte sie mit offenem Mund an.

»Und nicht zuletzt warten zu Hause unsere Kinder und das Geschäft«, setzte Yvette ungerührt hinzu. »Das Leben muß ja irgendwie weitergehen.«

Thierry war, als sei er unversehens in Treibsand geraten. »Das klingt, als hättest du mich bereits abgeschrieben.«

»Nun dramatisiere nicht. Aber du solltest dir wirklich einen Anwalt nehmen. Für alle Fälle.«

»Sei ehrlich – glaubst du, daß ich Rüdiger umgebracht habe?«

»Was ich glaube, ist unerheblich. Du mußt Margot überzeugen, nicht mich.« Yvette beugte sich leicht vor und hauchte einen Kuß in seine Richtung. Der Abstand, den sie dabei wahrte, war der, den man zu einem Aussätzigen hält. »Salut, mon cher.«

Damit entschwebte sie lautlos wie Rauch. Thierry kam sich vor wie der Loser in einem dieser beschissenen Beziehungsfilme.

»Warum laufen Sie auf den Händen?« fragte Thierry den alten Mann, der ihm in Begleitung einer tollkühn geschminkten Greisin auf dem Gang im zweiten Stock des Hauses Vogelsang entgegenkam. Die Dame lief allerdings auf den Füßen.

»Das ist gut für die Durchblutung«, sagte der Mann mit klapperndem Gebiß und sprang schwungvoll in den Stand.

»Herr Dellmann war früher beim Varieté«, sagte die Frau mit schwärmerischem Seitenblick. »Equilibrist.«

»Raten Sie mal, wie alt ich bin«, sagte Dellmann.

»Ja, raten Sie mal«, sagte die Frau.

Thierry zuckte die Achseln. »Neunzig?«

Beide guckten beleidigt, sie mehr als er.

»Dreiundachtzig«, sagte Dellmann verschnupft und tippte sich an die Schläfe. »Und ich weiß noch alles.«

»Dann wissen Sie sicher auch, wer mit Lippenstift ›Mörder‹ an meine Zimmertür geschrieben hat«, sagte Thierry.

»Wissen tue ich es wohl, nur sagen tue ich es nicht.« Dellmann bot der Dame seinen Arm an. »Kommen Sie, meine Liebe, it's teatime.«

Da Yvette den Koffer mitgenommen hatte, wickelte Thierry seine Habseligkeiten in ein Handtuch. Auf dem Parkplatz kontrollierte er, ob der Schmierfink womöglich seine Reifen zerstochen hatte, was aber nicht der Fall war. Beim Einstellen des Rückspiegels blickte er unerwartet in sein eigenes Gesicht und erschrak. So sah man aus, wenn man Mike Tyson eine Schwuchtel genannt hatte. Mit Heftpflaster aus dem Kulturbeutel tarnte er seine Nase und setzte die Sonnenbrille auf. Dann ließ er den Motor an und rangierte die DS vom Gelände.

Nach einer Runde durch die Stadt parkte Thierry den Wagen am Gymnasium, das mit seinem kurz vor der Vollendung stehenden ringförmigen Erweiterungsbau wie eine Festung anmutete. Stellte sich die Frage, wer hier vor wem geschützt werden sollte. Die da drinnen vor denen da draußen oder umgekehrt.

Die Sonne kam heraus und war überraschend warm, und auf einmal tat ihm Rüdiger leid. Der konnte diese Wärme nicht mehr spüren. Der lag irgendwo aufgeschnitten und ausgeweidet in einer Kühlkammer und hatte keine Chance mehr, ein besserer Mensch zu werden. Dann fuhr Thierry ein stechender Schmerz ins Nasenbein, und sein Mitleid zerstob.

Zurück blieb eine Melancholie, die Thierry häufig heimsuchte, wenn er mit der Vergänglichkeit der Dinge konfrontiert wurde. Nahrung erhielt sein Gemützustand dadurch, daß er keinen der anno 1974 liebgewonnenen Plätze so vorfand, wie er ihn in Erinnerung hatte.

In den Fenstern des einstigen »Audimax« waren Pullis dekoriert, das Café Voss hatte einem Supermarkt weichen müssen, und die Gaststätte Iven wirkte so belebt wie das Leuchtturmwächterhaus auf der Île de Brehat, seit das Feuer vom Festland aus überwacht wurde. Aber was jammerte er, in Loches stand die Zeit auch nicht still. Das ursprüngliche »Charles VII«, in dem er die Hälfte seiner Jugend verbracht hatte, war nur noch eine bröselnde Fassade und Teil der Geschichte. Ebenso die »Loreley«, vormals Sporting Bar des raffgierigen Fettsacks Freddy, der mittlerweile zum allgemeinen Gespött sein Geld als UPS-Fahrer verdienen mußte.

In der Eisdiele, die an der Stelle lag, wo die beiden Wermelskirchener Boulevards sich vereinigten, erwarb er ein Eis mit fünf Kugeln. Amarena und Stracciatella aß er, den Rest kleckerte er sich bei dem Versuch aufs Hemd, mit dem Eishörnchen in der Hand am Geldautomaten der Sparkasse zweihundert Mark zu ziehen. Das meiste würde sich zwar mit der Kreditkarte bezahlen lassen, aber ein bißchen Bares wollte Thierry trotzdem in der Tasche haben, und sei es für ein neues Eis. Noch während er mit dem Taschentuch das Schokoladeneis unauswaschbar ins Gewebe rieb, stieß er an der Hausecke mit einer Frau zusammen.

Das »Pardon!« blieb ihm im Hals stecken, denn er hatte sie trotz Kopftuch und Sonnenbrille sofort erkannt.

Es war Tamara.

*

Seinem ersten Impuls zufolge wäre Thierry am liebsten davongelaufen, aber ihm war bewußt, wie unmöglich das gewirkt hätte. Hier ging es nicht darum, daß beim Fußballspielen eine Scheibe zu Bruch gegangen war. Außerdem war er kein Kind mehr. Was auch immer Tamara ihm an den Kopf werfen würde, er würde es hinnehmen. Aber dann brachte sie ihn völlig aus der Fassung.

»Ich habe mich noch gar nicht bei dir entschuldigt«, sagte sie. »Es tut mir leid, wie Rüdiger dich zugerichtet hat. Ist es sehr schlimm?«

»Ich habe gehört, was passiert ist, Tamara«, stammelte Thierry. »Ich möchte dir mein Beileid aussprechen.«

»Das ist lieb. Du bist sehr großherzig.«

Mein Gott, dachte Thierry. Weiß sie nicht, daß ich unter Mordverdacht stehe? Laut sagte er: »Wissen es eure ... deine Kinder schon?«

»Ich komme gerade von meinen Eltern. Die Mädchen sind sehr tapfer, auch wenn sie natürlich bitter geweint haben. – Bist du allein unterwegs? Wo ist deine Frau? War um diese Zeit nicht der Empfang im Rathaus geplant?«

»Sämtliche Termine sind abgesagt, und meine Landsleute sind Hals über Kopf abgereist. Sogar unsere Bürgermeisterin und die Bienenzüchter haben die Heimreise angetreten. Ich bin vermutlich der letzte Franzose östlich des Rheins.«

»Nett von dir, daß du geblieben bist.« Tamara legte ihre Hand auf seinen Unterarm. »Ausgerechnet du, dem Rüdiger so übel mitgespielt hat.«

»Du wirkst sehr gefaßt, Tamara.«

»Ich hoffe, du hältst mich nicht für herzlos, weil ich nicht in Tränen aufgelöst bin. Ich habe an so vieles zu denken, daß ich gar nicht weiß, wo mir der Kopf steht. Der Zusammenbruch wird später kommen, wenn alles vorbei ist. So war das auch bei meiner Großmutter. Erst am Abend, nachdem mein Großvater beigesetzt war, hat sie schlapp gemacht.« Tamara lächelte schwach. »Das ist unser preußisches Erbe.«

»Ich muß etwas richtigstellen«, sagte Thierry und hatte ein flaueres

Gefühl im Magen als bei seinem ersten Tag bei der Armee. »Ich bin nicht freiwillig geblieben. Eure Kriminalkommissarin und deine ehemalige Klassenkameradin Margot hält mich nämlich für Rüdigers Mörder.«

Ihre Hand zuckte zurück wie eine Eidechse, auf die ein Schatten fällt. Dann setzte Tamara ihre Sonnenbrille ab. Thierry tat dasselbe. Die Prüfung Auge in Auge war nur fair. Erstaunlicherweise fiel sie sehr kurz aus.

»Margot spinnt«, sagte Tamara. »Wie kommt sie darauf?«

»Ich habe ein Motiv und für die Zeit ab Mitternacht kein Alibi. Außerdem habe ich Rüdiger gedroht, ihn umzubringen.«

»Das ist doch kein Beweis. Das hätte in der Situation jeder gesagt.«

»Aber ein hinreichendes Verdachtsmoment, wie Margot mir erklärt hat. Jedenfalls darf ich die Stadt vorläufig nicht verlassen.«

»Hast du schon einen Anwalt?«

Thierry verneinte.

»Ich werde dir einen besorgen. Das bin ich dir schuldig, schließlich steckst du nur wegen Rüdiger in diesem Schlamassel. Am besten meinen Vater, der ist ein erstklassiger Strafverteidiger.«

»Ich weiß nicht, ob ausgerechnet der Mann, dessen Schwiegersohn ich –«

»Mach dir diesbezüglich keine Sorgen, Thierry. Vater hat Rüdiger gehaßt.«

»Danke für das Angebot. Ich werde darauf zurückkommen, falls es eng werden sollte.«

»Wie du meinst.« Plötzlich zuckte Tamara zusammen, als sei ihr eingefallen, daß zu Hause die Herdplatte noch an war. »Falls du nichts Besseres zu tun hast, könntest du mir einen Gefallen tun.«

»Sicher. Worum handelt es sich?«

»Nichts Besonderes.« Tamara setzte ihre Brille wieder auf. »Du kannst mir bei einem Einbruch helfen.«

*

»Der Architekt ist ein Bewunderer von Le Corbusier«, sagte Tamara.

»Ich auch«, sagte Thierry. »Deshalb habe ich auch nicht Architektur studiert, sondern den Elektroladen von meinem Schwiegervater übernommen.«

Sie hatten sich keine fünfzig Meter vom Ort ihres Zusammenstoßes entfernt. Wie Tamara Thierry erklärt hatte, hatte sich hier einst die Feuerwache befunden, weswegen auch die Gasse so hieß. Jetzt stand an der Stelle des Spritzenhauses ein mehrgeschossiges Wohn- und Bürogebäude, dessen Erdgeschoß fast nur aus Glas bestand. In der einen Hälfte war das Büro einer Bausparkasse untergebracht, in der anderen hatte Rüdiger mit seiner Finanzdienstleistungsfirma residiert. Geschlossene Jalousien verwehrten den Einblick. Bis auf eine Stelle, an der sich die Lamellen verkantet hatten.

»Du liebe Güte«, sagte Tamara, als sie, die Augen mit den Händen abschirmend, durch die Scheibe blickte. »Die Bullen haben gehaust wie die Vandalen.«

»Bullen?« fragte Thierry. »Ich nehme an, das waren der oder die Täter.«

»Natürlich. Wie dumm von mir.«

»Willst du hier einbrechen? Versieht die deutsche Polizei Tatorte nicht mit einem Siegel?«

»Das ist Rüdigers offizielles Büro, er selbst hat es immer sein Augenwischerbüro genannt. Ich muß in das andere, das liegt im ersten Stock. Und zwar, bevor die Krüger – das ist Rüdigers ehemalige Sekretärin und die, die ihn gefunden hat – Margot von der Existenz des zweiten Büros erzählen kann. Noch ist sie ja nicht vernehmungsfähig.«

Der Eingang lag auf der Rückseite. Auf der Rasenfläche hinter dem Haus standen ein Sandkasten für Hunde und ein Wippiwipp für Kinder. Mehr als zwei Dutzend Parteien bewohnten das Haus. Der Einfachheit halber drückte Tamara gleich auf mehrere Klingelknöpfe. Ein wildes Durcheinander von Stimmen drang aus der Gegensprechanlage, aber mindestens ein Bewohner betätigte auch den Türöffner. Das Treppenhaus war sauber und roch schwach nach Desinfektionsmittel. Über eine Galerie kam man zu den einzelnen Wohnungstüren. Auf dem Schild an der letzten Tür stand »A. Kostolany«.

»Rüdigers Vorbild«, sagte Tamara und entnahm ihrer Umhängetasche einen riesigen Schraubenzieher, den sie neben dem Schloß im Winkel von Türblatt und Rahmen ansetzte. »Hoffentlich macht das nicht zuviel Krach.«

»Entschuldige meine Neugier«, sagte Thierry. »Wenn das das Büro deines Mannes ist, wieso müssen wir dann gewaltsam eindringen?«

»Es existiert nur ein einziger Schlüssel, und den hatte Rüdiger immer bei sich. Wahrscheinlich rätselt Margot gerade, welches Türchen er öffnet.«

Thierry blickte sich um. »Weißt du eigentlich, daß wir hier soviel Deckung haben wie im Anstoßkreis des Stadions?«

»Hast du eine bessere Idee?«

Als Tamara den Schraubenzieher in den Spalt treiben wollte, rutschte er ab und fiel zu Boden, glücklicherweise auf die Fußmatte.

»So wird das nichts«, sagte Thierry und hob das Werkzeug auf. »Du mußt es auf der anderen Seite versuchen. Da geht es leichter.«

»Bei den Angeln?«

»Wie heißen die Dinger?«

»A-n-g-e-l-n. Wie Fische angeln.«

»Wieder etwas gelernt. An unseren Türen kann man sie raushebeln.«

Thierry setzte den Schraubenzieher zunächst oben, eine Handbreit unter dem Rahmen, an und drückte das Türblatt spaltweit auf. Voilà, was in Frankreich funktionierte, klappte also auch hier. Die Prozedur wiederholte er unten, eine Handbreit über dem Boden. Dann rammte er den Schraubenzieher in Höhe des Türknaufs in den Spalt und bog ihn zurück. Bereits jetzt fiel Licht durch den Schlitz. Das Ganze machte er noch einmal, und schon ließ sich die Tür entgegen ihres ursprünglichen Sinnes aufdrücken. Sie schlüpften durch, und Thierry baute das Türblatt wieder ein.

Rüdigers zweites Büro war nichts anderes als eine normale Wohnung mit Küche, Diele, Bad und zwei Zimmern. Allerdings war die Ausstattung ausgesprochen hochwertig. Der Teppichboden federte wie Moos, und die Tapete sah handgeschöpft aus. Der eine Raum war mit einer Ledergarnitur, einem Fernseher nebst Videorecorder, einer Stereoanlage plus CD-Ständer und zwei Hydrokulturpflanzen wie ein Wohnzimmer eingerichtet. Auf dem Tisch lagen ein Manager-Magazin und ein Weihnachtsheft des Playboy. Zur Straße hin schloß sich ein Balkon an.

Der andere Raum erinnerte mit zwei Stahlschränken und einem Schreibtisch, der die Ausmaße einer Tischtennisplatte hatte, tatsächlich an ein Büro. An technischen Spielereien standen ein Laptop mit Internetanschluß, ein Farbdrucker nebst Scanner, ein Kopierer, ein Aktenvernichter und eine Telefonanlage mit Anrufbeantworter und Fax herum.

»Du postierst dich am besten am Fenster und paßt auf, ob die Polizei noch mal zurückkommt«, sagte Tamara und machte sich am Schreibtisch zu schaffen. »Ich möchte von Margot nur ungern überrascht werden. Sie könnte daraus die falschen Schlüsse ziehen.«

»Welche Schlüsse sie betreffs meiner Person ziehen würde, male ich mir lieber gar nicht aus.«

Thierry schob die Gardine fingerbreit zur Seite. Unter einer Metalltreppe an dem Gebäude auf der anderen Straßenseite hatte es sich ein Stadtstreicher mit einem Sixpack Dosenbier bequem gemacht. Sonst war niemand zu sehen.

»Was suchst du eigentlich?« fragte Thierry über die Schulter.

»Rüdigers Lebensversicherung.« Tamara wuchtete drei Aktenordner auf den Tisch. »In einem der drei muß sie sein.«

Sie hatte gerade begonnen zu blättern, als Thierry sagte: »Die Unterlagen wirst du ein anderes Mal suchen müssen.«

»Wieso?«

»Weil gerade ein Auto mit einer blauen Lampe vorgefahren ist.«

TELEFONAT HEINZMARIOS MIT SEINEM VATER OSWALD VOM STEIN, BESTATTUNGSUNTERNEHMER UND SCHATZMEISTER DES CDU-KREISVERBANDES, IN DER NACHT VOM 13. AUF DEN 14. MAI 1974

(verschlafen) »Vom Stein.«

(flüsternd) »Papa, ich bin's. Heinzmario.«

»Heinzmario! (gedämpft) Es ist Heinzmario. (laut) Ist etwas passiert?«

»Nein, eigentlich nicht. Ich –«

»Warum rufst du dann mitten in der Nacht an? Weißt du, wie spät es ist?«

»Natürlich weiß ich, wie spät es ist. Es tut mir auch leid.«

»Bist du erkältet? Du bist kaum zu verstehen.«

»Ich kann nicht lauter sprechen. Ich telefoniere heimlich.«

»Also gibt es doch ein Problem.«

(zögernd) »Ja und nein.«

»Heraus mit der Sprache, mein Sohn.«

»Gestern mußte ich die Gastfamilie wechseln, Papa. Und jetzt –«

»Hast du dir etwas zu Schulden kommen lassen, Heinzmario?«

»Nein, ich nicht. Aber Rüdiger ist mit seinem Austauschpartner Thierry aneinandergeraten, und da hat mich Studienrat Dr. Bohnsack gebeten, mit Rüdiger die Familie zu tauschen, um einer weiteren Eskalation vorzubeugen. Gewissermaßen im Interesse aller habe ich dem Tausch zugestimmt.«

(voller Vaterstolz) »Du hast dich dem Gemeinwohl verpflichtet gefühlt, Heinzmario. Eine löbliche Haltung.«

»Ja, aber jetzt kommt es: Ich fürchte, daß die Eltern meines neuen Partners Kommunisten sind.«

(angeekelt) »Kommunisten? Gott bewahre! Wie kommst du darauf, mein Junge?«

»Gestern, beim Abendessen, wollte Thierrys Vater, Monsieur Vigneron, wissen, wie ich heiße. Als ich ihm meinen Namen nannte, sagte er, eigentlich hätte er nur meinen Vornamen wissen wollen. Da habe ich ihm gesagt, Heinzmario sei der Vorname. Dann fragte er, wie ihr, Mama und du, mich nennt. Wahrheitsgemäß sagte ich, Heinzmario, woraufhin Monsieur Vigneron den Kopf schüttelte und sagte, der Name sei ihm zu lang. Er würde mich statt dessen Leo nennen.«

»Sehr eigenwillig. Aber wieso hat das deinen Verdacht erregt?«

»Zunächst habe ich mir nichts dabei gedacht. Aber später habe ich entdeckt, daß im Bücherschrank ›Die neue Klasse‹ von Djilas, ›Fragen des Leninismus‹ von Stalin und ›Das Kapital‹ von Marx stehen. Da wurde mir schlagartig klar, daß er mich Leo nennt, weil das der Vorname Trotzkis war.«

»Potztausend, damit könntest du recht haben, Heinzmario. – Haben diese Menschen schon versucht, dich zu indoktrinieren?«

»Nein, bisher nicht.«

»Gut. Paß auf, du verhältst dich folgendermaßen: Du bist weiterhin freundlich zu diesen Leuten, unterhältst dich auch mit ihnen, läßt dich aber auf keinerlei politische Diskussion ein. Des weiteren verschließt du nachts sorgfältig deine Zimmertür. Du hast doch ein eigenes Zimmer?«

»Ja, sicher.«

»Gut. Sollten diese Menschen dennoch versuchen, dich in irgendeiner Form zu beeinflussen, wendest du dich umgehend an Studienrat Dr. Bohnsack.«

»Der ist doch in der SPD.«

»Ach du liebe Güte, das habe ich ja ganz vergessen. Dann wendest du dich eben an Studienrätin Hettkämper. Ich weiß zwar nicht, wo die Dame politisch steht, aber sie scheint mir doch eher christlich gesinnt. Hast du mich verstanden?«

»Ja, Papa.«

»Es wird schon schiefgehen. Übrigens – Mama läßt dich ganz lieb grüßen.«

»Grüß sie auch von mir.«

»Heinzmario?«

»Ja?«

(gerührt) »Ich bin stolz auf dich, mein Junge.«

(den Tränen nahe) »Danke, Papa.«

Thierry fühlte sich, als hätte er in einer überdimensionalen, zarten, trokkenen, wenn auch seltsamerweise nach Leder duftenden Frauenhand Platz genommen. Er schloß die Augen, wippte leicht vor und zurück und wartete darauf, daß die Streicheleinheiten begannen. Die blieben natürlich aus, aber zum Träumen reichte es. Keine Frage, der Schreibtischsessel hatte Elysée-Qualität.

Tamara war ins Erdgeschoß und damit Margot entgegengeeilt, frei nach dem Motto, daß Angriff die beste Verteidigung sei. Thierry war mit den Aktenordnern in Rüdigers Zweitbüro geblieben und hoffte darauf, daß Madame le Commissaire von der Existenz dieser Räumlichkeiten noch keine Kenntnis hatte.

Als er die Augen wieder öffnete, fiel sein Blick auf das Telefon, und ihm kam der Gedanke, Hélène und Philémon anzurufen und sie darüber zu informieren, daß ihre Mutter zunächst allein nach Hause kommen würde. Die Kinder sollten nicht ausschließlich auf Yvettes Schilderung der Ereignisse angewiesen sein. Gott allein wußte, welchen Blödsinn sie ihnen auftischen mochte. Das Spießrutenlaufen, dem die beiden ausgesetzt sein würden, wenn erst einmal die Mitreisenden ihre Gerüchte verbreitet hatten, würde schlimm genug werden.

Thierry hob ab – die Leitung war tot. Von allen Knöpfen sah der grüne am ehesten danach aus, diesen Mißstand zu beheben. Thierry drückte ihn und fiel beinahe aus dem Sessel, als ihn plötzlich mit voller Breitseite Margots Stimme traf.

»– zu Hause nicht angetroffen habe, hatte ich so eine Ahnung, daß du hier bist.«

»Ich dachte, es könnte mir helfen, das Unfaßliche zu begreifen, wenn ich den Tatort aufsuche«, sagte Tamara. »Noch kommt mir das Ganze nämlich nur wie ein böser Traum vor. Leider war die Tür versiegelt, da habe ich mich nicht getraut, aufzuschließen.«

»Du hättest mich anrufen können.«

»Daran habe ich in dem Moment nicht gedacht.«

Die Stimmen waren so klar und deutlich zu vernehmen, als stünden die Frauen vor dem Schreibtisch. Auch an der Abhöreinrichtung hatte Rüdiger also nicht gespart. Wozu er die Anlage hatte installieren lassen, war Thierry allerdings schleierhaft.

»Du hast einen Schlüssel für das Büro, sagtest du?« hörte er Margot fragen.

»Ja, natürlich. – Hier.«

»Behalt ihn ruhig. Apropos Schlüssel – wir haben bei Rüdiger einen weiteren gefunden, zu dem uns aber noch das entsprechende Schloß fehlt. Sieh ihn dir bitte einmal an.«

»Den habe ich noch nie gesehen, tut mir leid«, sagte Tamara nach einer Weile. »Allerdings sieht er auch x-beliebig aus.« Und dann mit belegter Stimme: »Wo hat Rüdiger gelegen? Hier?«

»Nein, dort drüben. Neben dem Schreibtisch. Die Kreidestriche markieren die Stelle.«

Es folgte eine Reihe undefinierbarer Geräusche. Mal meinte Thierry ein leises Weinen, mal ein Hüsteln zu hören, dann wieder ein unterdrücktes Schluchzen. Nur das letztendliche Schneuzen war eindeutig.

»War Rüdiger sofort tot?« fragte Tamara.

»Er hat nicht gelitten, falls du das meinst. – Könntest du dich jetzt bitte umsehen, ob irgend etwas fehlt?«

»Wozu sollte das gut sein? Davon wird Rüdiger auch nicht mehr lebendig.«

»Zum Beispiel, um festzustellen, ob es sich um einen Raubmord gehandelt haben könnte. Hat Rüdiger im Büro gelegentlich größere Geldbeträge aufbewahrt?«

»Nein, er hatte ja nicht einmal einen Safe. Nur eine einfache Stahlkassette.«

»Die haben wir gefunden. In der befanden sich nur Briefmarken.«

Schritte entfernten sich und kamen zurück. Papier raschelte. Eine Schublade wurde geöffnet und wieder zugeschoben. Dann quietschte eine Möbeltür.

»Soweit ich das beurteilen kann, fehlt nichts«, sagte Tamara. »Aber ich war nur selten hier. Vielleicht wurden irgendwelche Geschäftsunterlagen gestohlen. Aber daß es sich um Einbruch gehandelt hat, ist doch wohl eindeutig, so wie es hier aussieht.«

»Gegen einen Einbruch spricht, daß keine Tür aufgebrochen und keine Scheibe eingeschlagen wurde. Ich denke, wenn überhaupt, war es Raub. Oder der Täter will uns eben das glauben machen.«

»Was bliebe sonst noch?«

»Eine Beziehungstat.«

»Eine Beziehungstat? Inwiefern?«

Margots Stimmtemperatur sank um zwei Grad. »Frau Krüger, die Sekretärin deines Mannes, hat bei der Einlieferung ins Krankenhaus angegeben, Rüdiger sei der Vater ihres Kindes.«

Tamara stieß ein verächtliches Lachen aus. »Damit wollte sie Rüdiger erpressen.«

»Das Kind war also nicht von ihm?«

»Als auf der Polizeischule Takt und Einfühlungsvermögen auf dem Stundenplan standen, hast du wohl gerade gefehlt. Gleich wirst du noch behaupten, ich hätte Rüdiger ermordet, weil er mich wegen dieser Schlampe verlassen wollte.«

»Ich behaupte gar nichts, und nichts liegt mir ferner, als dich zu quälen, Tamara. Das kannst du mir glauben. Aber es dürfte auch in deinem Interesse sein, die Wahrheit herauszufinden. Das bedingt nun mal, daß ich in alle Richtungen ermittle.«

Tamara schniefte. »Entschuldige, Margot. Aber auf mich stürzt im Augenblick ein bißchen viel auf einmal ein.«

»Wir können das Gespräch später fortsetzen, wenn du möchtest.«

Eine Entgegnung Tamaras blieb aus; Thierry nahm an, daß sie genickt hatte. Kurz darauf fiel eine Tür ins Schloß. Thierry lief zum Fenster. Tamara entfernte sich, ohne sich ein einziges Mal umzublicken.

Auch machte sie keine geheimnisvollen Zeichen. Einzig das Klappern ihrer Absätze auf dem Pflaster mochte irgend etwas bedeuten, aber Thierry fehlte der Schlüssel, um den Code zu entziffern.

*

Womit Margot und ihr Assistent sich nach Tamaras Abgang beschäftigten, blieb Thierry verborgen. Zweifelsfrei unterhielten sie sich, aber ihre Stimmen klangen derart entfernt und gedämpft, als seien die beiden unter den Teppichboden gekrochen. Thierry versuchte, mit den verschiedenen Schiebern und Drehknöpfen des Telefons eine Verbesserung zu erreichen, aber vergebens. Schließlich schaltete er die Anlage ab.

Um die Zeit totzuschlagen, begann er, in den Aktenordnern zu blättern, die Tamara herausgesucht hatte. Die Rücken waren mit »Privat 1–3« beschriftet. Gleich der erste Ordner barg eine echte Überraschung.

Thierry hatte mit allem gerechnet, aber bestimmt nicht damit, auf Rüdigers Schulzeugnisse zu treffen. Gemäß den Zeugnissen der Ev. Dörpfeldschule hatte Rüdiger von 1963 bis 1966 durchgehend »gut« und »befriedigend« erreicht. In Rechnen, Schreiben und Lesen, aber auch in biblischer Geschichte, mündlichem Ausdruck und häuslichem Fleiß. Nur bei Leibesübungen stand jedes Mal ein dickes »mangelhaft«.

Auf dem Gymnasium gesellten sich rasch noch andere »mangelhaft« und einmal sogar ein »ungenügend« dazu, was zur Folge gehabt hatte, daß Rüdiger zweimal sitzengeblieben war. Er hatte es nicht geschafft, mit der Klasse, mit der er in Loches gewesen war, das Abitur zu machen. Das hatte er ein Jahr später als die anderen mit gerade mal einhundert Punkten abgelegt, was, soweit Thierry das Zeugnis verstand, die Mindestpunktzahl darstellte. Eines hatten er und Rüdiger also gemeinsam gehabt: Die Schule war ihnen eine Qual gewesen.

Ein Geräusch lockte Thierry ans Fenster. KA Walther stand in der offenen Wagentür und telefonierte, den einen Arm abgewinkelt auf dem Wagendach, den anderen lässig über dem Türrahmen – sah man mal von der Lockenpracht und dem fehlenden Lollystiel absah, wirkte der Assistent so cool wie Kojak. Von Margot war nichts zu sehen. Zurück am Schreibtisch nahm Thierry den zweiten Ordner zur Hand. Da er ihn falsch herum hielt, rutschte ein kleines, schwarzes Buch heraus.

Im Format war das Büchlein nicht größer als eine Postkarte, gebunden war es in Kunstleder. Eines dieser billigen Dinger, wie es sie hundertfach im »Monoprix« oder im »Nickel«, neuerdings Ringkaufhaus, gab. Die Eintragungen auf den karierten Seiten waren von zittriger Hand mit Kugelschreiber oder Füller und einmal auch mit Filzstift vorgenommen worden. Insgesamt waren fünf Seiten beschrieben.

Jeder Eintrag bestand aus drei Spalten. In der ersten stand ein Datum, in der zweiten eine fünf- oder sechsstellige Zahl. Dahinter standen Begriffe, vermutlich Namen, wenn auch seltsame. Wickie, Tjure, Halvar, Snorre und Olaf Starkschleuder, wobei die Namen sich wiederholten. Halvar tauchte am häufigsten auf, Olaf nur einmal. Auf Seite zwei kamen ein Faxe und ein Sven hinzu.

Vor dem Haus schlugen Wagentüren, und ein Motor wurde angelassen. Thierry erhaschte gerade noch einen Blick auf den davonrollenden Polizei-Opel. Eilig steckte er das Büchlein in die Hosentasche, klemmte sich die Aktenordner unter den Arm und ging zur Wohnungstür. Er hatte bereits die Hand an der Klinke, als ihm der Atem stockte.

Jemand machte sich am Schloß zu schaffen.

*

In der Dusche roch es, wie es in Duschen riecht, die nie benutzt werden: Aus dem Abfluß stieg der Geruch von Gulli auf. Ein wenig heißes Wasser hätte bereits Abhilfe geschaffen, aber dann hätte Thierry auch gleich im Flur warten und den Eindringling willkommen heißen können. Alternativ stellte er einen Absatz auf das Loch und atmete durch den Mund.

Daß es sich bei dem Eindringling um Margot oder Walther handelte, hielt Thierry für ausgeschlossen. Kein Polizist der Welt hätte zehn Minuten gebraucht, um das popelige Türschloß zu knacken. Da war einer am Werk, der das Hantieren mit einem Dietrich bestenfalls aus dem Fernsehen kannte.

Wer es auch war, mittlerweile durchstöberte er die Stahlschränke; die schweren Schubfächer verursachten auf den Kunstoffrollen unverwechselbare Laufgeräusche. Dazu murmelte der Eindringling in einer Tour vor sich hin. Thierry konnte nichts verstehen, aber es klang nach Ärgern und Schimpfen. Offenbar fand er nicht, was er suchte.

Der Schall eiliger Schritte ertönte aus der Diele und verhallte in der Küche. Beide Räume wie auch das Bad waren gefliest. Ohne sich um den Lärm zu scheren, den er verursachte, öffnete der Einbrecher Türen und Schubladen, klapperte mit Porzellan und wühlte im Besteck. Entweder war der Kerl ein Idiot, oder er war sich sicher, daß der Radau kein Aufsehen erregte. Bei so vielen Mietparteien war natürlich eine gewisse Anonymität garantiert.

Plötzlich flog die Badezimmertür auf, und die Halogenspots in der Schiene an der Decke flammten auf. Thierry ärgerte sich, daß er sich für den Fall einer Auseinandersetzung nicht wenigstens mit der Klobürste bewaffnet hatte. So konnte er nur darauf hoffen, daß der Überraschungsmoment ihm einen Vorteil verschaffte, sollte der andere den Duschvorhang zur Seite ziehen. Außerdem mußte der erste Schlag sitzen.

Den Geräuschen nach zu urteilen, plagten den Einbrecher jedoch ganz andere Sorgen, als die Duschkabine zu durchsuchen. Der Klodeckel wurde aufgestellt, ein Reißverschluß geöffnet, und dann plätscherte es begleitet von erleichtertem Stöhnen. Thierry schob den Duschvorhang mit Zeige- und Mittelfinger so weit zur Seite, daß er einen Blick riskieren konnte. Im Spiegel über dem Waschtisch waren ein Schlapphut sowie der aufgestellte Kragen eines Trenchcoats zu erkennen, mehr aber auch nicht.

Der Hut wippte ein paarmal auf und ab, dann wurde der Reißverschluß geschlossen, zuletzt die Spülung betätigt. Jetzt würde der Mann sich umdrehen und sein Gesicht zeigen. Das war der Moment, auf den Thierry lauerte, Risiko hin oder her. Doch dazu kam es nicht, den plötzlich klingelte ein Handy.

»Ausgerechnet jetzt.«

Der Mann beschrieb lediglich eine Vierteldrehung. Das reichte nicht einmal, um sein Profil ausmachen zu können.

»Hallo? – Was? – Wie? – Ja, ja, natürlich. – Selbstverständlich habe ich daran gedacht. – Ja, vier Stücke Obst mit Sahne, ein Plunder und eine Schnecke. – In zehn Minuten bin ich zu Hause. – Ja, geht in Ordnung. – Gut, bis gleich. – Tschüs.«

Die Badezimmertür wurde zugezogen, das Licht erlosch, und nur Sekunden später hörte Thierry, wie der Schnapper der Wohnungstür in die Schließe glitt. Nun hatte der Mann sein Gesicht doch nicht gezeigt. Trotzdem wußte Thierry, wer er war; er hatte ihn an der Stimme erkannt.

Der Einbrecher war kein geringerer als Heinzmario vom Stein, der amtierende Bürgermeister von Wermelskirchen.

»Er hat heute noch nichts gefressen«, sagte Tamara. »Ich fürchte, er wird eingehen.«

»Mach dich nicht verrückt«, sagte Thierry. »Hunde gelten erst als krank, wenn sie drei Tage nichts gefressen haben.«

»Dieser Hund hat, seit ich ihn kenne, keinen einzigen Tag auf sein Futter verzichtet. Ich glaube, er weiß, daß Rüdiger nicht wiederkommt. Tiere spüren so etwas.«

Der Hund war ein Labrador, hieß Dow Jones und war so alt, daß er sowohl Bellen als auch Wedeln im Liegen erledigte. Als klar war, daß Thierry Tamara nichts zuleide tun wollte, klappte er seine traurigen Augen wieder zu.

»Er ist völlig auf Rüdiger fixiert«, fuhr Tamara fort. »Auf mich hört er nur, wenn er Lust hat.«

»Wenn du ihm sofort und unmißverständlich klar machst, daß du jetzt das Rudel führst, wird er sich unterordnen. Andernfalls wird er versuchen, den Job zu übernehmen.«

»Mal den Teufel nicht an die Wand. So einen Horror hat eine Bekannte unlängst erlebt. Nach dem Tod ihres Mannes hat der Hund zwei Wochen lang getrauert und saß dann plötzlich am Eßtisch auf dem Stuhl, auf dem ihr Mann immer gesessen hatte. Sie mußte das Tier schließlich abgeben.« Erst jetzt fiel Tamara auf, daß Thierry mit leeren Händen gekommen war. »Wo sind die Aktenordner?«

»In meinem Wagen.«

»Warum hast du sie nicht gleich mitgebracht?«

»Am Haus gibt es weder Hausnummer noch Namensschild. Ich wollte nicht mit den Ordnern unter dem Arm bei fremden Leuten klingeln.«

»Eine von Rüdigers Vorsichtsmaßnahmen. Er fühlte sich manchmal verfolgt.«

»Zu Recht?«

»Das erzähle ich dir später. Hol erst einmal die Ordner. Ich koche uns in der Zeit einen Kaffee.«

Schräg gegenüber machte ein älteres Paar, das gerade aus seinem Mercedes stieg, lange Hälse. Als Thierry den beiden zunickte, grimassierten sie wie verängstigte Schimpansen.

Die Wohnzimmereinrichtung war modern und zweifellos teuer, hatte aber nichts Gewachsenes an sich. Vielmehr sah sie aus, als hätten Tamara und Rüdiger ordentlich Geld in die Hand genommen und ein Schaufenster leergekauft, so erdrückend war die Harmonie der Formen und Farben. Einzig eine kunstvoll ziselierte Dröppelminna auf der Anrichte fiel aus dem Rahmen. Thierry nahm Platz und saß unverzüglich still, da jede Bewegung dem Ledersessel peinliche Geräusche entlockte.

»Mach's dir ruhig bequem«, sagte Tamara und stellte das Tablett mit der Kanne und den Tassen auf dem Marmortisch ab. »Ich weiß ja, daß es die Sessel sind.«

Sie hatte nicht nur Kaffee aufgebrüht, sondern sich auch umgezogen. Statt des graumelierten, ärmellosen Kleides trug sie nun Jeans, eine Folklorebluse und Riemchensandalen. Thierry fiel auf, daß ihre Fußnägel im Gegensatz zu den Fingernägeln lackiert waren. Tamara schenkte ein, setzte sich und brach unvermittelt in Tränen aus.

»Ich habe überhaupt nichts anzuziehen«, schluchzte sie. »Ich muß mir ein schwarzes Kostüm kaufen. Damit habe ich nun wirklich nicht gerechnet.«

Thierry schwieg und kostete den Kaffee. Der war, wie er ihn aus dem Haus seiner Gasteltern in Erinnerung hatte – fast so stark wie französischer, aber nicht so bitter. Ideal zu den Armen Rittern, die Tamara serviert hatte. Er nahm einen und tunkte ihn ein. Das Gebäck schmeckte nach Kokos und hinterließ entengrützartige Rückstände auf dem Kaffee. Während er knabberte und schlürfte, trocknete Tamara ihre Augenwinkel und nahm den ersten Ordner zur Hand.

»Wo hattest du deinen Wagen vorhin geparkt?« fragte sie nach einer Weile.

»An der Schule.«

»Bist du etwa mit den Ordnern quer durch die Stadt gelaufen?«

»Was hätte ich sonst machen sollen? Mir ein Taxi rufen? Mit meinem derzeitigen Gesicht falle ich auf wie ein Känguruh mit rotem Schal.

Daran würde sich auch der dämlichste Fahrer erinnern. Außerdem hat es nicht geregnet.«

»Stell dir vor, Margot hätte dich mit Rüdigers Unterlagen auf der Straße aufgegriffen.«

»Nein.«

»Was, nein?«

»Das stelle ich mir nicht vor.«

Nachdem Tamara den letzten Ordner durchgeblättert hatte, begann sie noch einmal von vorn, diesmal ausgesprochen hektisch.

»Das verstehe ich nicht«, sagte sie.

»Was?« fragte Thierry.

»Rüdiger hat gesagt, daß es in einem dieser drei Ordner ist, und jetzt ist es nicht da.«

»Die Lebensversicherungspolice ist im zweiten abgeheftet.«

Tamara sah überrascht auf. »Du hast hineingesehen?«

»Entschuldige die Indiskretion, aber mir war langweilig.«

»Schon gut. Ich meine aber nicht die Police der Versicherung, die ist sowieso beliehen. Dir ist nicht zufällig ein kleines, schwarzes Oktavheft aufgefallen?«

»Oktavheft?«

Tamara zeichnete das Format mit den Fingern in die Luft.

»Nein«, sagte Thierry, ohne mit der Wimper zu zucken. Für Aufzeichnungen, deretwegen Tamara einen Einbruch riskierte, würden andere Leute unter Umständen noch ganz andere Dinge tun. »Was hat es damit auf sich?«

Tamara zögerte einen Moment. »In dem Heft hat Rüdiger gewisse Eintragungen gemacht, die für mich wichtig sind. Eintragungen, die ... nun ja, die unter Umständen eine Menge Geld wert sind.«

»Ich verstehe«, sagte Thierry. »Wenn es so wichtig war, hat er das Heft vielleicht an einem sichereren Ort deponiert.«

»Das glaube ich nicht. Rüdiger hat immer gesagt, je offener, desto sicherer. Benutz einen Scheck als Bierdeckel, und niemand wird ihn klauen.«

»Du sagtest vorhin, Rüdiger habe sich manchmal verfolgt gefühlt. Hatte er Feinde?«

Tamara lachte kurz und bitter auf. »Du bist lustig – bei dem Job. Natürlich hatte Rüdiger Feinde. Manche waren nur neidisch und mißgünstig, andere wären ihm am liebsten an die Gurgel gegangen. Bei Geldgeschäften ist das nun mal so.«

»Kennst du die Namen derjenigen, die ihm gern etwas angetan hätten?«

»Warum fragst du?«

Thierry tupfte mit dem Mittelfinger auf der Tischplatte verstreute Zuckerkrümel auf und streifte sie über dem Aschenbecher wieder ab. »Margot verdächtigt mich, deinen Mann ermordet zu haben, Tamara. Ich wüßte gern, wer es wirklich getan hat.«

Tamara kniff das linke Auge zu, als würde sie ein Ziel anvisieren. »Was würdest du tun, wenn du die Namen wüßtest?«

»Ich würde die betreffenden Personen fragen, wo sie zur Tatzeit waren.«

»So etwas ist Aufgabe der Polizei, Thierry.«

»Ich bin vor allem daran interessiert, Beweise für meine Unschuld zu sammeln. Daß die deutsche Polizei das gleiche Interesse hat, bezweifle ich.«

»Du glaubst doch nicht, daß Margot dir vorsätzlich etwas anhängen will.«

»Margots Job ist es, einen Mörder zu suchen. Das ist nicht zwangsläufig dasselbe.«

»Wenn es so ist, mußt du dich auf eine weitere Enttäuschung gefaßt machen. Auch mir liegt zuvorderst an der Ergreifung des Mörders.«

»Das weiß ich, und das ist auch richtig so. – Kennst du die Namen?«

»Nein. Und ich bin mir nicht sicher, ob ich sie dir nennen würde, wenn sie mir bekannt wären.«

»Aber du würdest sie Margot nennen?«

»Selbstverständlich«, sagte Tamara und schlug die Augen nieder.

Thierry räusperte sich: »Margot hat mir ein Kettchen mit einem Medaillon gezeigt, das in Rüdigers Büro gefunden wurde. Vorne ist Papst Johannes XXIII. abgebildet, hinten trägt es die Initialen T.V. und das Datum 31.7.57. Sagt dir das etwas?«

»Natürlich. Das hat Rüdiger mir vor ewigen Zeiten geschenkt. Ich glaube, da gingen wir noch zur Schule. Jahre später hat er es mir im Streit vom Hals gerissen und weggenommen. Ich wußte gar nicht, daß er es aufgehoben hat.«

»Weißt du, woher er es hatte?«

»Er hat es irgendwo gekauft und gravieren lassen.«

»Gravieren?«

»Ja. Der Anhänger trägt die Initialen meines Mädchennamens und mein Geburtsdatum.«

»Tamara Voßwinkel.« Thierry schmunzelte kopfschüttelnd. »Ich wußte gar nicht, daß wir am gleichen Tag Geburtstag haben.«

»Ich fürchte, ich verstehe dich nicht.«

Thierry berichtete ihr von der wahren Herkunft des Anhängers. Tamara machte ein Gesicht, als sei Rüdiger ein zweites Mal gestorben.

»Immerhin hat er dir ein neues Kettchen gekauft«, sagte Thierry, obwohl er selbst fand, daß das lahm klang.

»Ach, hör doch auf! Dieser Schuft! Schenkt mir mit den heißesten Liebesschwüren eine geklaute Kette.« Tamara sprang auf, als könne sie so der entwerteten Erinnerung entfliehen. »Ich mache jetzt den Abendspaziergang mit dem Hund. In einer halben Stunde bin ich zurück.«

Thierry stemmte sich ebenfalls aus dem Sessel. »Ich muß auch los, mir ein Hotelzimmer suchen.«

»Das kommt überhaupt nicht in Frage. Du kannst hier übernachten. Das Sofa in Rüdigers Arbeitszimmer ist recht bequem. Ich beziehe es, wenn ich zurück bin.«

»Danke für das Angebot, aber ich fürchte, das wäre deinem Ruf abträglich. Immerhin stehe ich im Verdacht, deinen –«

»Darauf kommt es jetzt auch nicht mehr an«, fiel Tamara ihm ins Wort. »Mit meinem Ansehen ist ohnehin kein Staat mehr zu machen. Dafür hat Rüdiger mit seinen zahllosen Affären gesorgt.«

Rüdigers Arbeitszimmer lag im Souterrain des Hauses. Eingerichtet war es abgesehen von einem Schreibtisch mit lederbezogener Platte und Telefon wie ein Jugendzimmer in den Siebzigern. Ein Wandklappbett, ein Sitzsack, ein Korbsessel, auf dem Boden ein Flokati. Die unteren Fächer des Regals waren voller LPs, weiter oben standen Taschenbücher, ein bißchen Hermann Hesse, ansonsten Krimis. Daneben, auf einem Tischchen, ein Dual-Plattenspieler mit eingestaubter Plexiglashaube. An den Wänden hingen Poster von Peter Gabriel, Cat Stevens, Suzie Quatro und diesem deutschen 68er-Kommunardenpärchen, von dem Thierry die Namen nicht wußte. Die Frau hatte mal was mit Mick Jagger gehabt. Aber welche Frau hatte das nicht, und sei es nur in der Phantasie. Sogar Yvette.

Yvette.

Thierry sah auf die Uhr. Halb acht. Der Nachmittag war dahingerauscht wie ein Wildbach. Es wurde langsam dunkel, ein Umstand, den das schmale Oberlicht, das das einzige Fenster des Raums war, verstärkte. Zu Hause konnte Yvette noch nicht sein, dafür fuhr Solange zu zaghaft. Aber wenn er Glück hatte, meldeten sich Hélène oder Philémon.

Thierry nahm den Hörer und tippte seine Privatnummer. Besetzt. Wenigstens war jemand daheim. Er würde es später noch einmal versuchen.

Neben dem Telefon lag einer dieser Terminplaner, die pro Blatt eine ganze Woche zeigen. Thierry mochte die Dinger nicht. Montags schon zu sehen, was einem die kommenden sechs Tage bevorstand, fand er grauenhaft. Gedankenverloren blätterte er zurück zum 20. März, Yvettes Geburtstag. »11:30 Uhr Wirtz/LUX« stand da. In dem schwarzen Büchlein hatte Rüdiger unter dem gleichen Datum »Olaf Starkschleuder 90.000« hingekritzelt, der Name, der nur einmal vorgekommen war.

Am Freitag derselben Woche war erneut »Wirtz/LUX« eingetragen, diesmal für 10:45 Uhr. Thierry zog das kleine schwarze Buch zu Rate. Unter dem 23.3. stand dort »Halvar 75.000«. Neugierig geworden überprüfte Thierry die anderen Daten. Jede Eintragung in dem Oktavheft korrespondierte mit einem Wirtz/LUX-Termin. Auch wenn sich Thierry die Bedeutung dieser Entdeckung im Moment nicht erschloß, hatte er das Gefühl, das Ende eines Fadens in der Hand zu halten, mit dem sich, wenn er kräftig genug daran zog, das Knäuel um Rüdigers Ermordung würde entwirren lassen. Zweifellos hatte er gut daran getan, das kleine, schwarze Buch vorerst nicht aus der Hand zu geben.

Bis er zu Bett ging, wählte Thierry ein Dutzend Mal seine Nummer in Loches. Jedes Mal war besetzt. Mit dem unguten Gedanken, daß jemand absichtlich nicht aufgelegt hatte, schlief er ein.

»... mein tief empfundenes Mitgefühl zum Ausdruck bringen«, sagte Heinzmario. »Auch im Namen der Partei.«

»Danke«, sagte Tamara.

»Und natürlich von Bea. Sie konnte leider nicht mitkommen. Sie hat einen wahrhaft scheußlichen Termin wahrzunehmen.«

»Muß sie zum Zahnarzt?«

»Nein. – Was soll's, du wirst es über kurz oder lang ja doch erfahren. Daniela hat Brustkrebs. Bea versucht gerade, es ihr schonend beizubringen.«

»Gütiger Himmel! Komm ruhig rein. Wir sind noch beim Frühstück.«

»Wie haben es denn die Kinder aufgenommen?«

»Den Umständen entsprechend. Sie sind zur Zeit bei meinen Eltern.«

»Sagtest du nicht, ihr wäret beim Frühstück?«

»So ist es. Geh durch.«

Thierry, der am Küchentisch saß und eine butterbestrichene Brötchenhälfte in seinen Kaffee stippte, hatte in seinem ganzen Leben noch keinen entsetzteren Menschen gesehen als Heinzmario in dem Augenblick, als er die Küche betrat und ihn erblickte. Der Bürgermeister riß Mund und Augen sperrangelweit auf, würgte Geräusche hervor, als müsse er ersticken, und geriet dermaßen aus dem Gleichgewicht, daß er sich mit beiden Händen am Türrahmen festhalten mußte.

»Thierry kennst du ja«, sagte Tamara und drängte sich an Heinzmario vorbei. »Du trinkst doch sicher eine Tasse Kaffee mit uns.«

»Hallo, Heinzmario«, sagte Thierry. »Setz dich.«

Heinzmario ließ sich auf einen der freien Stühle fallen, daß die Dübel knackten.

»Zucker? Milch?« fragte Tamara.

»Beides«, krächzte Heinzmario. »Was tut er hier?«

»Thierry hat hier übernachtet. In Rüdigers Arbeitszimmer, bevor du falsche Schlüsse ziehst.«

»Er steht im Verdacht, deinen Mann umgebracht zu haben, Tamara. Weißt du das nicht?«

»Das ist doch Blödsinn. Glaubst du das etwa?«

»Ich weiß nicht«, sagte Heinzmario und rückte ein Stück ab, weil Thierry nach dem Messer griff, um die andere Hälfte des Brötchens mit Butter zu bestreichen. »Nach der Auseinandersetzung, die die beiden am Samstagabend gehabt haben sollen, halte ich das durchaus für denkbar. Außerdem ...«

»Ja?«

»Außerdem wirkt es auf mich befremdlich, daß er hier sitzt. Und sicher nicht nur auf mich.«

»Ich hatte nicht vor, die Morgenpost darüber zu informieren.«

»Aber die Nachbarn –«

»Die können mich mal«, sagte Tamara. »Als wir hier eingezogen sind, haben sie uns gleich in der ersten Woche angezeigt, weil wir angeblich keine Hundesteuer bezahlen würden. Dabei hatte Dow Jones nur die Marke verloren.«

»Apropos Morgenpost. Hast du die Zeitungen schon gesehen?«

»Nein. Aber ich nehme an, Rüdigers Ermordung steht auf Seite eins.«

»Noch vor dem Flugzeugabsturz.«

»Steht in dem Artikel, daß ich verdächtigt werde?« fragte Thierry.

»Nein.« So, wie Heinzmario das sagte, bedauerte er das. »Warum fragst du?«

»Ich wollte nur wissen, ob ich damit rechnen muß, vom Mob gelyncht zu werden, wenn ich vor die Tür gehe.«

»Ich hatte dir doch gesagt, daß Rüdiger alles andere als beliebt war«, sagte Tamara. »Man wird dir eher auf die Schulter klopfen.«

»Na, na, na«, sagte Heinzmario. »So ist das nun auch nicht. Rüdiger war schließlich ein verdientes Parteimitglied, womit wir gewissermaßen beim Thema wären, liebste Tamara. Ich habe mit Düsseldorf telefoniert. Halt dich fest – Rüdiger wird ein Parteibegräbnis erhalten.«

Tamara blickte hilfesuchend zu Thierry, aber der konnte erst recht nur mit den Achseln zucken.

»Was darf ich mir darunter vorstellen?« fragte Tamara in einem Ton, als hätte Heinzmario eine Einladung zur Begehung des Eisbärengeheges im Wuppertaler Zoo ausgesprochen.

»Die Partei bezahlt den Sarg – selbstverständlich Eiche – und beteiligt sich an den übrigen Kosten inklusive Leichenschmaus, mit Ausnahme alkoholischer Getränke, zur Hälfte. Ferner erhält jeder der Trauergäste eine mit Trauerflor versehene Ausgabe des Parteiprogramms. Und last but not least wird Deinhardt persönlich am Grab sprechen.«

»Deinhardt?« fragte Thierry.

»Das ist der, der Ministerpräsident des Landes werden will«, sagte Tamara. »›Rinder statt Inder‹, den Ausspruch habt ihr sicher auch schon in Frankreich gehört.«

Thierry bereute, nachgefragt zu haben, denn jetzt begriff er gar nichts mehr. Er hatte irgend etwas von Rindern und Indern verstanden.

Wahrscheinlich hatte er sich verhört. Glücklicherweise war Heinzmario zur Stelle.

»Deinhardt wollte mit dieser griffigen Formel darauf hinweisen, daß wir besser daran täten, erst einmal BSE zu bekämpfen, bevor wir uns per Greencard neue Probleme ins Land holen. In der Bevölkerung ist dieser Ansatz nur auf geringe Akzeptanz gestoßen. Die Zustimmung lag bei roundabout fünfunddreißig Prozent, wenn ich es recht erinnere.«

»Deinhardt nuschelt furchtbar«, sagte Tamara. »Manche haben ›Kinder statt Inder‹ verstanden und solche Sachen.«

»Ach, der«, sagte Thierry, um Ruhe zu haben.

Butter schillerte auf seinem Kaffee wie Benzin in einer Pfütze. Er hatte das Brötchen zu lange eingetunkt. Ein reifer Pfirsich konnte nicht saftiger sein.

»Ich habe doch Zeit, mir das zu überlegen?« fragte Tamara.

»Wie?« Heinzmario war perplex. »Selbstverständlich. Obwohl ich dachte, du würdest dich freuen und spontan ...«

»Ich hatte eigentlich an eine Beisetzung im ganz kleinen Kreis gedacht.«

»Das ist unmöglich, Tamara. Rüdiger war einschließlich Junge Union fast fünfundzwanzig Jahre in der Partei. Da kann er sich nicht einfach so davonmachen.«

»Ich werde das mit den Mädchen besprechen und dir dann Bescheid geben.«

»Aber spätestens morgen. Deinhardt hat schließlich noch andere Termine.«

»Gewiß doch«, stimmte Tamara zu. »Ist noch etwas?«

»In der Tat.« Heinzmario räusperte sich. »Es geht um Rüdigers Nachlaß. Verständlich, daß du in deinem Schmerz mit ganz anderem beschäftigt bist, als die Hinterlassenschaft Rüdigers zu sichten, aber wie so oft im Leben gilt auch hier: Je eher, desto besser. Daher möchte ich dir meine Hilfe bei dieser lästigen, aber leider unvermeidlichen Aufgabe anbieten. Wir können natürlich auch Dr. Schlüter, den Syndicus der Partei, hinzuziehen, wenn du das wünschst.«

»Ich nehme an, du denkst dabei an Rüdigers geschäftlichen Nachlaß.«

»Selbstverständlich. Seine private Hinterlassenschaft geht die Partei nun wirklich nichts an.«

»Seine geschäftliche aber auch nicht.«

Das saß. Heinzmario bekam den Mund nicht wieder zu.

»Ich fürchte, das siehst du falsch, Tamara«, stotterte er. »Rüdiger oblag die Betreuung einer Reihe angesehener und einflußreicher Parteimitglieder in finanziellen Angelegenheiten. Nicht auszudenken, wenn die diesbezüglichen Unterlagen in die falschen Hände gerieten. Existenzen könnten vernichtet werden.«

»Zum Beispiel die von Olaf Starkschleuder?« fragte Thierry.

»Was? Von wem sprichst du? – Weißt du, wen er meint?«

Aber auch Tamara war ahnungslos.

»Das war ein Scherz«, sagte Thierry.

»Sehr komisch«, sagte Heinzmario. »Wirklich, sehr komisch.«

»Ich nehme an, du sorgst dich in erster Linie um die Unterlagen, die Rüdigers regelmäßige Reisen nach Luxemburg betreffen«, schlug Tamara den Bogen zurück.

Aus dem Nichts bildeten sich Schweißperlen auf Heinzmarios Stirn. Wären es Edelsteine gewesen, hätte er nie wieder arbeiten müssen.

»Ich finde, du solltest etwas mehr darauf achten, was und in wessen Gegenwart du es sagst.«

»Keine Sorge, Heinzmario, ich habe alles in die Wege geleitet. In den nächsten Tagen wird ein versierter Anwalt Einsicht in Rüdigers Geschäftsunterlagen nehmen.«

Das paßte Heinzmario nun auch nicht. Er rückte seinen Schlips zurecht.

»Darf man fragen, wen du mit dieser sensiblen Aufgabe betreut hast?«

»Sicher darfst du das. Meinen Vater.«

Eines war klar – das war nicht Heinzmarios Tag. Er wurde schlagartig kreidebleich, mindestens so bleich wie Luis Cervantes, der Weißclown von Roncalli, eher noch bleicher. Dann steckte er zwei Finger in den Hemdkragen, röchelte und verdrehte die Augen.

»Schnell, ein Glas Wasser!« rief Tamara und griff dem Zusammensackenden in die Innentasche seines Sakkos.

Während Thierry zur Spüle und zurück stürzte, drückte Tamara eine Kapsel durch die Folie und stopfte sie Heinzmario in den Mund. Thierry setzte ihm das Glas an die Lippen.

»Runter damit«, sagte Tamara. »Dann geht es dir gleich besser.«

Heftig schlabbernd tat Heinzmario, was Tamara sagte. Nahezu unverzüglich bekam er wieder Farbe.

»Faß mal mit an«, sagte sie. »Wir bringen ihn zum Sofa.«

Das ging besser als erwartet, denn Heinzmario war zwar baumlang, aber ein Leichtgewicht.

»Woher wußtest du, daß er diese Pillen dabei hat?« fragte Thierry.

»Er ist schon einmal bei uns umgekippt«, sagte Tamara. »Beim Grillen. Seitdem steckt ihm Bea immer diese Kapseln ein. Übrigens hatte er sich auch damals über meinen Vater aufgeregt.«

Sie flüsterten, wie man flüstert, wenn man am Totenbett steht, trotzdem waren sie nicht leise genug.

»Dieser Hippie«, stöhnte Heinzmario. »Dieser elende Haschbruder.«

»Psst!« machte Tamara. »Du brauchst Ruhe. Mach die Augen zu und entspann dich.«

Als sie wieder in der Küche waren, sagte Tamara: »Mein Vater ist ein alter SPDler und für Heinzmario schon deshalb ein rotes Tuch im wahrsten Sinne des Wortes. Dann hatte Heinzmario vor ein paar Jahren die glorreiche Idee, eine Art politische Ökumene ins Leben zu rufen, eine Veranstaltungs- und Gesprächsreihe, um die politischen Gegner einander näher zu bringen. Mein Vater nannte das einen parteiübergreifenden Ringelpiez mit Anfassen. Den Auftakt sollte ein Besuch von ›La Traviata‹ bilden, woraufhin mein Vater zu Heinzmario gesagt hat, ehe er mit einem Armleuchter wie ihm in die Oper ginge, würde er zum Rockfestival nach Roskilde fahren und sich dort die Birne zukiffen. Seit dem Tag haben die beiden kein Wort mehr miteinander gesprochen.«

»Und nun fürchtet Heinzmario, dein Vater könnte in den Geschäftsunterlagen auf etwas stoßen, aus dem sich politisch Kapital schlagen ließe.«

»Die Befürchtung ist gar nicht einmal unbegründet. Aber ich muß an meine und die Zukunft der Mädchen denken. Und Vater ist nun mal der einzige, bei dem ich sicher sein kann, daß er nicht zu unserem Nachteil handeln wird. Dieser Dr. Schlüter hingegen ist ein krummer Hund. Vor dem hatte sogar Rüdiger Manschetten, und das will was heißen. – Was sollte das eben eigentlich mit Olaf Starkschleuder? Bist du auch ein Fan von Wickie?«

»Von wem?«

»Na, von dieser Zeichentrickserie. Rüdiger war ganz verrückt danach. Er hat nahezu alle Folgen auf Video aufgenommen.«

»Doch, doch«, sagte Thierry. »Ich besitze nur keinen Recorder.«

»Ich denke, du handelst mit derartigen Artikeln.«

»Es soll Metzger geben, die kein Fleisch essen. Hättest du etwas dagegen, wenn ich mir die Kassetten einmal ansehen würde?«

»Natürlich nicht. Wir müssen nur warten, bis es Heinzmario besser geht. Der Recorder steht nämlich im Wohnzimmer.«

In dem Moment fiel die Haustür ins Schloß. Tamara, die an der Spüle stand, schob die Gardine zur Seite.

»Da geht er, der Herr Bürgermeister«, sagte sie. »Wenigstens für den Kaffee hätte er sich bedanken können.«

Tamara war zum Bestatter gefahren, den sie aus abergläubischen Gründen nicht im Haus haben wollte. Thierry flegelte sich auf dem Wohnzimmersofa und starrte auf die Mattscheibe.

»Wickie und die wilde Jagd«, »Wickie und der Wettkampf«, »Wickie und die Falle«, das meiste im Schnelldurchlauf. Der reinste Kinderkram, wenn auch pädagogisch wertvoll, denn der kleine Wikinger war ein Schlaumeier, der Probleme mit Köpfchen und nicht per Haudrauf löste. Trotzdem konnte Thierry sich beim besten Willen nicht vorstellen, wie man sich als Erwachsener für diese Geschichten begeistern konnte.

Dabei stellten die Storys um Wickie nur einen Bruchteil dessen dar, was Rüdiger an Zeichentrickfilmen und Comics gehortet hatte. Der halbe Wohnzimmerschrank war mit Videokassetten und Heftchen vollgestopft. Unter anderem fanden sich dort Lucky Luke, Asterix und Obelix, Die Schlümpfe, Pink Panther, Tom und Jerry und ein Elefant namens Benjamin Blümchen.

Die Figuren waren Thierry größtenteils geläufig, entweder aus der eigenen Kindheit oder aus der Zeit, als seine Kinder in dem Alter gewesen waren. Nur daß er und seine Kinder diese Phase irgendwann abgeschlossen hatten. Bei Yvette war er sich da nicht so sicher. Sie sammelte Barbiepuppen, und Thierry hatte sie im Verdacht, heimlich damit zu spielen.

»Wickie und die starken Männer« hingegen war neu für Thierry und faszinierte ihn zunehmend. Nicht wegen der Geschichten, sondern weil nach und nach sämtliche Figuren auftauchten, deren Namen in dem kleinen schwarzen Buch verzeichnet waren. Halvar, Tjure, Snorre und wie sie alle hießen.

Dabei machte ihm insbesondere der klotzköpfige Halvar, der Anführer der Horde, Spaß. Thierry war beinahe sicher, daß sein Name für Heinzmario stand. Er hätte den Bürgermeister also nicht nach Olaf Starkschleuder – der übrigens bis jetzt noch nicht in Erscheinung getreten war – fragen sollen, sondern nach Wickies Erzeuger.

Aber auch dann hätte Heinzmario wahrscheinlich nicht reagiert. Thierry nahm an, daß Rüdiger die Decknamen vergeben hatte, ohne die Betreffenden darüber zu informieren. Und genau da lag auch Thierrys Problem. Solange er nicht wußte, wer sich hinter den Inkognitos verbarg, war das Büchlein ein Messer mit stumpfer Klinge. Und welchem Zweck Rüdigers Reisen nach Luxemburg gedient hatten, wußte er ebensowenig, obwohl er diesbezüglich eine Ahnung zu entwickeln begann.

Die Kassette war zu Ende und wurde automatisch zurückgespult. Thierry legte die Fernbedienung zur Seite, erhob sich und ging zum Schrank. Dort standen noch vier weitere Videobänder mit Abenteuern des kleinen Wikingers. Thierry gähnte. Sein Interesse, sich das verbleibende Material anzusehen, tendierte gegen null, zumal er sich davon keine neuen Erkenntnisse versprach. Aber plötzlich stutzte er.

Rüdiger hatte die Rücken der Videokassetten mit Hilfe von Schablonen beschriftet, so daß alle mehr oder weniger einheitlich aussahen. Nur die letzte Kassette des Fachs tanzte aus der Reihe. Statt sieben Titeln wie auf den anderen war auf ihr nur ein einziger vermerkt. »Wickie und die wilden Luxemburger«.

Ohne den Bewohnern des kleinsten Beneluxlandes zu nahe treten zu wollen, bezweifelte Thierry doch stark, daß es sie unter eben diesem Namen bereits zu Zeiten der Wikinger gegeben hatte. Und falls doch, hier war etwas anderes gemeint, das spürte er.

Thierry schob die VHS-Kassette in den Schacht, setzte sich und machte ein langes Gesicht. Der Vorspann mit dem Tubagedudel war der gleiche wie bei den anderen Bändern. Doch dann war der Streifen zu Ende, bevor er überhaupt angefangen hatte, und ein weißes, mit Druckbuchstaben beschriebenes Blatt wurde eingeblendet und herangezoomt. Obwohl der Camcorder von zittriger Hand geführt worden war, war deutlich zu lesen, was da stand.

Deckname, Bindestrich, Echtname. Nächste Zeile. Deckname, Bindestrich, Echtname. Heinzmario war tatsächlich Halvar; Thierry gratulierte sich selbst zu seinem guten Riecher. Die anderen Namen sagten ihm nichts. Zwei Zeilen später kam der Hammer, da stand nämlich, wer sich hinter dem Codenamen Olaf Starkschleuder verbarg: ein gewisser Dr. Joerg-Maria Deinhardt.

Thierry drückte auf Stop. Wenn es diesen Namen nicht häufiger gab, dann handelte es sich bei Dr. Joerg-Maria um *den* Deinhardt, den Möchtegern-Ministerpräsidenten. Unwillkürlich kamen Thierry die unzähligen Politskandale Frankreichs in den Sinn. In Deutschland würde es nicht anders zugehen. Ein höchst gefährliches Mahlwerk, in dem ein kleines Körnchen wie er schnell zerrieben werden konnte. Es galt also, auf der Hut zu sein.

Für Thierry stand nunmehr fest, daß Rüdiger für Freunde oder zumindest Parteifreunde Geld nach Luxemburg geschafft hatte. Dafür konnte es verschiedene Gründe geben. Der wahrscheinlichste war, daß es sich um Schwarzgeld handelte, das vor der Einführung des Euro gewaschen werden mußte. Kein typisch deutsches Problem, auch in Frankreich herrschte derzeit ein reger Aktenkoffertourismus, weswegen die Polizei im Dunstkreis der Grenzübergänge lauerte und jeden herauspickte, der aussah, als hätte er mehr als fünfhundert Francs in der Brieftasche.

Bei diesen Transaktionen mochte es zu Unregelmäßigkeiten gekommen sein, viel Geld weckt bekanntlich viel Begehrlichkeit. Thierry kam bei einer überschlägigen Addition der Beträge aus dem Büchlein auf mehr als fünf Millionen Mark. Lohnend genug für einen Bürgermeister, daß er riskierte, bei einem Einbruch erwischt zu werden. Tauchte in diesem Zusammenhang auch noch ein Name wie der Deinhardts auf, wurde das Ganze brisant. Thierry sah seine Chancen, seine Unschuld zu beweisen, dramatisch sinken.

Der Schattenriß eines Menschen spiegelte sich im Glas des Wohnzimmerschranks. Geistesgegenwärtig ließ Thierry sich vom Sofa fallen, rollte ab und ging hinter dem Couchtisch in Deckung. Jemand machte sich an der Terrassentür zu schaffen. Geschlecht und Alter konnte Thierry wegen der bodenlangen Gardine nicht bestimmen. Aber eines war klar: Das war nicht der Stromableser.

Es machte »Knacks!«, und dann glitt die Schiebetür zur Seite. Thierry wechselte hinter den Sessel. Die Gardine bauschte und teilte sich, und ein Mann betrat den Raum wie ein Schauspieler eine Boulevardbühne, auf der eine Räuberkomödie gegeben wird. Sein Gesicht war nicht zu erkennen, weil er sich mit einem Damenstrumpf maskiert hatte.

Die jeweilige Position des Eindringlings ließ sich anhand der Schmatzlaute orten, die seine Gummisohlen auf dem Parkett verursachten. Der Kerl entfernte sich zunächst in Richtung Eßzimmer, bog hinter dem Beistelltisch aber ab und ging hinüber zur Anrichte. Dort zog er die Schubladen auf und kramte in ihnen herum. Dann blieb er unschlüssig stehen, bis er plötzlich mit schnellen Schritten den Raum durchquerte. Er kam unmittelbar auf Thierrys Versteck zu. Als er am Sessel vorbeiging, sprang Thierry ihn an und riß ihn um.

Beide landeten der Länge nach auf dem Boden, wobei der Einbrecher mit dem Kopf auf das Parkett schlug, daß Thierry dachte, ein Kürbis sei aus dem dritten Stock aufs Pflaster geknallt. Sicherheitshalber ballte er die Faust, aber zuschlagen war überflüssig. Der Mann war besinnungslos. Thierry zog ihm den Strumpf vom Kopf. Das Gesicht kam ihm bekannt vor, nur wollte ihm dazu kein Name einfallen. Den wußte dafür Tamara, als sie wenig später nach Hause kam.

»Du liebe Güte«, sagte sie. »Das ist ja Thomas.«

*

»Ich bin kein Einbrecher«, sagte Thomas. »Ich habe mir im Leben noch nichts zuschulden kommen lassen.«

»Ich kenne Thomas seit Ewigkeiten«, sagte Tamara zu Thierry. »Er wird seine Gründe haben. Jedenfalls hättest du ihn nicht derart zuzurichten brauchen.«

»Entschuldige, daß ich ihm nicht die Tür aufgemacht und ein Bier angeboten habe«, sagte Thierry.

Sie hatten sich im Wohnzimmer niedergelassen. Tamara und Thierry saßen in den Sesseln, Thomas lag lang ausgestreckt und mit einem feuchten Waschlappen auf der Stirn auf dem Sofa und klagte über Sehstörungen. Seinen rollenden Augäpfeln nach zu urteilen, war da was dran. Übergeben hatte er sich auch schon, umsichtigerweise in einen leeren Übertopf. Der stand jetzt auf der Terrasse und lockte Fliegen an.

»Du hast bestimmt eine Gehirnerschütterung«, sagte Tamara. »Wir sollten einen Arzt rufen.«

»Keinen Arzt!« rief Thomas mit der gleichen Entschiedenheit, mit der er »Keine Polizei!« gerufen hatte, als Thierry ihm scherzhaft damit gedroht hatte.

»Ärzte sind zum Schweigen verpflichtet«, sagte Tamara. »Wie Anwälte und Pastoren.«

»Schußwunden und so etwas müssen sie aber melden«, sagte Thomas.

»Niemand hat auf dich geschossen«, sagte Thierry. »Du hast eine Beule am Kopf.«

»Keinen Arzt.« Plötzlich füllten sich Thomas' Augen mit Tränen. »Nach Beas Hausbesuch heute morgen kann ich sowieso keinen Arzt mehr sehen.« Und dann schluchzte er: »Daniela hat Krebs.«

Tamara wechselte an seine Seite aufs Sofa und nahm seine Hand. »Ich weiß, Thomas. Es tut mir unendlich leid.«

»Woher weißt du das?« fuhr er auf.

»Von Heinzmario. Er war heute vormittag hier.«

»Da hast du deine angebliche Schweigepflicht. Wahrscheinlich weiß es schon die halbe Stadt.«

Thierry wartete, bis Thomas sich ein wenig beruhigt hatte, dann sagte er: »Mich würde trotzdem interessieren, was du hier gesucht hast.«

Thomas blickte flehentlich zu Tamara, aber diesmal unterstrich sie Thierrys Forderung mit hochgezogenen Brauen.

»Zweihunderttausend Mark«, sagte Thomas schließlich kleinlaut.

»Zweihunderttausend Mark«, wiederholte Tamara. »Dachtest du, ich hätte so einen Betrag in der Zuckerdose versteckt?«

»Ich habe nicht erwartet, das Geld in bar zu finden. Ich wollte mir lediglich einen Überblick über deine Vermögensverhältnisse verschaffen, bevor ich meine Ansprüche anmelde.«

»Warum hast du mich nicht einfach gefragt?«

»Rüdiger hat am Samstag so getan, als sei ich Luft. Ich fürchtete, du würdest mich genauso behandeln.«

»Warum sollte ich das tun?«

»Um nicht zahlen zu müssen.«

»Das ist doch Unfug. Wenn du einen Schuldschein hast, dann –«

»Ich habe aber keinen Schuldschein.«

»Oder was auch immer, dann –«

»Ich besitze auch kein Was-auch-immer, nichts dergleichen. Ich war gewissermaßen auf Rüdigers guten Willen angewiesen, und jetzt auf deinen.«

»Das mußt du mir erklären.«

Schleppend berichtete Thomas von dem Immobiliengeschäft, bei dem er von Rüdiger über den Tisch gezogen worden war, und von seiner Nachforderung. Dabei versagte ihm mehrfach die Stimme, als habe er jede Hoffnung, das Geld zu erhalten, bereits fahren lassen. Sein Pessimismus trog ihn nicht.

»Zwar hat mein Vater die Bücher noch nicht geprüft«, sagte Tamara, »aber eins kann ich dir jetzt schon sagen: Viel wird nicht übrigbleiben. Und das Wenige werden sich zunächst einmal die teilen, die einen Titel haben. – Warum brauchst du das Geld so dringend, Thomas? Verkaufen sich deine Autos so schlecht?«

»Autos!« Thomas riß sich den Waschlappen von der Stirn und warf ihn quer durchs Zimmer. »Als ob mich diese verdammten Autos noch interessieren würden. Ich will, daß Daniela in der Schweiz behandelt wird, verstehst du? In der gleichen Klinik, in der George Harrison liegt. Das ist ihre einzige Chance.«

»Ich könnte bestenfalls meinen Vater bitten, dir etwas zu leihen.«

»Danke für das Angebot, Tamara, aber vergiß es. Ich könnte das Geld niemals zurückzahlen.«

Eine Weile schwiegen sie. Einzig Thomas' rasselnder Atem war zu vernehmen.

Dann fragte Tamara: »Wie soll es denn jetzt weitergehen?«

»Gar nicht«, sagte Thomas und drehte sich zur Seite, gerade so, als wollte er ein Nickerchen machen. »Wir hatten unsere Zeit, und jetzt ist sie vorbei.«

TAGEBUCHEINTRAG VON BEATRICE ZULAUF FÜR FREITAG, DEN 17. MAI 1974

»Endlich! Seit 00:35 Uhr bin ich keine Jungfrau mehr! Ich habe extra auf die Uhr geguckt. Es hat ziemlich weh getan, und ich habe stärker als erwartet geblutet, aber René sagte, in der Metzgerei hätte er schon ganz

anderes gesehen. Bea, das Schlachtvieh – ein charmanter Vergleich. Vielleicht habe ich ihn aber auch falsch verstanden. René ist wirklich ein lieber Kerl, trotzdem habe ich mir fest vorgenommen, mich nicht in ihn zu verlieben. Nein! Nein! Nein! Das brächte auf die Entfernung sowieso nichts. Außerdem hat er eine Freundin in Poitiers, wie Solange mir erzählt hat. Ich bin nur froh, daß ich ihn doch noch rumgekriegt habe. Am vorletzten Abend, als ich beinahe nicht mehr daran geglaubt habe. Daddy würde so etwas Timing nennen. Egal, entscheidend ist, daß es endlich passiert ist. Außer den grauen Mäusen von der Hinterbank waren Margot und ich die letzten eisernen Jungfrauen der Klasse. Heute vormittag in der Schule hatte ich ständig das Gefühl, daß man es mir ansieht, obwohl das natürlich Blödsinn ist. Morgen geht es schon wieder nach Hause, die Zeit ist wie im Flug vergangen. Im Augenblick könnte ich die ganze Welt umarmen. Bussi, bussi, liebes Tagebuch.«

Fünfzehn Minuten brauchte Thierry vom Lochesplatz bis zur Burger Straße. Allerdings nicht zu Fuß, sondern mit dem Auto. Die Nadel des Wasserthermometers seiner einunddreißig Jahre alten DS stand kurz vor 120 Grad. Wermelskirchen vereinte aufs Trefflichste die Nachteile einer Kleinstadt mit denen einer Großstadt. Mit Ausnahme der Kirmeszeiten bot die Stadt soviel Abwechslung wie eine Ölbohrinsel, hatte aber gleichzeitig Verkehrsprobleme wie eine Metropole. Ähnlich war es in Loches gewesen. Dort hatte man das eine Problem durch den Bau einer Umgehungsstraße in den Griff bekommen. Das andere war so lösbar wie das der Korruptheit von Politikern.

Im EKZ, das eigentlich Globus hieß, gab es Feinrippunterhosen Größe 5 im Doppelpack zu 19,90. Thierry fand das ausgesprochen günstig, bis er entdeckte, daß das der Europreis war. Trotzdem warf er die Hosen in den Einkaufswagen. Wie immer, wenn er mal einkaufte, hatte er einen Wagen mit widerspenstigen Rollen erwischt. Während er sich mit dem Gefährt durch die Gänge kämpfte, hatte er auf einmal das Gefühl, beobachtet zu werden.

Am nächstbesten Regal blieb er stehen, tat so, als studiere er die Preise, und riskierte bei der Gelegenheit einen Rundumblick. Nach einer Weile querte ein junger Mann den Gang, den Einkaufswagen vollgepackt mit Windeln, Milch und Babynahrung. Sonst war niemand zu sehen. Dafür schwenkte die nächsthängende Videokamera auf Thierry um. Er lächelte und machte, daß er weiterkam.

Die Obst- und Gemüseabteilung war ein klimatisierter Glaskasten. Wachsglänzend sahen die Äpfel aus wie aus einem Stilleben geklaut. Bis die Bananen genießbar wären, würden mindestens noch drei Tage ins Land gehen. Also packte Thierry eine Ananas ein, die wurden reif geerntet. Auch die kernlosen Trauben aus Südafrika sahen gut aus. Während er eine abzupfte und in den Mund steckte, wanderte sein Blick hinaus in die Verkaufshalle. Die sich in den Scheiben spiegelnden Neonröhren behinderten die Sicht wie die Scheinwerfer eines entgegenkommenden Autos. Ein Dutzend Köpfe tummelte sich da draußen, von denen aber keiner wie der eines Kripobeamten aussah.

Ein paarmal änderte Thierry abrupt die Richtung, was jedes Mal einen Ringkampf mit dem Einkaufswagen bedeutete, und sah sich blitzschnell um. Nie waren die gleichen Leute hinter ihm. Blieb noch die Möglichkeit, daß er von einem Team beschattet wurde. Wenn dem so war, hatte er sowieso keine Chance, die Verfolger aufzuspüren.

Nur zwei von unzähligen Kassen waren besetzt, die Schlangen waren entsprechend lang. Im »Leclerc« hätte es deswegen eine Neuauflage des 14. Juli gegeben. Aber die Deutschen waren Lämmer und ließen so was mit sich machen. Thierry nutzte die Zeit, um sich noch einmal unauffällig umzusehen. Wieder war da niemand, der seinen Verdacht begründete. Und doch war er sich sicher, daß er observiert wurde. Wer auch immer das war, er machte seinen Job gut. Nicht so gut wie einer, den man überhaupt nicht bemerkt, aber immerhin.

Den einzigen, den Thierry zum zweiten Mal entdeckte, war ein Herr mit graumeliertem Haar und Goldrandbrille. Der Mann war ihm schon in der Musikabteilung aufgefallen. Pedantisch hatte er unordentlich stehende CDs geradegerückt. Jetzt machte er sich an einem Regal mit Schreibwaren zu schaffen und richtete die Buntstifte aus. Der Kerl sah aus wie ein Oberstudienrat, der sich ein paar Mark dazuverdiente. Jetzt trafen sich ihre Blicke. Streng guckte er, der Herr. Als Thierry ihm zuzwinkerte, warf er den Kopf in den Nacken und wieherte. Keine Frage, der Wahnsinn hatte viele Gesichter.

Während der Fahrt zurück klebte ein roter Polo an der Stoßstange der DS. Unvermittelt fuhr Thierry auf den Bürgersteig und ließ den Wagen passieren. Am Steuer saß eine entnervt wirkende junge Frau, auf der Rückbank bohrten zwei Kinder in ihren Nasen. Die drei waren es nicht. Aber irgendwer war da, da war er sich sicher.

*

Auf dem Polizeirevier war Hausputz angesagt. Ein Mann ohne Haare, aber mit zwei Ringen pro Ohrläppchen bugsierte einen Gewerbesauger durch den Gang, wobei er ein Gesicht machte, als gelte es eine Bombe mit unbekanntem Zünder zu entschärfen. Die Papierkörbe und Pushboys wurden von einer Frau mit der Figur und den Geräuschen eines startbereiten Heißluftballons geleert. Am Ende des Gangs balancierte eine vielleicht Zwanzigjährige in einem kurzen Kittel kichernd auf einer Klappleiter und lederte die Fenster ab. Offenbar gab es Probleme mit der Standsicherheit. Gleich drei Uniformierte sicherten die Leiter.

Margot war allein und wirkte geistesabwesend. Mit leerem Blick starrte sie aus dem Fenster und ruinierte ihren Zahnschmelz durch Verbiß eines roten Stiftes.

»Himbeere?« fragte Thierry.

»Bleibeere«, sagte Margot unvermutet präsent. »Du bist spät dran. Hatten wir nicht vormittags vereinbart?«

»Ich bin Franzose.«

»Es soll pünktliche Franzosen geben.«

»Der letzte ist im vergangenen Jahr an Vereinsamung gestorben. Niemand wollte etwas mit ihm zu tun haben.«

»Wo wohnst du?«

»Danke.«

Margots Blick blieb an Thierry haften.

»Muß ich das angeben?« fragte er.

»Ja«, sagte sie. »Aber vergiß es. Mich interessiert es nicht. Du darfst dich ruhig setzen.«

Thierry bereute es, ehe er richtig saß. Die Sitzfläche klebte. Jemand hatte Limonade oder sonst etwas auf dem Stuhl verschüttet, und die 501 war die einzige Hose, die er dabeihatte. Er würde sich noch zum Stammkunden des EKZ entwickeln.

»Möchtest du einen Kaffee?« fragte Margot.

»Lieber nicht. Ich kann übrigens beweisen, daß Rüdiger zuletzt im Besitz des Medaillons war.«

»Ich weiß. Er hatte es Tamara geschenkt. Frau Krüger hat mich darüber aufgeklärt. Tamara und du hattet früher die gleichen Initialen und habt zufällig am gleichen Tag Geburtstag.«

»Dann kann ich ja nach Hause fahren.«

»Wer kein Alibi hat, bleibt sitzen.«

»Keine Sorge, ich kann sowieso nicht aufstehen.«

»Von Frau Krüger habe ich außerdem erfahren, daß Rüdiger ein weiteres Büro in der ersten Etage des Hauses an der Feuerwache besaß. Wußtest du davon?«

»Woher sollte ich?«

»In das Büro wurde eingebrochen. Ziemlich professionell.«

»Für was willst du mich eigentlich noch verantwortlich machen? Für die letzte Mondfinsternis?«

»Erstaunlich war, daß wir an der Eingangstür und am Schreibtisch keinen einzigen Fingerabdruck entdecken konnten, obwohl die restliche Wohnung das sonst übliche Maß an Abdrücken aufwies.«

»Endlich mal eine Putzfrau, die ihren Job ernst nimmt.«

Margots Blick erinnerte Thierry an den einer sprungbereiten Löwin, die ein hinkendes Gnu fixiert hatte.

»Du kannst für heute gehen«, sagte sie, als Thierry schon nicht mehr damit rechnete, daß sie überhaupt noch etwas sagen würde.

»Jetzt hätte ich noch eine Frage.«

»Bitte.«

»Läßt du mich observieren?«

»Wie kommst du darauf?«

»Bevor ich hierherkam, habe ich im EKZ einige Besorgungen gemacht. Dabei habe ich gespürt, daß ich beobachtet wurde.«

»Das wird an deinem derzeitigen Aussehen liegen.«

»Ich wurde beobachtet, nicht angestarrt.«

»Hast du denjenigen oder diejenige gesehen?«

»Nein. Aber da war jemand. Das habe ich mir nicht eingebildet.«

»Vielleicht schleicht dir dein schlechtes Gewissen nach.«

»Du magst eine gute Polizistin sein, Margot«, sagte Thierry und stand auf, was sich anhörte, als würde ein klodeckelgroßer Klettverschluß gelöst. »Aber als Mensch bist du ein Flop.«

»Du glaubst also ernsthaft, ich hätte meinen Spaß daran, dich hilflos meinen Launen ausgeliefert zu sehen?«

»Ja, das glaube ich.«

Margot klemmte den Stift wieder zwischen ihre Zähne.

»Du hast recht«, sagte sie. »Ich genieße das.«

*

Thierry mußte die DS auf der Straße abstellen, weil die Garagenzufahrt von einem schwarzen Cinquecento blockiert war. Er hatte die Hand noch auf dem Löwenkopf aus Messing, der als Haustürgriff diente, da hörte er bereits das Geschrei.

»... meinem Mann durch Gewackel mit Ihrem fetten Hinterteil den Kopf verdreht haben«, keifte Tamara, »aber er ist tot – kapieren Sie – tot, und für Sie ist hier nichts mehr zu holen. Und jetzt raus mit Ihnen!«

»Das muß ich mir von Ihnen nicht bieten lassen«, keifte eine Frauenstimme zurück, die so klang, wie Thierry sich eine Rückenmarkpunktierung ohne Narkose vorstellte. »Rüdiger sagte immer, ich sähe von hinten aus wie Jennifer Lopez.«

»Das sagte ich ja – ein fettes Hinterteil.«

»Sie Gerippe! Sie sind doch nur neidisch, weil Sie weder Arsch noch Titten haben.«

»Bonjour, mesdames«, sagte Thierry.

Zwei Köpfe flogen zu ihm herum, und zwei puterrot leuchtende Gesichter grinsten ihn verlegen an. Die beiden Frauen saßen über Eck am Küchentisch. Die mit der Zahnlücke mußte die Krüger sein. Sie war älter, als Thierry erwartet hatte, schätzungsweise Mitte dreißig, und sah der Frau von Milosevic erschreckend ähnlich.

»Frau Krüger – Herr Vigneron«, machte Tamara begleitet von sparsamen Gesten die Honneurs. »Thierry, bitte entschuldige mich. Ich habe mit Frau Krüger noch kurz etwas zu besprechen.«

»Ich dachte, Sie liegen noch im Krankenhaus«, sagte Thierry.

»Da haben Sie eben falsch gedacht«, sagte die Krüger.

»Das mit Ihrem Kind tut mir leid.«

»Das geht Sie einen Dreck an.«

»Dann eben nicht.« Thierry lehnte sich an den Kühlschrank, der prompt zu brummen begann, als behage ihm die Berührung. »Um was geht es denn bei der Besprechung?«

Tamara schluckte ob der Dreistigkeit und brachte keinen Ton heraus. Die Krüger tat sich da leichter.

»Jetzt weiß ich auch, wer Sie sind«, sagte sie und kniff ein Auge zu, als sei Thierry die nächste Zielscheibe, auf die sie zu schießen gedachte. »Die Kommissarin hat mir nämlich ein Foto von Ihnen gezeigt und wollte wissen, ob ich Sie schon einmal gesehen hätte.«

»Und, haben Sie?«

»Ich habe nein gesagt, aber jetzt bin ich mir nicht mehr so sicher. Ich glaube, Sie sind mir doch schon mal über den Weg gelaufen.«

»Das liegt an der Sonnenbrille. Die macht alle Gesichter gleich.«

»Du hast deine Sonnenbrille nicht auf, Thierry«, sagte Tamara. »Da du nun einmal hier bist, sollst du auch wissen, um was es geht: Frau Krüger ist dabei, mich zu erpressen.«

»Wir hatten Stillschweigen vereinbart«, zischte die Krüger.

»Sie hatten Stillschweigen gefordert. Vereinbart haben wir überhaupt nichts. Außerdem ist Herr Vigneron mein Vertrauter.«

»Gut, daß Rüdiger das nicht mehr erleben muß. Er ist noch nicht einmal unter der Erde, und schon haben Sie sich einen neuen Kerl ins Haus geholt.«

»Bedauerlich, daß er nicht mehr erfahren kann, wie schändlich Sie ihn hintergangen haben.«

»Seit seinem Tod bin ich de facto arbeitslos und muß sehen, wo ich bleibe.«

»Frau Krüger hat Rüdigers Telefonate mitgeschnitten und außerdem Kopien wichtiger Unterlagen angefertigt und beiseite geschafft«, erklärte Tamara.

»Telefonate mitgeschnitten?« fragte Thierry. »Wie hat sie das denn angestellt?«

»Ein Bekannter von ihr hat die Telefonanlage manipuliert. So konnte sie vom Erdgeschoß aus mithören, wenn Rüdiger im Zweitbüro telefonierte. Jetzt verlangt sie hunderttausend Mark für das Material, insbesondere für eine Liste mit Codewörtern, mit denen Konten gesichert sind, die Rüdiger für Klienten bei Luxemburger Banken eingerichtet hatte.«

»Kommt man ohne diese Codewörter nicht mehr an die Konten heran?«

»So ist es«, sagte die Krüger und grinste süffisant.

»In dem Fall sind hunderttausend nicht zuviel«, sagte Thierry zu Tamara. »Auf den Konten liegen annähernd fünf Millionen. Mal abgesehen von dem Ärger, den du dir einhandeln würdest, wenn du den Kunden ihr Geld nicht zurückgeben könntest.«

»O Gott, der Kerl ist von der Steuerfahndung!« kreischte die Krüger.

»Halten Sie den Mund, Sie Idiotin!« herrschte Tamara sie an. »Woher weißt du, wieviel Geld sich auf den Konten befindet?«

»Ich weiß noch mehr«, sagte Thierry. »Auch ich kenne die Codewörter. Von mir kannst du sie für fünfzigtausend haben.«

»Sie bluffen doch«, sagte die Krüger.

»Olaf Starkschleuder«, sagte Thierry.

»Wieviel?«

»Neunzigtausend.«

»Wann?«

»20. März dieses Jahres.«

»Sie Schweinebacke!«

»Bingo!«

Die Krüger floh regelrecht und warf die Haustür zu, daß bei der Erdbebenwarte in Bensberg die Alarmglocken schrillen mußten. Während sie ihren Fiat büßen ließ, was man ihr angetan hatte, trat Tamara Thierry gegenüber und streckte die Hand vor.

»Das Oktavheft«, sagte sie.

»Fünfzigtausend«, sagte Thierry. »Alternativ eine Dose Bier.«

»Im Kühlschrank.«

»Das kleine schwarze Buch auch.«

Auf dem Schild war nur von einer Königin die Rede, aber hinter der Theke der Currywurstbude standen gleich zwei Frauen, und was für welche. Jede ein Gebirgsmassiv für sich, mit hochgesteckten Haaren und einem Lachen, das an Geröllawinen erinnerte. Thierry mußte an die Weathergirls denken, auch wenn die Damen vom Grill hellhäutig waren. Nur die Musik paßte nicht. Statt »It's Raining Men« dudelte das

Radio die quetschstimmige Klage eines Mannes über Flugzeuge in seinem Bauch.

Die Currywurst war eine Sensation. Thierry bestellte noch eine und eine Bratwurst ohne Senf für Dow Jones. Und siehe da, ein Wunder geschah: Der Hund fraß das erste Mal seit zwei Tagen.

Thierry hatte schlecht geschlafen. Am Vorabend hatte er endlich im x-ten Anlauf Hélène erreicht. Sie hatte bedrückt geklungen und gefragt, ob sie nach Deutschland kommen solle, um ihm beizustehen, aber das hatte Thierry abgelehnt. Dann war sie damit herausgerückt, daß Philémon betrunken mit dem Scooter verunglückt war und im Krankenhaus lag. Gott sei Dank hatte er sich nur ein Bein gebrochen, sonst fehlte ihm nichts, obwohl er ohne Helm gefahren war. Yvette pendelte zwischen dem Geschäft und dem Hôpital de Loches, kam nur zum Schlafen nach Hause und benahm sich im übrigen sehr seltsam.

Was sie damit meine, hatte Thierry nachgehakt. Nun, sie habe alle Fotos von ihm weggeräumt, hatte Hélène gesagt und dann gefragt, ob Yvette und er sich scheiden lassen wollten. Thierry hatte das verneint. Offenbar hatte er aber nicht überzeugend geklungen, denn von da an hatte Hélène nur noch geweint, bis sie schließlich mitten im Satz aufgelegt hatte. Als Thierry noch mal durchgewählt hatte, war besetzt gewesen.

Zum Frühstück war auch Tamara mit rotgeweinten Augen erschienen. Vielleicht war das preußische Fell durch die Generationen hindurch dünner geworden. Thierrys 1a beidseits gebratenes Spiegelei hatte sie jedenfalls stehengelassen und am Kaffee nur genippt. Beim Einräumen der Spülmaschine hatte sie verkündet, sie hole ihre Töchter vorzeitig aus der Schule und fahre mit ihnen nach Köln, um Trauerkleidung zu kaufen. Außerdem hatte sie Thierry gebeten, sich um den Hund zu kümmern. Mit dem schlich er nun seit zwei Stunden durch die Gegend und grübelte. Glücklicherweise war das Wetter gut. Wie überhaupt, seit er hier festsaß.

Seine Überlegungen hatten zu dem Ergebnis geführt, daß es an der Zeit war, den Spieß umzudrehen. Ob Heinzmario als Rüdigers Mörder in Frage kam, war unklar, eindeutig war jedoch, daß der Bürgermeister bis über beide Ohren in den Fall verstrickt war. Außerdem war er das Bindeglied zwischen Rüdiger und Deinhardt.

Thierry hatte daher beschlossen, den vom Steins einen Besuch abzustatten, und zwar auf die gleiche Art und Weise, wie Heinzmario Rüdigers Büro aufgesucht hatte. Irgendwelche Aufzeichnungen gab es immer. Vielleicht lieferten sie Anhaltspunkte für ein Motiv Heinzmarios. Die Mittagszeit eignete sich für das Vorhaben am besten, denn Tamara hatte ihm erzählt, Bea und Heinzmario nähmen ihr Mittagessen immer gemeinsam in einem Restaurant ein. Die Privatanschrift hatte Thierry aus einem öffentlichen Telefonbuch abgeschrieben – Oststraße Nummer soundsoviel –, orientieren wollte er sich mit Hilfe eines kleinen, schlecht gemachten Stadtplans, den er am Busbahnhof für vier Mark neunzig gekauft hatte.

Thierry wischte sein Pappschälchen mit dem Brot aus und hätte es dann beinahe am Abfalleimer vorbeigeworfen. Schwarze Voyager mochte es in Wermelskirchen mehrere geben, aber nicht mit dem Kennzeichen GL-TN. Und erst recht nicht mit Tamara am Steuer. Wie vor zwei Tagen, als sie sich an der Sparkasse begegnet waren, trug sie Kopftuch und Sonnenbrille. Die hinteren Reihen des Wagens waren unbesetzt. Weder war Tamara in Köln, noch hatte sie ihre Töchter dabei. Sie war ihm beileibe keine Rechenschaft schuldig, aber irritierend mutete ihr Verhalten schon an. Warum hatte sie ihm diese Lügengeschichte aufgetischt? Kopfschüttelnd blickte Thierry dem Van nach, der in Richtung Innenstadt rollte.

Mit Dow Jones im Schlepp überquerte er die Thomas-Mann-Straße und bog in die Bergstraße ein. Endlich einmal eine Straße, die ihren Namen zu Recht trug. Nur der Schanzentisch am Ende fehlte. Wieder war eine größere Straße zu überqueren, diesmal die Berliner. Thierry konsultierte noch einmal den Stadtplan. An der nächsten Ecke mußte er sich rechts halten. Er steckte den Plan wieder ein, und in dem Moment sauste der schwarze Voyager erneut an ihm vorbei, diesmal stadtauswärts.

Keine hundert Meter weiter flammten die drei Bremslichter auf, und der Wagen wurde auf den Parkstreifen gelenkt. Zuerst dachte Thierry, Tamara habe ihn erkannt und nur verspätet reagiert. Als sie ausstieg, wollte er schon winken und »Hallo!« rufen, aber sie blickte überhaupt nicht in seine Richtung, sondern verschwand schnellen Schrittes auf einem angrenzenden, parkähnlichen Gelände. Thierry wurde neugierig.

Das Gelände war der Friedhof, nicht der, der sich hinter Tamaras Haus erstreckte, sondern der städtische. Trotz des bereits hohen Sonnenstandes lag Dunst über dem Gräberfeld, das von mächtigen Linden beschattet wurde.

Thierry nahm den Hauptgang. Steinchen knirschten unter seinen Sohlen. Die Sterbedaten auf den Grabsteinen deuteten darauf hin, daß er sich auf dem älteren Teil des Friedhofs befand. Wohin er auch spähte, von Tamara war nichts zu sehen. Der Hund wedelte zwar, aber das hatte er unterwegs mehrfach grundlos getan.

Der Baumbestand wurde lichter, und Thierry konnte nun den gesamten hinteren Teil des Friedhofs überblicken. Auch dort fand sich keine Spur von Tamara. Entweder sie hatte den Friedhof durch einen anderen Ausgang verlassen, oder ...

Oder sie war in der Kapelle.

Thierry schlug sich in Gedanken gegen die Stirn. Natürlich, die Kapelle. Daß er nicht gleich daran gedacht hatte. Rasch ging er zurück und kam gerade rechtzeitig, um zu sehen, wie Tamara aus dem Schatten des kleinen, ockerfarbenen Gebäudes trat. Sie wirkte gehetzt und gleichzeitig schuldbewußt, als hätte sie etwas Unerlaubtes getan, zum Beispiel das Gemäuer mit einem Graffito beschmiert. Ohne sich umzusehen, entschwand sie durch den Haupteingang.

Mit dem Hund dicht bei Fuß marschierte Thierry zu dem kleinen Gotteshaus. »Selig sind die, die da Leid tragen, denn sie sollen getröstet werden (Matthäus 5:4).« Die Tür unter der Inschrift war verschlossen. Also konnte Tamara sich nur hinter dem Gebäude befunden haben. Vorsichtig lugte Thierry um die Ecke.

Auf der Südwestseite der Kapelle lehnte ein Mann an der Mauer. Er trug einen verschlissenen Parka und löchrige Turnschuhe. Auf seinem Schädel saß mit dem Schirm nach hinten eine speckige Baseballkappe. Wegen des wilden Bartwuchses war sein Alter nur schwer zu schätzen. Thierry tippte auf vierzig bis sechzig.

Als der Mann Thierry sah, erschrak er wie ein Hundesitter, der beim Verspeisen der ihm anvertrauten vierbeinigen Lieblinge erwischt wurde. Hastig stopfte er in den Parka, was er in den Händen hielt, und rannte davon, daß es zum Goldenen Sportabzeichen gereicht hätte. Seine Habseligkeiten, die in Plastiktüten verpackt auf dem Boden standen, ließ er zurück.

Die Sprinterqualitäten des Mannes hatten nicht gereicht, um unerkannt zu entkommen. Keine Frage, das war der Stadtstreicher, den Thierry am Sonntag unter der Metalltreppe an der Alten Feuerwache gesehen hatte. Und ihm war auch nicht entgangen, was der Mann in den Händen gehalten hatte: einen Fächer blauer Geldscheine. Wie Thierry wußte, waren in Deutschland die Hunderter blau. Der Fächergröße nach hatte der Mann um die zweitausend kassiert.

Blieb die Frage, wofür Tamara ihm so viel Geld gegeben hatte. Eine Frage, die ihm so sehr auf der Zunge brannte, daß er seine Pläne änderte und für den Rückweg ein Taxi nahm.

*

Der schwarze Van und das elfenbeinfarbene Taxi trafen zeitgleich vor dem Haus am Buchenhang ein, als hätten sie sich verabredet. Thierry bezahlte und gab ein angemessenes Trinkgeld, während Dow Jones sein Frauchen begrüßte und dafür getätschelt wurde.

»Soll ich dir tragen helfen?« fragte Thierry.

»Was?« fragte Tamara irritiert.

»Die Einkaufstüten und Hutschachteln und was weiß ich noch.«

»Oh – nicht nötig. Die Sachen müssen noch geändert werden.«

»Und wo sind deine Töchter?«

»Die habe ich wieder zu meinen Eltern gebracht. Was bist du so neugierig?«

»Pardon.«

»War Dow Jones brav?«

»Aber ja doch.« Thierry erzählte, daß der Labrador sogar gefressen hatte.

Der Hund lief vor, drückte die Haustür auf und verschwand im Dunkel der Diele. Tamara und Thierry sahen sich mit großen Augen an.

»Hast du vergessen, abzuschließen?« fragte Tamara.

»Wieso ich? Du warst doch noch im Haus, als ich gegangen bin.«

»Stimmt. Aber ich habe zugesperrt, da bin ich mir ganz sicher.«

Thierry bedeutete ihr, zurückzubleiben, und ging voraus. Das Telefontischchen war umgestoßen, und die Gelben Seiten sahen aus, als hätte der Hund damit gespielt. Der Garderobenschrank stand sperrangelweit offen, die Garderobenstange und die Hutablage waren abgestürzt. Mäntel, Jacken, Mützen und Schirme lagen auf den Fliesen verstreut. Thierry warf einen Blick ins Gäste-WC. Sogar der Klodeckelschoner war heruntergerissen worden. In seinem Rücken unterdrückte Tamara mühsam einen Aufschrei.

Die Diele war ein Idyll gegen die Küche. Ein Brei aus verstreuten und verschütteten Lebens- und Putzmitteln gespickt mit Splittern und Scherben bedeckte den Boden. Mittendrin stand Dow Jones mit eidottergelben Pfoten und leckte einen Joghurtbecher aus. Tamara schossen die Tränen in die Augen.

Am Betreten des Wohnzimmers wollte Thierry sie hindern, aber sie setzte sich durch. Hier sah es noch schlimmer aus. Eigentlich waren nur die Tapeten an den Wänden geblieben, alles andere lag auf dem Boden. Rüdigers Comicsammlung war regelrecht zerfetzt worden. Bei einem Teil der Videokassetten waren die Bänder herausgerissen worden und ringelten sich auf dem Parkett wie magnetisierte Aale. Die Vitrine, in der Tamara ihre Glasfigurensammlung aufbewahrte, lag auf der Seite. Nicht alle Figuren hatten den Sturz unbeschadet überstanden.

»Thomas, du Schwein«, zischte Tamara. »Das wirst du mir büßen.«

»Langsam, langsam«, sagte Thierry. »Da kommen ganz andere Leute in Frage.«

»Wer?«

»Wie wäre es mit Heinzmario?«

»Wie kommst du denn auf den?«

Thierry berichtete Tamara von Heinzmarios Eindringen in Rüdigers Zweitbüro. Hätte er behauptet, Heinzmario wäre auf dem Lochesplatz auf eine Kiste geklettert und hätte »Rache für Rosa Luxemburg!« gebrüllt, sie hätte nicht ungläubiger gucken können.

»Warum hat er das getan? Das hätte ihn sein Amt kosten können.«

»Heinzmario ist Halvar. Für ihn hat Rüdiger in vier Tranchen zweihundertfünfzigtausend Mark nach Luxemburg geschafft.«

»Du weißt, wer sich hinter den Codenamen verbirgt?«

Thierry nickte.

»Woher?«

Thierry hob »Wickie und die wilden Luxemburger« auf. Das Videoband zählte zu den unversehrten.

»Die Decknamen sind identisch mit den Sperrwörtern für die Konten. Aber erst dieses Band verrät dir, wer sich hinter den Namen verbirgt. Hat Rüdiger dir das nicht gesagt, als er dir von seiner Lebensversicherung erzählt hat?«

»Wie du dir das vorstellst – erzählt. Eines Abends – es ist gar nicht so lange her – hat er das Oktavheft aus der Tasche gezogen und damit vor meiner Nase herumgewedelt. Wenn alles andere schiefgeht, dann habe ich immer noch das, hat er gesagt. Als ich wissen wollte, was er damit meinte, sagte er, das Heft sei seine Lebensversicherung. Sollte ihm etwas passieren, könnte ich mit dem Heft kassieren gehen.« Tamaras Augen wurden erneut feucht, und sie biß sich in die Knöchel. Dann sagte sie: »Als ob er sein nahes Ende geahnt hätte.«

»Weiter nachgefragt hast du nicht?«

Tamara schüttelte den Kopf. »Ich dachte, in dem Heft stünden Anweisungen, wie ich im Ernstfall vorzugehen hätte. Um Himmels willen – das Heft!«

Tamara rannte ins Schlafzimmer, Thierry hinterher. Als er am Bad vorbeikam, spürte er den Durchzug. Das Fenster war eingeschlagen worden. Dort war der Täter eingedrungen. Das Schlafzimmer sah aus, als sei das Zimmermädchen vor fünf Minuten abgerückt. Tamara klappte ein Düne-Brandung-zwei-Möwen-am-blauen-Himmel-Aquarell weg und überprüfte den in die Wand eingelassenen Safe.

»Gott sei Dank«, seufzte sie. »Den hat er nicht aufgekriegt.«

»Er hat es gar nicht versucht«, sagte Thierry. »Guck dir das Zimmer doch an.«

»Was hat das zu bedeuten?«

»Wenn ich das wüßte. Gefühlsmäßig würde ich sagen, es war nicht Heinzmario.«

»Jetzt doch nicht?«

»Laß uns noch einmal ins Wohnzimmer gehen. Vielleicht finden wir dort einen Hinweis.«

Tamara machte Anstalten, aufzuräumen, aber Thierry hielt sie zurück.

»Wir sollten Margot eine Chance geben«, sagte er. »Faß nur das Nötigste an.«

»Nein.«

»Was meinst du?«

»Nein«, wiederholte Tamara und wich vor dem Durcheinander zurück wie vor einem Untier. »Nein.«

Wieder lief sie ins Schlafzimmer. Wenige Augenblicke später kam sie mit einer Reisetasche zurück.

»Ich ertrage das nicht«, sagte sie mit einem Zittern in der Stimme, als sei ein Nervenzusammenbruch nur noch eine Sache von Sekunden. »Ich fahre zu meinen Eltern und bleibe dort über Nacht. Regle du das mit Margot. Tut mir leid, Thierry.«

»Nimm den Hund mit.«

Tamara erwiderte nichts, aber Thierry hörte, wie sie dem Labrador die Leine anlegte. Sie war bereits abgefahren, als ihm einfiel, daß er ganz vergessen hatte, sie nach ihrer Beziehung zu dem Stadtstreicher zu fragen.

»Hallo? – Tamara? – Ist da wer?«

Thierry legte die Fernsehzeitung zur Seite und ging dem Rufer entgegen. Heinzmario stand mitten in der Diele und guckte wie ein belgischer Bauer, dem die Güllepumpe geklaut worden war.

»Das Haus hat eine Klingel«, sagte Thierry zur Begrüßung.

»Die Tür stand offen«, sagte Heinzmario.

»Tamara wird vergessen haben, sie zu schließen.«

»Ist sie nicht da?«

»So ist es.«

Heinzmario zeigte auf die herumliegende Garderobe. »Was ist passiert? Hattet ihr Streit?«

»Sieht es bei euch so aus, wenn ihr euch gestritten habt?«

»Bea und ich lösen unsere Probleme wie kultivierte Menschen«, sagte Heinzmario und warf sich in die Brust.

»Und danach eßt ihr zur Versöhnung vier Stücke Obstkuchen mit Sahne, einen Plunder und eine Schnecke, stimmt's?«

Heinzmario hatte eine belegte Zunge und vier Goldzähne, das war deutlich zu sehen.

»Mach die Klappe zu«, sagte Thierry. »Stell dir vor, einer deiner Wähler guckt durchs Fenster.«

Das wirkte.

»Hast du mich am Sonntag im Café Wild gesehen?« fragte Heinzmario. »Du bist mir gar nicht aufgefallen.«

»Das Schicksal kleiner Männer. Was willst du eigentlich?«

»Tamara hat noch nicht wegen der Beisetzung angerufen. Die Zeit drängt, ich muß Deinhardt Bescheid geben.«

Thierry schnippste mit den Fingern. »Rinder statt Inder, richtig?«

Heinzmario strahlte. »Du hast es dir gemerkt. Schade, daß du kein

Deutscher bist. Jemanden wie dich könnten wir gut in der Partei gebrauchen.«

»Sag bloß, ihr seid eine Interessengemeinschaft potentieller Kapitalverbrecher?«

»Ich muß sagen, deine Scherze sind gewöhnungsbedürftig, Thierry. Aber sie haben etwas, wenn ich auch noch nicht so recht weiß, was. Würde es dir etwas ausmachen, wenn wir ins Wohnzimmer gingen?«

»Nur zu. Du kennst ja den Weg.«

Selbst von hinten war zu erkennen, wie Heinzmario zusammenfuhr, als er über die Schwelle trat.

»Allmächtiger!« stöhnte er auf. »Wurde eingebrochen?«

»Du stellst Fragen. Wenn du das Kaffeeservice aus dem Sessel räumst, kannst du dich setzen.«

»War die Polizei schon hier?«

»Nein. Ich habe sie noch nicht verständigt.«

»Das ist gut.«

»Wie meinst du das?«

Heinzmario rutschte die Zuckerdose aus der Hand. Angesichts der Gesamtsauerei war das ein zu vernachlässigendes Malheur. Langsam und sich mit beiden Armen auf den Lehnen abstützend nahm er Platz. Gerade so, als tauche er in eine Wanne mit heißem Badewasser ein. Thierry setzte sich wieder aufs Sofa.

»Ich will ganz offen sein«, sagte Heinzmario und räusperte sich. »Mir ist es ganz recht, daß Tamara nicht da ist. Genauer gesagt habe ich sogar die Gelegenheit abgepaßt.«

Thierry hob die Brauen. »Worauf muß ich gefaßt sein?«

Für einen Moment wußte Heinzmario nicht, woran er war. Dann fiel der Groschen, und er wurde knallrot.

»Du meinst doch nicht etwa ... Thierry, also wirklich. Ich bitte dich. Ich bin verheiratet.«

»Das sind viele«, sagte Thierry. »Manche haben sogar Kinder.«

»Nun ist es aber gut. Ich bin bekennend heterosexuell. Da kannst du fragen, wen du willst.«

»Vielleicht ein anderes Mal. Aber, wenn es das nicht ist, was willst du dann?«

»Ich möchte dich bitten«, sagte Heinzmario und guckte tapfer, als gelte es, eine Fünf in Englisch zu beichten, »mich das Haus durchsuchen zu lassen.«

»Du spinnst wohl!«

»Hier sieht es ohnehin aus wie bei Hempels unterm Sofa. Das würde überhaupt nicht auffallen.«

»Wie käme ich dazu?«

»Es geht um mehr, als du ahnst, Thierry. Die Karrieren bedeutender Leute stehen auf dem Spiel. Wenn das, was ich suche, in die falschen Hände geriete – nicht auszudenken.«

»Deinhardts Karriere?«

»Ich kann keine Namen nennen.«

»Deine Karriere?«

»In gewisser Weise ...«, Heinzmario wand sich, »ja. Auch.«

»Geht es um die Schwarzgeldtransporte, die Rüdiger für dich und deine Freunde nach Luxemburg unternommen hat?«

Ein Leberhaken.

»Hat Tamara dich eingeweiht?« japste es aus dem Sessel.

»Das habe ich selbst besorgt«, sagte Thierry. »Wahrscheinlich hätte ich den Aufzeichnungen gar keinen Wert beigemessen, wärest du nicht in Rüdigers Zweitbüro eingebrochen.«

Ein Uppercut.

»Wie? Wer? Ich?« Heinzmarios Gestammel war kaum zu verstehen. »Wo ... wo warst du?«

»In der Dusche. Lieber wäre ich jedoch zwölf Stunden zuvor eine Etage tiefer gewesen und Zeuge geworden, wie du Rüdiger den Brieföffner ins Herz gerammt hast.«

Die rechte Gerade.

Heinzmario ging sitzend knockout. Zum Glück wußte Thierry um die Pillen. Da kein Wasser zur Hand war, flößte er ihm einige Zentiliter Bourbon ein. Kurz darauf waren die bürgermeisterlichen Wangen wieder rosig. Nur der stiere, stumpfe Blick verriet, daß Heinzmario eben um Haaresbreite seinem Herrgott begegnet wäre.

Als Thierry meinte, es verantworten zu können, sagte er: »Die Stunde der Wahrheit ist gekommen, Heinzmario. Du wirst mir jetzt ein paar Fragen beantworten, ist das klar?«

Heinzmario nickte schicksalsergeben.

»Wann und von wem hast du von der Auseinandersetzung zwischen Rüdiger und mir erfahren?«

»Kurz nach dem Vorfall rief mich Ophelie an. Sie war bestürzt und wähnte die Städtepartnerschaft in Gefahr.«

»Wo hat sie dich erreicht?«

»Im Amt.«

»Bevor du ins Amt gefahren bist, warst du aber zu Hause und hast dir Jodtabletten geholt?«

»Nein. Mir war eingefallen, daß ich noch welche im Schreibtisch hatte.«

»Wohin bist du vom Amt aus gefahren?«

»Nirgendwohin. Ich bin da geblieben.«

»Tagte nicht irgendwo ein Krisenstab?«

»Doch, in der Polizeidirektion.«

»Die ist gleich nebenan. Warum bist du nicht rübergegangen?«

»Ich wollte nicht.«

»Darf man erfahren, warum?«

»Margot war schon da. Ich wäre mir wie das fünfte Rad am Wagen vorgekommen. Außerdem rauchen dort alle.«

»Du hast also allein in deinem Büro gesessen und somit für die Tatzeit kein Alibi.«

»Das könnte dir so passen. Ich habe pausenlos telefoniert.«

»Telefonieren kann man von überall.« Thierry beugte sich vor, der Eindringlichkeit wegen. »Weißt du, wie ich mir den Ablauf vorstelle? Du hast in deinem Büro das Licht brennen lassen, bist telefonierenderweise zu Rüdiger gegangen, hast ihn erstochen, telefonierenderweise kehrt Marsch gemacht und dich wieder an deinen Schreibtisch gesetzt. War es so?«

»Nein!« rief Heinzmario. »Nein, so war es nicht. Woher hätte ich denn wissen sollen, daß Rüdiger in seinem Büro ist?«

»Weil du ihm hinterhertelefoniert hast, bis du ihn dort erreicht hast.«

»Das sind doch Hirngespinste! Außerdem – welchen Grund hätte ich gehabt, ihn umzubringen?«

»Ihr werdet euch wegen der Geldgeschäfte überworfen haben. Das genaue Motiv zu ergründen wird Margots Aufgabe sein. Mir geht es lediglich um den Beweis, daß du die Gelegenheit hattest, ihn zu töten.«

»Du bist doch verrückt!« Langsam kam wieder Leben in Heinzmarios Augen. »Wegen sechzigtausend Mark bringe ich doch niemanden um.«

Thierry runzelte die Stirn. »Wieso sechzigtausend? Du bist mit zweihundertfünfzigtausend notiert.«

»Das sind zwei verschiedene Paar Schuhe. Die sechzigtausend sind Privatvermögen, das ich zum überwiegenden Teil in Rüdigers Fonds investiert habe. Die zweihundertfünfzigtausend sind gestohlenes Geld.«

»Geld, das du gestohlen hast?«

»Natürlich nicht. Die Summe wurde vor ewigen Zeiten von einem entfernten Verwandten von mir unterschlagen. Ich habe das Geld nur geerbt. Deswegen mußte es ins Ausland.«

»Warum hast du es nicht dem rechtmäßigen Eigentümer zurückgegeben?«

Jetzt guckte Heinzmario, als sei Thierry völlig verblödet. »Welchen Eindruck würde das denn machen?«

»Einen ehrlichen«, sagte Thierry.

»Ich bin Politiker. Ich muß auf meine Reputation achten. Ich kann es mir nicht erlauben, einen Dieb in der Familie zu haben.«

»Außerdem wäre es schade um das schöne Geld.«

»Du brauchst gar nicht so zu gucken. Als deutscher Bürgermeister verdient man keineswegs üppig. Zweihundertfünfzigtausend sind für mich viel Geld.«

»Für den Bestohlenen wahrscheinlich auch. Wenigstens wird er es wiederbekommen, sobald du wegen Mordes rechtskräftig verurteilt wirst.«

»Ich habe Rüdiger nicht umgebracht! Wie oft soll ich das noch sagen?«

»Du hast kein Alibi, genau wie ich. Nicht mehr und nicht weniger.«

»Solltest du Margot deine Spekulationen vortragen, wäre ich ruiniert. Das kannst du doch nicht ernsthaft wollen.«

»Wenn du unschuldig bist, hast du nichts zu befürchten.«

»Du Ahnungsloser! Integrität ist mein Kapital! Der leiseste Verdacht – ob begründet oder unbegründet – würde mich meinen Ruf und damit meine Karriere kosten. Niemand würde mehr ein Stück Brot von mir annehmen.«

»Dein Pech.«

Mittlerweile glänzten Heinzmarios Augen wie die eines Fieberkranken. Schweiß rann ihm übers Gesicht, den er sich hektisch von der Oberlippe leckte. Thierry konnte förmlich hören, wie es in den Gehirnwindungen seines Gegenübers knackte. Plötzlich erglomm tief in Heinzmarios Augen ein Lichtlein.

»Wieso eigentlich ich?« fragte er. »Wieso nicht einer von denen, die am Samstag live mitbekommen haben, wie ihr aneinandergeraten seid? Die Gelegenheit war einmalig günstig, da der Verdacht als erstes auf dich fallen würde.«

»Womit du aus dem Schneider wärest.«

»Womit ich aus dem Schneider wäre, ja.«

»Denkst du an jemanden Bestimmten?«

Heinzmario blies die Backen auf und entließ die Luft langsam. »Thomas, zum Beispiel. Thomas Frowein. Dem steht das Wasser bis hier. Wenn Rüdiger – oder jetzt Tamara – ihm nicht unter die Arme greift, ist er so gut wie erledigt.«

»Als Rüdiger mich seinen Stiefel hat schmecken lassen, war Thomas nicht zugegen. Eigentlich habe ich ihn den ganzen Abend nicht gesehen.«

»Stimmt, Daniela und Thomas sind zeitig aufgebrochen. Aber er könnte es trotzdem gewesen sein. Er könnte nämlich zurückgekommen sein und durchs Fenster geguckt haben und –«

»Thomas war bereits hier«, sagte Thierry. »Ehrlich gesagt traue ich ihm einen Mord nicht zu.«

»Ist das sein Werk?« Heinzmario wies auf das Chaos.

»Nein. Deines?«

Die bürgermeisterliche Kinnlade fiel runter wie die eines Nußknakkers.

»Jetzt schlägt es aber dreizehn«, sagte Heinzmario mit einer Mischung aus Verunsicherung und Empörung. »Hast du nicht gemerkt, wie entsetzt ich war, als ich dieses Tohuwabohu –«

»Das war gut gespielt, in der Tat. Du wärest eine Bereicherung für jede Bauernbühne.«

»Wie kannst du nur annehmen –«

»Ganz einfach. Du warst heute vormittag schon einmal hier. Als du gemerkt hast, daß niemand zu Hause war, bist du durch das Badezimmerfenster eingestiegen und hast das gesamte Haus auf den Kopf gestellt, bist aber nicht fündig geworden. Deshalb bist du noch einmal zurückgekommen, hast mir den Überraschten vorgegaukelt und gehofft, ich würde dich aus Mitleid herumschnüffeln lassen.«

»Du bist ein wahrer Advocatus Diaboli, Thierry.« Ein feiner Sprühnebel Speichel trug Heinzmarios mit Verachtung getränkte Worte über den Tisch. »Im Dritten Reich wäre dir eine Anstellung bei der Gestapo gewiß gewesen.«

»Paß bloß auf, was du sagst«, sagte Thierry. »Sonst poliere ich dir die Fresse.«

»Von dir lasse ich mich nicht einschüchtern. Du glaubst wohl auch, ihr Franzosen wäret ausnahmslos und a priori mit der Gnade der Résistance gesegnet. Genau wie sich jeder von euch für einen geborenen Wein- und Käsekenner und Beischläfer hält. Aber laß dir gesagt sein, auch diesseits des Rheins gab es zu allen Zeiten Menschen, die Widerstand geleistet haben und einen würzigen Käse und einen guten Tropfen zu schätzen wußten. Von der Vielfalt an Brot- und Wurstsorten mal ganz zu schweigen.«

»Keine Beischläfer?«

»Zum Teufel mit deinen Spitzfindigkeiten!« Heinzmario preßte die Lippen aufeinander und kniff das linke Auge zu, was ihn wie den verschlagensten aller Gebrauchtwagenhändler aussehen ließ. »Ihr Gallier solltet erst einmal vor eurer eigenen Tür kehren, bevor ihr uns mit Dreck bewerft. Ich nenne nur einen Namen: Ophelie.«

Daß Ophelie auf einmal ins Spiel kam, verblüffte Thierry schon, zumal er nicht verstand, wie Heinzmario das meinte.

»Würde es dir etwas ausmachen, eine Erläuterung nachzuschieben?« fragte er deshalb.

»Keineswegs. Wir beide – du und ich – sind am Samstagabend Zeugen eines Streits zwischen Ophelie und Rüdiger geworden. Erinnerst du dich?«

»Du meinst, als die beiden an der Bar saßen und Ophelie plötzlich davonstürmte?«

»Genau.«

»Wenn du das einen Streit nennen willst, gut. Ich für meinen Teil habe nicht mitbekommen, worum es dabei ging.«

»Dafür weiß ich es um so besser.«

Heinzmario genoß seinen Wissensvorsprung und wollte gefragt werden. Thierry tat ihm den Gefallen, auch, weil er irgendwann einmal ins Bett wollte.

»Laß mich nicht dumm sterben, Heinzmario. Spuck's aus.«

»Rüdiger war derjenige, der Ophelie dazu verleitet hat, die Cloutiere weit über ihre finanziellen Möglichkeiten hinaus zu renovieren.«

»Wie das?«

»Er hat ihr Zusagen gemacht, nach entsprechender Renovierung Tagungen der Anteilseigner seines Fonds und ähnliches bei ihr abzuhalten. Dazu ist es aber nie gekommen.«

Thierry stand auf, schaltete die Stehlampe ein und ging auf die Terrasse. Der Mond hing einsam am Himmel wie das letzte Plätzchen eines ansonsten leergegessenen Weihnachtstellers. Erst jetzt fiel Thierry auf, daß er den ganzen Tag nicht geraucht hatte. Bevor er es verlernte, steckte er sich eine Gauloise an. Nach nur fünf Zügen trat er die Zigarette jedoch aus und kehrte ins Wohnzimmer zurück.

»Du mußt Ophelie anrufen«, sagte er. »Sie soll uns per Eilboten die Videos schicken, die François gedreht hat. Ich will sehen, ob auf dem Streifen mehr von dem Streit zu sehen ist.«

»Warum rufst du sie nicht selbst an?« fragte Heinzmario.

»Dir wird sie diese Bitte kaum abschlagen.«

»Und wenn doch?«

»Verpetze ich dich bei Margot. Das Telefon steht im Flur. Es sieht zwar nicht so aus, aber es funktioniert.«

Heinzmario brauchte keine fünf Minuten, dann stand er wieder im Rahmen.

»Ophelie schickt die Bänder gleich morgen früh mit UPS an mich. Sobald sie eingetroffen sind, gebe ich dir Bescheid.« Er wandte sich zum Gehen, hielt aber noch einmal inne. »Ist noch vorhanden, wonach ich suche, oder hat es, wer auch immer hier eingebrochen ist, gestohlen?«

»Wie soll ich das wissen? Ich weiß doch nicht, wonach du suchst.«

»Du bist ein Schwein.«

»Gute Nacht, Heinzmario«, sagte Thierry. »Träum was Schönes.«

»Sie können ins Schlafzimmer gehen, da sind wir fertig«, sagte der Anführer des Trios.

Als Thierry am Morgen noch im Halbschlaf die Haustür geöffnet und den Männern in ihren weißen Overalls gegenübergestanden hatte, war ihm ein gehöriger Schreck in die Glieder gefahren. Im ersten Moment hatte er gedacht, sie seien gekommen, um ihn zu keulen, weil sie ihn verdächtigten, die Maul- und Klauenseuche eingeschleppt zu haben. Erst als Margot gesagt hatte, die Herren seien von der Spurensicherung, hatte sich sein Puls normalisiert.

Während Thierry sich rittlings auf den Stuhl vor dem Schminktisch setzte, ging Margot zum Fenster und öffnete beide Flügel. Nachts hatte es geregnet, und die Luft war kühl und sauerstoffreich. Aber der Himmel war klar, es würde ein heißer Tag werden.

»Bist du neuerdings auch für Einbrüche zuständig?« fragte Thierry.

»Wenn sie in Zusammenhang mit einem ungeklärten Mordfall stehen«, sagte Margot, drehte sich um und lehnte sich mit dem Gesäß gegen die Fensterbank.

Es war das erste Mal, daß Thierry sie in einem Kostüm sah. Glencheck, gut geschnitten. Dazu trug sie schwarze, flache Schuhe. Aber selbst in denen würde sie jeden seiner Korbwürfe abblocken.

»Du bist gestern deiner Meldepflicht nicht nachgekommen«, sagte Margot. »Gab es dafür einen Grund?«

»Desolé. Ich habe es schlicht und einfach vergessen. Ich hatte zuviel um die Ohren. Ich hoffe, niemand hat mich vermißt.«

»Nur der Computer. Jetzt stehst du auf der Fahndungsliste.«

»Du kannst mich wieder streichen. Du siehst ja, ich bin nicht getürmt.«

»Warum hast du den Einbruch erst heute morgen gemeldet?«

»Gestern ist es verdammt spät geworden, da wollte ich nicht mehr stören. Deine Leute sind bestimmt dankbar, daß sie keine Nachtschicht einlegen mußten. Außerdem macht das keinen Unterschied.«

»Das glaubst auch nur du. Du hast dem Einbrecher zwölf Stunden Vorsprung verschafft. Außerdem hast du Spuren vernichtet, weil du im Wohnzimmer herumgetrampelt bist.«

»Ich hatte die Spätnachrichten eingeschaltet, um zu sehen, ob die UN-Menschenrechtskommission sich inzwischen mit meinem Fall beschäftigt.«

»Deine Scherze haben das gleiche Niveau wie vor siebenundzwanzig Jahren. Damals fand ich sie lustig.«

»Und heute?«

»Ich finde es traurig, wenn Leute sich nicht entwickeln.« Margot definierte ihren Anstellwinkel neu. Vermutlich drückte ihr die Kante der Marmorbank auf den Steiß. »Warum hast du mir nicht gesagt, daß du bei Tamara wohnst?«

»Hast du das wirklich vergessen? Du hattest gesagt, es wäre dir egal.«

»Ich kann mir beim besten Willen nicht vorstellen, daß Tamara dich aus freien Stücken bei sich aufgenommen hat.« Margot schüttelte voller Unglauben ihren Kopf, als hätte Thierry behauptet, er habe Goethe getroffen. »Du stehst immerhin im Verdacht, ihren Mann ermordet zu haben.«

»Es gibt eben Frauen mit Menschenkenntnis und solche ohne. Aber vielleicht haben wir auch gemeinsame Sache gemacht.«

»Wahrscheinlicher ist, daß du sie mit irgend etwas unter Druck gesetzt hast.«

»Warum gehst du nicht noch einen Schritt weiter und behauptest, ich hätte den Einbruch fingiert, um von mir abzulenken?«

»Eine interessante Einlassung. Hast du?«

Thierry stand auf und ging auf Margot zu. Sieben Schritte benötigte er, um ganz dicht vor ihr zu stehen. Sie hatte »First« von Van Cleef & Arpels aufgelegt.

»Was willst du von mir, Margot?« fragte Thierry. »Ist es das?«

Da Margot nicht aufrecht stand, brauchte Thierry sich nicht auf die Zehenspitzen zu stellen. Es reichte, daß er sich ein wenig streckte. Ihre Lippen waren kalt und schmeckten entfernt nach Minze. Als er ihren Mund mit seiner Zunge öffnete, spürte er, wie ihre Hand zwischen seine Beine glitt. Gleichzeitig drehte Margot den Kopf weg, schmiegte ihre Wange an seine und hauchte ihm ins Ohr:

»Wenn du nicht auf der Stelle deine Griffel von mir nimmst, zerquetsche ich dir die Eier, kapiert?«

Thierry hob die Hände, als piekse der Lauf einer Luger in seinen Solarplexus. Mit einer knappen Kopfbewegung bedeutete Margot ihm, zurückzutreten, und gab sein Gemächt frei. Außerhalb ihres Ohrfeigenradius ließ Thierry die Arme sinken.

»Oder willst du bloß, daß ich dir den BH ersetze?« fragte er. »Was kostet so ein Teil heutzutage?«

»Du kannst froh sein, wenn ich dir nicht etwas ganz anderes in Rechnung stelle«, sagte Margot. »Setz dich auf den Stuhl und wage es nie mehr, mir so nahe zu kommen.«

»Jiu-Jitsu?«

»Zweiter Dan.«

»Dachte ich es doch. Der Griff war nicht von schlechten Eltern.« Thierry nahm wieder Platz. »Möchtest du, daß ich mich entschuldige?«

»Kein Bedarf«, sagte Margot. »Es wäre ohnehin geheuchelt.«

»Darf ich dir dann ein Geschäft vorschlagen?«

»Hat es mit dem Fall zu tun?«

»Absolut.«

»Ich höre.«

»Ich erzähle dir etwas über Rüdigers krumme Geschäfte, im Gegenzug läßt du mich laufen. Was hältst du davon?«

»Falls du mit den krummen Geschäften Rüdigers Service als Schwarzgeldshuttle nach Luxemburg meinst, vergiß es.« Margot garnierte ihren Satz im nachhinein mit einem Lächeln, weil sie Thierry wohl ansah, daß sie ins Schwarze getroffen hatte. »Darum kümmert sich bereits die Steuerfahndung.«

»Sag bloß, du erkennst den potentiellen Zusammenhang zwischen diesen Geschäften und seiner Ermordung nicht?« Thierry fand, daß seine Stimme so gut wie kein Tremolo aufwies.

»Doch, doch.«

»Warum unternimmst du dann nichts in diese Richtung, sondern hackst ausschließlich auf mir herum?«

»Wer sagt denn, daß ich diesbezüglich nichts unternehme?«

Margot löste sich von der Fensterbank und ging durch den Raum, wobei sie ihre Hände aneinanderrieb, als leide sie unter Waschzwang. Ihre Schuhe hinterließen auf dem kurzflorigen Teppichboden rautenförmige Abdrücke, als seien sie mit Waffeleisen besohlt.

»Ich werde es dir erklären«, fuhr sie fort. »Aber du mußt mir versprechen, nicht böse zu sein.«

»Wie könnte ich.«

Margot blieb vor dem Fenster stehen und lächelte ihn an. Die in ihrem Rücken aufgehende Sonne bildet eine Korona um ihren Kopf. So kam Thierry zur ersten, privaten Sonnenfinsternis seines Lebens. Er würde sie niemals vergessen.

»Auch ich bin im großen und ganzen von deiner Unschuld überzeugt«, sagte Margot. »Du hast zwar ein Motiv, und auch das fehlende Alibi spricht gegen dich, aber das trifft, wie ich inzwischen weiß, auf ein halbes Dutzend Leute zu. Rüdiger war nämlich nicht gerade das, was man einen Everybody's Darling nennt. Einen Totschlag im Affekt würde ich dir noch zutrauen, also im Rahmen eurer Auseinandersetzung oder unmittelbar danach. Aber Stunden später, kaltblütig und mit Heimtücke, dazu halte ich dich nicht für fähig.«

Thierry war stinksauer und machte keinen Hehl daraus.

»Guck nicht so grimmig«, fuhr Margot fort und neigte den Kopf zur Seite, daß Thierry die Sonne ins Auge stach, »du wirst mich gleich verstehen. Die Kollegen der Steuerfahndung haben bereits seit geraumer Zeit wegen Beihilfe zur Steuerhinterziehung und Geldwäsche gegen Rüdiger ermittelt. Dabei war eine äußerst sensible Vorgehensweise erforderlich, da zu Rüdigers Klientel ungemein einflußreiche Persönlichkeiten aus Wirtschaft und Politik zählen. Und ausgerechnet als die Ermittlungen vor ihrem entscheidenden Durchbruch standen, wurde Rüdiger ermordet. Umgehend bestand der Verdacht, daß es eine undichte Stelle gab und Rüdiger quasi als lästiger Mitwisser und potentieller Kronzeuge vorsorglich beseitigt worden ist. An dem Punkt kamst du ins Spiel.«

Thierry blinzelte, da Margot schon wieder den Kopf bewegte. Fragen hatte er keine.

»Für uns ging es zunächst einmal darum, Zeit zu gewinnen. Dazu brauchten wir einen Tatverdächtigen, der uns den Rücken freihielt. Gleichzeitig konnten wir den Gegner so in Sicherheit wiegen, weil er annehmen mußte, wir hätten unsere Ermittlungen in andere Richtungen eingestellt. Das war der Grund, weswegen ich dich bitten mußte, die Stadt nicht zu verlassen.«

Am liebsten hätte Thierry auf den Teppich gespuckt.

»Bitten ist gut«, sagte er. »In Frankreich nennt man so etwas Amtsmißbrauch und Freiheitsberaubung. Wie sagt ihr in Deutschland dazu?«

»Ich habe dich nicht in Untersuchungshaft nehmen lassen, vergiß das nicht.«

»Du erwartest hoffentlich nicht, daß ich dir dafür Blumen kaufe.« Thierry stieg vom Stuhl wie von einem JetSki. »Ich packe jetzt und verlasse die Stadt. Wenn du das verhindern willst, wirst du mich in den Rücken schießen müssen.«

»Ich hoffe, das wird nicht nötig sein. Es ist geplant, morgen in einer konzertierten Aktion von Steuerfahndung und Mordkommission zuzuschlagen. Ich muß dich daher bitten, noch einen Tag auszuharren.«

»Ansinnen abgelehnt.«

»Eigentlich sogar zwei«, überging Margot Thierrys Weigerung wie den unqualifizierten Zwischenruf eines Hinterbänklers. »Am Freitag kommt mein Sohn Wolfgang zu Besuch. Ich würde mich freuen, wenn ihr euch mal kennenlernt.«

»Mein Sohn Philémon liegt mit einem gebrochenen Bein in Loches im Krankenhaus. Ich habe gestern abend versucht, näheres über seinen Zustand zu erfahren, aber die Krankenschwester wollte mir am Telefon keine Auskunft geben. Philémon selbst schlief, und Yvette, die an seinem Bett gewacht hat, hat sich geweigert, mit mir zu sprechen. Wenn ich mich beeile, kann ich ihn noch heute besuchen.«

»Das tut mir leid«, sagte Margot. »Das wußte ich nicht. Ist er in akuter Gefahr?«

»Das wohl nicht. Aber er ist mein Kind, also mache ich mir Sorgen.«

»Verständlich. – Hörst du mir noch einen Moment zu?«

»Ungern.«

»Es muß acht oder neun Jahre her sein, daß Wolfgang anläßlich einer Tramptour durch Frankreich einen Abstecher nach Loches gemacht und dein Geschäft in der Rue Picois aufgesucht hat. Du warst aber nicht da, vielleicht hat er sich auch nicht getraut, nach dir zu fragen, jedenfalls seid ihr euch nicht begegnet. Mir hat er davon erst sehr viel später erzählt.«

»Wenn er in der Rue Picois war, muß das vor neun Jahren gewesen sein. Im Herbst '92 haben wir das Geschäft nach Les Bournais verlegt.« Thierry hatte ein Gefühl, als krabbele eine einzelne Ameise sein linkes Bein hinauf. »Mich erstaunt das Interesse deines Sohnes an meiner Person. Woher rührt das? Hast du ihm Schauermärchen über mich erzählt?«

»Überhaupt nicht. Er wollte dich einfach mal kennenlernen.«

Es war nicht eine, es waren mindestens zwei Ameisen, die sich auf Thierrys Bein herumtrieben.

»Gab es dafür einen besonderen Grund?«

»Du weißt doch, wie Jugendliche in dem Alter sind, wir waren auch nicht anders. Sie stellen alles in Frage, sie suchen nach dem Sinn des Lebens und wollen wissen, woher sie kommen.«

Eine der beiden Ameisen mußte die Königin gewesen sein, wie sonst hätten die Viecher sich so schnell vermehren können.

»Wie alt, sagtest du, ist dein Sohn heute?«

»Wolfgang wurde am 10. März 1975 geboren.« Margot lächelte, als verbände sie mit dem Ereignis durchaus angenehme Erinnerungen.

»Wir haben nur einmal miteinander geschlafen«, sagte Thierry.

Inzwischen hatten die Krabbler vollständig Besitz von ihm ergriffen. Auf Armen, Beinen, Brust und Rücken wimmelte es nur so von ihnen. Thierry war chancenlos; sie würden ihn bei lebendigem Leib auffressen.

»Einmal reicht.«

»Mir fallen tausend Fragen gleichzeitig ein.«

»Ich werde dir alle beantworten.«

»Hast du dein Handy dabei?«

Margot löste das Gerät von einem Clip am Bund ihres Rockes.

»Ich werde Philémon anrufen und ihn fragen, ob er bis zum Wochenende ohne mich zurechtkommt«, sagte Thierry. »Danach werde ich dir sagen, ob ich bleibe oder nicht.«

Margot wartete im Flur. Nach zehn Minuten kam er zu ihr heraus und teilte ihr seine Entscheidung mit.

Margot war sichtlich froh, daß sie ihn nicht erschießen mußte.

GEDÄCHTNISPROTOKOLL EINES BELAUSCHTEN GESPRÄCHS ZWISCHEN STUDIENRÄTIN LIESELOTTE HETTKÄMPER UND STUDIENRAT DR. ULF BOHNSACK, DEN BEGLEITENDEN LEHRERN DER DEUTSCHEN GRUPPE, AM FREITAGMITTAG, DEM 17. MAI 1974, IM CAFÉ DES ARTS

»Sehen Sie, Kollegin Hettkämper«, sagte Dr. Bohnsack launig, »wir haben es so gut wie überstanden. Noch ein knapper Tag, und wir treten die Heimreise an.«

»Vierundzwanzig Stunden, in denen noch alles Mögliche passieren kann«, entgegnete die Hettkämper.

»Fangen Sie schon wieder an mit Ihrer Unkerei?«

»Ich habe meine Erfahrungen, insbesondere was Klassenfahrten mit Oberstufenschülern angeht. Schließlich blicke ich auf ein Dutzend Dienstjahre mehr zurück als Sie. Und ich sage Ihnen, Dr. Bohnsack: Es liegt etwas in der Luft.«

»Selbstverständlich ein Unheil.«

Studienrätin Hettkämper antwortete nicht, sondern blickte ostentativ aus dem Fenster. Keine Frage – sie war beleidigt.

»Werte Kollegin, Sie haben von Anfang an behauptet, die Fahrt finde

unter schlechten Vorzeichen statt. Bisher hat sich jedoch keine Ihrer düsteren Ahnungen bewahrheitet. Sollten Sie da für die verbleibenden Stunden nicht etwas optimistischer sein?«

»Sieht man einmal von Ihrem alkoholbedingten Ausfall gleich am zweiten Tag und der Schlägerei während des Tanzfestes ab, könnte man meinen, Sie hätten recht. Aber, wie bereits gesagt, wir sollten den Tag nicht vor dem Abend loben.«

»Für meine Unpäßlichkeit habe ich mich bereits mehrfach entschuldigt.« Jetzt war Dr. Bohnsack pikiert. »Das war aber auch ein Schock. Kaum hat man das Land verlassen, tritt Willy zurück.«

»So wie Sie von ihm sprechen, könnte man meinen, Sie hätten den Bundeskanzler persönlich gekannt.«

»Habe ich nicht. Sie etwa?«

»Allerdings«, sagte die Hettkämper und nippte an ihrem kleinen schwarzen Kaffee.

Dr. Bohnsack starrte seine Kollegin an, als hätte sie ihm eröffnet, nebenberuflich Autorennen zu fahren.

»Sie haben Willy Brandt gekannt?« stammelte er. »Persönlich?«

»Privat.«

»Davon müssen Sie mir erzählen.«

»Das werde ich nicht tun.«

»Warum nicht?«

»Weil mich mit diesem Mann lange Jahre eine enge Freundschaft verbunden hat. Das sind liebevolle Erinnerungen, die ich mit großer Dankbarkeit hege. Ich habe nicht die Absicht, sie mit Ihnen oder irgend jemand anderem zu teilen.«

»War das während seiner Zeit als regierender Bürgermeister von Berlin? Sie stammen doch aus Berlin. Oder war das früher?«

»Sie können fragen, bis Sie schwarz werden, Dr. Bohnsack. Ich werde keine Ihrer Fragen beantworten.«

»Sie sind grausam!«

»Bin ich das?«

Eine Weile herrschte Schweigen. Dann fragte Dr. Bohnsack:

»Wie kommen Sie eigentlich zu Ihren Vorhersagen, werte Kollegin? Betreiben Sie irgendeine Art ... Hokuspokus?«

»Keinen Hokuspokus«, sagte die Hettkämper. »Ich lege und deute Karten.«

»Das haben Sie auch vor dieser Reise getan?«

»Selbstverständlich.«

»Und was haben Ihnen die Karten verraten? Sie sind mit Ihren Äußerungen nie konkret geworden.«

»Weil Sie nichts davon wissen wollten.«

»Jetzt will ich es aber.«

»Bitte: Die Karten sprachen von einem Unfall.«

»Ein Unfall, der die ganze Gruppe betrifft?«

»Nein, nur einzelne.«

»Namen verraten Ihnen die Karten nicht?«

»Nein, aber die Betroffenen sind ausschließlich männlich. Kandidaten dafür haben wir ja genug.«

»Kann es nicht sein, daß damit die Prügelei in Puits Bertin gemeint war?«

»Nein, es handelt sich eindeutig um einen Unfall mit einem Fahrzeug.«

»Sie machen mir Angst.«

»Das war nicht meine Absicht. Aber Sie wollten es ja unbedingt wissen.«

»Irren Sie sich manchmal?«

»Als ich mit dem Kartenlegen anfing – ja.«

»Wann war das?«

»Kurz nach dem Krieg.«

»War das vor oder während Ihrer Beziehung zu Willy Brandt?«

»Werter Kollege Bohnsack, Sie sind mit Verlaub gesagt ein Esel.« Die Hettkämper erhob sich. »Habe ich Sie richtig verstanden, daß ich eingeladen war?«

»Ich erwähnte nichts dergleichen«, sagte Dr. Bohnsack. »Aber einen Kaffee sind Sie mir immer wert, verehrte Kollegin.«

»Das dachte ich mir«, sagte die Hettkämper und verließ das Café.

Dr. Bohnsack saß noch lange an seinem Platz und machte ein Gesicht, als hätte sein Arzt ihm eröffnet, er habe nur noch wenige Wochen zu leben.

»Ein Spielzeugflugzeug?« fragte Thierry.

»Ein Modellflugzeug«, sagte Tamara. »Das stand heute morgen in der Zeitung.«

»Vielleicht haben die Leute, die den Absturz gemeldet haben, vorher noch nie ein Flugzeug gesehen.«

»Du hältst uns Bergische wohl für Hinterwäldler.«

»Mich würde interessieren, was hier los wäre, würde eine Colaflasche vom Himmel fallen.«

»Der Nächstbeste würde sie aufheben, zum Getränkemarkt bringen und das Pfand kassieren.«

»Daß Frauen immer gleich ans Geld denken müssen. Aber da wir gerade bei dem Thema sind: Wieviel hast du diesem Stadtstreicher gezahlt? Und was mich noch mehr interessiert, wofür hast du ihm das Geld gegeben?«

Als Tamara spätnachmittags nach Hause gekommen war, war die Küche schon geputzt, und Thierry hatte gerade damit begonnen, das Wohnzimmer aufzuräumen. Vier rappelvolle Müllsäcke standen in der Diele, Sack Nummer fünf spannte sich zwischen zwei Stuhllehnen. Beim Einsacken kam Thierry seine Erfahrung als Basketballer zugute. Er lag mit 185:0 vorn, als Tamara von dem Flugzeugabsturz angefangen hatte. Jetzt war sie weiß wie eine frisch gekälkte Wand und klimperte rekordverdächtig mit den Wimpern.

»Bist du mir nachgeschlichen?« wisperte sie.

»Wie kann ein Mensch zu Fuß ein Auto verfolgen, außer vielleicht in Tokio? Daß ich dich gesehen habe, war reiner Zufall.« Thierry berichtete mit wenigen Worten, wie es dazu gekommen war. »Warum hast du dich mit diesem Typen auf dem Friedhof getroffen?«

»Dieser Heineken hat mich am Montag angerufen und wollte fünftausend Mark.«

»Wie heißt er?«

»Heineken.«

»Ein Clochard mit Humor. Aber erzähl weiter.«

»Ich habe ihm gesagt, daß ich so viel Geld nicht habe. Daraufhin hat er gelacht wie ein Bekloppter, hat sich aber dennoch mit zweitausend zufrieden gegeben. Ich fürchte nur, er meldet sich noch mal.«

»An dem hast du einen Freund fürs Leben. Du hast mir noch immer nicht gesagt, welches Schweigen du dir mit dem Geld erkauft hast.«

»Er hat uns am Sonntag beobachtet, als wir in Rüdigers Zweitbüro eingebrochen sind. Irgendwo in der Straße muß er eine Art Unterschlupf haben.«

»Stimmt, ich habe ihn gesehen. Er war aber vor dem Haus, auf der anderen Straßenseite. Wie kann er uns da an der Wohnungstür gesehen haben?«

»Er sagt, er sei uns nachgeschlichen, weil wir uns verdächtig benommen hätten.«

»Ich habe aber niemanden bemerkt.«

»Was nicht heißt, daß da nicht doch jemand war.«

Thierry blickte Tamara tief in die Augen. Grün waren sie, wie Smaragde. Entweder sagte Tamara die Wahrheit, oder sie verdiente unter »L« einen Eintrag ins Guinness-Buch. Bevor es zu einem Mißverständnis kommen konnte, wechselte er die Blickrichtung.

»Falls er noch einmal anruft«, fragte Tamara, »würdest du dann mit ihm reden?«

»Du meinst, ob ich ihn zusammenschlagen würde, damit er dich zukünftig in Ruhe läßt?«

»Von Zusammenschlagen habe ich nichts gesagt.«

»Ich habe dich auch so verstanden.« Thierry hob eine Vase auf. »Die hat nur einen Sprung. Willst du sie behalten?«

»Wirf sie weg.« Tamara legte die Arme übereinander und faßte sich an die Ellbogen. »Haben die von der Kripo den Safe aufgemacht?«

»Nein. Margot wußte auch so Bescheid.«

»Hast du es ihr gesagt?«

»Das brauchte ich nicht.«

»Ich verstehe kein Wort.«

»Wäre Rüdiger nicht ermordet worden, hätte die Steuerfahndung ihn in dieser Woche verhaftet.«

Nun mußte Tamara sich setzen. »Hat dieses Miststück von Krüger ihn doch verpfiffen.«

»Die hat damit nichts zu tun. Margot sagte mir, ihre Kollegen hätten an der Grenze zu Luxemburg einen anderen Postillon de Monnaie verhaftet, der auch prompt gesungen hat. Sein Kontaktmann in Luxemburg war ein gewisser Dr. Wirtz, Notar und Rechtsanwalt. Der Name taucht übrigens mehrmals in Rüdigers Terminkalender auf. Über diesen Wirtz sind die Fahnder dann auf Rüdiger gestoßen.«

»Dann sind die fünf Millionen verloren?«

»Sie haben dir nie gehört.«

»Ich wollte nur zehn Prozent«, jammerte sie. »Zehn Prozent hätten mir gereicht.«

»Hast du ernstlich erwogen, die Leute, die Rüdiger das Geld anvertraut haben, zu erpressen? Du mußt lebensmüde sein. Es steht zu vermuten, daß einer von ihnen Rüdigers Mörder ist.«

»Und wovon, bitte schön, sollen die Mädchen und ich jetzt leben?«

»Hast du keinen Beruf?«

»Ich habe drei Semester Biologie und Chemie studiert, auf Lehramt. Dann habe ich eine Ausbildung als Graphikerin gemacht.«

»Na also.«

»Ich habe die Ausbildung nicht abgeschlossen. Als Rüdiger mit seiner Ausbildung bei der Bank fertig war, haben wir gleich geheiratet.«

»Ich dachte, deine Eltern seien vermögend.«

»Sie werden uns nicht verhungern lassen. Mehr habe ich aber nicht zu erwarten.«

»Was ist mit Schmuck?«

»Bist du verrückt? Eher würde ich eine Niere verkaufen.«

»Dann kann ich dir auch nicht helfen«, sagte Thierry unwirsch. »An der einen oder anderen Stelle wirst du schon Abstriche machen müssen.«

Davon wollte Tamara aber nichts hören. Trotzig nahm sie eines der Fotoalben zur Hand, die auf dem Couchtisch gestapelt waren, und verweilte unnötig lange bei jeder Aufnahme. Gleichzeitig war ihr anzumerken, daß sie am liebsten Nägel kauen würde.

Thierry holte sich eine Dose Karlsberg aus dem Kühlschrank. Das Bier war eiskalt und schmeckte betörend. Mochten die Teutonen in kulinarischer Hinsicht Banausen sein, Bier brauen konnten sie. Selbst dieses billige Supermarktbier schmeckte besser als jedes französische. Nach dem dritten Schluck klopfte Thierry auf dem Handrücken eine Gauloise an. Auch heute würde er sein übliches Quantum Tabak nicht schaffen, dies war erst die Dritte. Schwerer wog jedoch, daß ihm wie schon am Vortag keine der Zigaretten geschmeckt hatte. Vielleicht war es nach dreißig Jahren an der Zeit, aufzuhören.

»Sieh dir bloß die Hosen an«, sagte Tamara. »Der gleiche Schnitt, wie er zur Zeit wieder in ist.«

Thierry ließ sich das Album über den Tisch reichen. Auf dem Foto waren alle Austauschpartner von 1974 versammelt, die Deutschen wie die Franzosen. Sein Konterfei entdeckte er erst beim zweiten Hinsehen. Blöder hatte selbst Ringo Starr nie ausgesehen.

»Weißt du, wo das aufgenommen wurde?« fragte er.

»Da ihr ebenfalls auf dem Foto seid, muß es in Deutschland geknipst worden sein. Die Besichtigungstouren in Frankreich haben wir immer ohne euch gemacht. Ich glaube, da stehen wir vor dem Bergbaumuseum in Bochum.«

»Du könntest recht haben. Da ist ja Henri Delacroix, der Barde. Und neben ihm steht sein Vater. Wieso war der Sohn unseres Paukers mit in Deutschland? Er ist ein anderer Jahrgang.«

»Wieso war Henri dabei? Soweit ich weiß, war er nicht einmal auf dem Lycée.«

»Doch, aber er ist kurz vor dem Austausch abgegangen. Außerdem ist er ständig irgendwo mitgefahren. Mein Großvater hat mal mit seinen Genossen von der Kommunistischen Partei, alle Rentner wie er, eine Busreise nach Pamplona gemacht. An der spanischen Grenze haben sie gemerkt, daß Henri mit im Bus saß.«

»Ich erinnere mich, daß er wundervoll Gitarre spielen konnte. Weißt du, was er heute macht?«

»Keine Ahnung.«

Thierry blätterte zurück und stieß auf Fotos der drei großen C: Chambord, Chenonceaux und Cheverny. Von Amboise gab es nichts Selbstgemachtes, nur eine Postkarte. Es folgte eine Serie von Schnappschüssen von Werksbesichtigungen. Eine Käserei in Ligeuil, eine Schilderfabrik in Chambourg, die Chocolaterie Poulain in Blois und die muffigen Champignonkeller von Loches. Hätte nicht in kringeliger Mädchenschrift am Rand gestanden, wo die Fotos geschossen worden waren, Thierry hätte es nicht gewußt. Er erinnerte sich nur, daß die Deutschen '74 mehr Fabriken als Schlösser besichtigt hatten.

»Hier fehlt ein Blatt«, sagte er.

»Wie kommst du darauf?« fragte Tamara.

»Es wurde herausgerissen. Das sieht man deutlich.«

»Zeig mal her.«

Das Album wanderte zurück über den Tisch. Tamara hielt es nahezu auf Armlänge von sich. Die eitle Dame benötigte eine Lesebrille.

»Das ist seltsam«, sagte sie. »Ich habe alle Alben im Vorfeld des Treffens noch einmal durchgesehen. Es fehlte nichts. Ob das der Einbrecher war?«

»Was soll ein Einbrecher mit Fotos von einem siebenundzwanzig Jahre zurückliegenden Schüleraustausch anfangen?« fragte Thierry und spürte gleichzeitig ein seltsames Kribbeln im Magen. »Weißt du, was auf den verschwundenen Aufnahmen zu sehen war?«

»Laß mich überlegen.« Mit geschlossenen Augen und krausgezogener Stirn aktivierte Tamara ihr Erinnerungsvermögen. Zweimal schüttelte sie den Kopf, als hake sie im Geist die Punkte einer Liste ab. Dafür kreuzte sie den nächsten an und nickte.

»Rüdiger und Gilbert, Zigarre rauchend, an einem Weidezaun lehnend. Davon gab es zwei Aufnahmen, beide mit Selbstauslöser gemacht. Beim ersten Versuch hatte Rüdiger den Auslöser zu knapp eingestellt, da lief er noch auf seine Position.«

»Hat Rüdiger alle diese Fotos gemacht?«

»Nein. Als ich die Alben seinerzeit angelegt habe, habe ich seine und meine Aufnahmen zusammengeschmissen und die besten ausgewählt. Den Fehlschuß habe ich nur aufgehoben, weil er so lustig war.«

»Was war auf der Rückseite?«

»Da hatte ich einen Stadtplan von Loches aufgeklebt.«

»Weißt du, wo die Fotos gemacht wurden?«

»Keine Ahnung. Auf jeden Fall in Frankreich.«

»Wieso bist du da so sicher?«

»Weil Gilbert nicht nach Wermelskirchen gekommen war. Er war kurz vor der Abreise krank geworden, wenn ich mich recht entsinne. Das war auch der Grund, warum Delacroix seinen Sohn mitgebracht hatte. Quasi als Ersatz für Gilbert.«

Thierry befragte sein Gedächtnis. Falls er zu diesem Thema jemals etwas gespeichert hatte, hatte er es wieder gelöscht.

»Du hast doch neben ihm gesessen«, fuhr Tamara fort. »Deshalb müßtest du doch am besten wissen, was mit ihm los war.«

»Ich weiß nur, daß Gilbert sich bereits mit vierzehn rasiert und immer mit einem bestialisch stinkenden After-shave eingerieben hat. ›Pisse de l'Ane‹ habe ich das Zeug genannt.«

»Wir könnten Bea fragen. Sie hat damals Tagebuch geführt. Wieso willst du das überhaupt wissen?«

»Irgend etwas ist faul an der Sache«, sagte Thierry, leerte die Dose und punktete zum 191:0. Sein höchster Sieg, noch dazu auswärts. »Ich weiß nur nicht, was.«

*

An Schlaf war nicht zu denken.

Erst hatte Thierry kalte Füße, dann schwitzte er, schließlich hatte er Durst. Kaum lag er wieder lang, mußte er aufs Klo. Außerdem war eine Mücke im Raum. Dreimal knipste er das Licht an und suchte die Wände ab, konnte sie aber nicht finden. Als Ultima ratio zog er sich die Decke über den Kopf, tauchte aber nach wenigen Atemzügen panisch japsend wieder auf. Fluchend stieg er aus dem Bett, ging nach oben und setzte sich mit einer weiteren Dose Bier ins Wohnzimmer. Im DSF hopsten irrwitzig bereifte Pritschenwagen über Dutzende bis zu den Türgriffen eingegrabene Limousinen. Dazwischen warben immer wieder Damen verschiedener Altersgruppen geräuschvoll für Telefonsex. Thierry regelte die Lautstärke runter.

Einerseits war er erleichtert, daß er, soweit es den Mord an Rüdiger betraf, so gut wie aus dem Schneider war. Andererseits bedrückte ihn, daß er sich das gewissermaßen mit einer dritten Vaterschaft erkauft hatte. Wenn er an die für Freitag vorgesehene Begegnung mit seinem Ältesten dachte, wurde ihm ganz anders. Thierry hatte überhaupt keine Vorstellung, was er dem Jungen sagen sollte. Und wie sollte er ihn begrüßen? Sollte er ihn umarmen? Er war sich nicht einmal sicher, ob er Wolfgang vom Fleck weg duzen sollte. Die Deutschen konnten diesbezüglich ausgesprochen zickig sein. Wirklich eine lausige Geschichte, die Margot ihm da eingebrockt hatte.

Thierry hatte sie unter anderem gefragt, warum sie das Kind ausgetragen habe. Weil sie ihn geliebt habe, als es passiert sei, hatte Margot geantwortet. Dann hatte er wissen wollen, warum sie ihm nie etwas gesagt habe. Weil er sie nicht geliebt habe, ganz einfach. Das war eigenwillig, aber charakterstark. In gewisser Weise war Thierry gespannt auf Wolfgang.

Gleichzeitig war er sich bewußt, daß, sollte Yvette von seinem illegitimen Sohn erfahren, das das endgültige Aus für seine Ehe bedeuten konnte. So, wie es momentan zwischen ihnen stand, würde sie diese alte Geschichte womöglich zum Anlaß nehmen, die Scheidung zu verlangen. Trotzdem hatte er nicht vor, ihr Wolfgangs Existenz zu verheimlichen. Wenn Yvette damit nicht fertig wurde, war das ihre Sache.

Schritte im Flur ließen seinen Atem stocken. Ein schlanker, weiblicher Schattenriß schob sich durch den Ausschnitt, den die offenstehende Wohnzimmertür bildete. Das folgende Klopfen stammte von Dow Jones, der in Seitenlage wedelte. Dann fiel die Haustür zu. Kurz darauf summte das automatische Garagentor. Einmal für Auf, einmal für Zu. Von dem Van war nichts zu hören. Leise Motoren verstanden die Amis zu bauen, auch wenn die Autos nichts taugten.

Thierry griff nach der Fernbedienung, stellte lauter und platzte mitten in einen multiplen Orgasmus.

Thierry träumte von Margot. Genauer gesagt davon, daß sie neben seinem Bett stehen und über holländisches Bier reden würde. Um sich zu vergewissern, ob da was dran war, klappte er die Augen auf. Zeitgleich fuhr ihm ein Schmerz in den Schädel, als habe ihm jemand einen Eispickel in den Nacken gerammt.

»Ahhh!« stöhnte er.

»Das kommt davon, wenn man im Sessel übernachtet«, sagte Margot. »Vor allem in deinem Alter.«

Auf dem Sofa entdeckte Thierry KA Walther, der angelegentlich in dem Fotoalbum blätterte, dem die Seite fehlte. Wenn sie zu zweit gekommen waren, mußte es sich um einen offiziellen Besuch handeln. Thierry setzte sich gerade und massierte seinen Nacken. Als der Kopf sich wieder einigermaßen nach links und rechts drehen ließ, hustete er, verschränkte die Hände vor der Brust und blickte zu Margot auf.

»Morgengymnastik beendet?« fragte sie.

Thierry nickte.

»Sagt dir der Name Andreas Heineken etwas?«

»Also doch kein Humor.«

»Wie?«

»Vergiß es. Ist das einer aus dieser Bierdynastie?«

»Nein, Andreas Heineken stand auf der anderen Seite.« Margot entnahm ihrer Manteltasche ein Foto und hielt es Thierry vor die Nase. »Hast du diesen Mann schon einmal gesehen?«

»Ist das dieser Heineken?«

»Nein, der Bundespräsident. Du kannst Fragen stellen.«

»Der Mann sieht irgendwie tot aus.«

»Der Mann ist tot. Er wurde vergangene Nacht erschossen. Du hast meine Frage noch nicht beantwortet.«

Thierry nahm das Foto zur Hand und studierte es gewissenhaft. Daß seine Hände zitterten, lag am fehlenden Frühstück.

»Mal abgesehen davon, daß der Mann tot ist«, sagte er, »macht er den Eindruck, als hätte er harte Zeiten hinter sich.«

»Der Kerl war ein Penner«, sagte KA Walther, ohne von dem Album aufzusehen.

»Wenn Sie die Befragung fortsetzen wollen, gern«, raunzte Margot ihren Assistenten in einem Tonfall an, der als Sauce bei McDonald's unter scharfer Kung-Fu gelaufen wäre. »Wenn nicht, mischen Sie sich gefälligst nicht ein.«

KA Walther hob abwehrend die Hände. »Sorry, Chefin. Ich wußte nicht, daß Sie heute schlecht gefusselt sind.«

»Was ist nun?« Margot wandte sich erneut an Thierry. »Ich habe gleich einen Termin beim Friseur.«

»Ich wundere mich, dich überhaupt zu sehen«, sagte Thierry. »Stand für heute nicht eine Razzia an?«

»Wenn du nicht endlich meine Frage beantwortest, nehme ich dich mit und lasse dir eine Glatze schneiden.«

»Vielleicht ist mir der Mann mal auf der Straße begegnet. Bewußt wahrgenommen habe ich ihn jedenfalls nicht.«

»Was war daran so schwierig?« fragte Margot die Zimmerdecke und verstaute das Foto wieder. Der Einfachheit halber beantwortete sie ihre Frage selbst. »Nichts, absolut nichts.«

»Kommst du jetzt wegen allem, was in dieser Stadt geschieht, zu mir?«

»So, der Kaffee ist fertig«, verhinderte Tamara die Beantwortung von Thierrys Frage und stellte das Tablett auf dem Tisch ab. »Zucker habe ich leider nicht, nur Süßstoff.«

»Ich trinke eh schwarz«, sagte KA Walther.

»Ebenso«, sagte Margot und setzte sich auf den lederbezogenen Sitzwürfel, der aussah wie ein überdimensionaler Dominostein.

»Und du, Thierry?« fragte Tamara.

»Neuerdings auch«, sagte er.

»Pflegeleichter geht es kaum.«

Tamara schenkte ein und verteilte die Tassen. Erst als Thierry das heiße Gefäß mit den Händen umfaßte, spürte er, daß er entsetzlich fror.

Wie ein Massai auf Besuch in Thule. Ähnlich fremd fühlte er sich ohnehin.

»Ich schließe mich Thierrys Frage an«, sagte Tamara. »Wie kommst du auf die Idee, daß einer von uns diesen Menschen kennen könnte?«

»Wir haben bei Heineken einen Zettel mit einer Telefonnummer gefunden.« Margot zückte ihr Handy und tippte zehn Ziffern. »Hört gut hin.«

Das Telefon in der Diele begann zu läuten. Margot drückte die rote Taste, und das Läuten verstummte.

»Das Besondere daran ist, daß diese Nummer nicht im Telefonbuch steht«, sagte sie. »Ich rätsele daher, wie Heineken in ihren Besitz gekommen ist.«

»In der aktuellen Ausgabe sind wir nicht eingetragen, aber wir standen in dem Buch davor. Rüdiger hat das erst im letzten Jahr ändern lassen. Wenn dieser Stadtstreicher nun in einem alten Exemplar nachgeschlagen hat ...«

»Ist es denkbar, daß Rüdiger Kontakt zu dem Mann hatte?«

»Rüdiger hatte viele Eigenarten. Aber mit Berbern hat er sich meines Wissens nicht abgegeben.«

»Das ist noch nicht alles.« Margot schnippte mit den Fingern, und KA Walther kramte eilfertig in seinem Sakko. Zum Vorschein kam ein durchsichtiger Plastikbeutel, der mehrere Hundertmarkscheine enthielt. »Das haben wir ebenfalls bei Heineken gefunden. Vierundzwanzig Hunderter. Viel Geld für jemanden, der unter Brücken schläft.«

»Mir wurde nichts gestohlen«, sagte Thierry.

»Tamara?«

»Was soll ich dazu sagen? Auch ich vermisse kein Geld.«

Margot warf den Beutel KA Walther zu. Der erwies sich als lausiger Fänger. Als er unter den Tisch kroch, um den Beutel aufzuheben, stieß er mit dem Kopf gegen die Kante. Alle Tassen schwappten über. Tamara reichte jedem eine Papierserviette.

»Wo ist der Mord überhaupt passiert?« fragte sie bei der Gelegenheit.

»Heinekens Leiche wurde am Südwesteingang des Städtischen Friedhofs gefunden«, sagte Margot. »Es sieht so aus, als hätte der Täter genau in dem Moment geschossen, als Heineken über das Tor steigen wollte, um den Friedhof zu verlassen. Sein Hab und Gut lag vor, er selbst hinter dem Tor. In diesem Zusammenhang – ist einer von euch beiden im Besitz einer Pistole, vermutlich Kaliber 7.65?«

Tamara und Thierry verneinten unisono. Dann fragte Thierry: »Wieso nur vermutlich?«

»Heineken wurde in den Kopf geschossen. Dabei prallte das Projektil gegen eine Stahlplatte, die ihm vor Jahren nach einem Schädelbruch eingesetzt worden war, und wurde völlig deformiert.« Margot blickte zu KA Walther, dem oberhalb der linken Braue ein beachtliches Hörnchen wuchs. »War es das?«

»Die Alibis«, sagte der Assistent.

»Richtig«, sagte Margot und wandte sich an Thierry. »Wo warst du in der vergangenen Nacht zwischen Mitternacht und ein Uhr dreißig?«

»Ist das der Zeitraum, in dem …«, fragte Tamara dazwischen.

»So ist es.«

»Zu der Zeit habe ich geschlafen«, sagte Thierry.

»Hier im Sessel?«

»Nein«, sagte Tamara. »In meinem Bett.«

Thierry war froh, daß er kein Bonbon im Mund hatte, er hätte es auf jeden Fall verschluckt. Aus dem Augenwinkel registrierte er, daß Margot ein Gesicht machte, als sei sie zur Verkehrspolizei versetzt worden. Das währte aber nur Sekundenbruchteile, dann war sie wieder bei der Kripo.

»Falls du das bestätigst, Thierry, habt ihr beide ein Alibi«, sagte sie und verstand es, den Satz so abschätzig klingen zu lassen, daß Thierry sich schmuddelig fühlte. »Sozusagen auf Gegenseitigkeit.«

Tamara suchte Thierrys Blick. Ihre Smaragde flehten ihn an und versprachen ihm alles auf einmal: Sex, Geld und ein leckeres Mittagessen. Dummerweise war sie nicht Thierrys Typ, wie es um ihre Finanzen bestellt war, wußte er, und daß sie nicht kochen konnte, hatte sie ihm bereits am Sonntag gesagt. Die Leute vom Pizza-Taxi erkannten sie an ihrer Stimme.

»Du kennst mich doch«, sagte er dennoch. »Ich lasse nur ungern etwas anbrennen.«

»Damit wäre auch dieser Punkt geklärt«, sagte Margot und erhob sich ein wenig mühselig von dem plattgesessenen Würfel. »Auf geht es, Walther. Die Razzia wartet. Bemühe dich nicht, Tamara, wir finden den Weg.«

Der Blick, mit dem sie Thierry zum Abschied bedachte, war ein Gemenge aus Mitleid und Verachtung. Er hätte ihr nicht verübelt, hätte sie ihn angespuckt.

*

»War ich gut?« fragte Thierry. »Ich meine als Liebhaber, nicht als Lügner.«

»Höre ich da Entrüstung heraus?« fragte Tamara. »Sei doch froh, daß ich dir ein Alibi verschafft habe, sonst hättest du wieder keins.«

»Man kann es auch anders herum sehen: Mit meinem Alibi hast du dich selbst beschenkt.«

»Was hätte es uns genützt, wenn wir angegeben hätten, daß du hier und ich im Schlafzimmer geschlafen habe? So haben wir zwei Fliegen mit einer Klappe geschlagen. Möchtest du noch Kaffee?«

»Nein, danke. Insbesondere da du zur fraglichen Zeit nicht in deinem Bett warst.«

Tamara verriß die Kanne und verfehlte ihre Tasse. Ein Schwall Kaffee schoß über den Tisch. Nur um Haaresbreite entging das Loches-Album einer Braunfärbung. Wütend auf sich selbst rannte Tamara raus und kam mit einer Rolle Küchenpapier zurück. Genau wie in Frankreich waren die Tücher nicht halb so saugfähig wie in der Werbung.

»Da siehst du, was du angerichtet hast«, schimpfte sie. »Woher willst du wissen, daß ich nicht im Schlafzimmer war? Hast du durchs Schlüsselloch geguckt?«

»Ich saß bereits in diesem Sessel, als du dich aus dem Haus geschlichen hast. War es wirklich nötig, diesen Kerl zu erschießen?«

»Hast du den Verstand verloren? Ich habe Heineken nicht umgebracht.«

»Beweise es.«

»Pah! Wozu?«

»Wenn Margot schlau ist, besorgt sie sich einen Auszug deines Kontos. Dann sieht sie schwarz auf weiß, daß du zweitausend Mark abgehoben hast.«

»Was beweist das schon? Ich könnte das Geld ausgegeben haben. Zum Beispiel für Garderobe.«

»Sei doch nicht naiv, Tamara. Du müßtest ihr die Namen der Geschäfte nennen, und sie würde nachfragen, ob du dort warst.«

»Wir könnten sagen, wir seien zusammen in Köln gewesen. Dann kann sie uns gar nichts.«

»Du hältst mich wohl für völlig bescheuert. Ich decke keine Mörderin.«

»Ich bin keine Mörderin!« kreischte Tamara und stürzte sich auf ihn.

Thierry hatte unerwartete Mühe, sie abzuwehren. Zum einen, weil er im Sessel saß, zum anderen, weil Tamara sich gebärdete wie von Sinnen. Schließlich gelang es ihm, sie an den Handgelenken zu packen. Obwohl sie sich wand wie eine Anaconda und ihn zu beißen versuchte, schaffte er es, sie niederzuringen und aufs Parkett zu drücken. Keuchend lagen sie aufeinander wie nach einem desaströsen Kopulationsversuch. In ohnmächtiger Wut spuckte Tamara ihm ins Gesicht. Thierry spie zurück. Als sie realisierte, daß ihre Lage aussichtslos war, fing sie an zu heulen.

Dow Jones saß vor der Tür und wirkte völlig verstört. Thierry ließ ihn zu Frauchen und ging ins Bad. Die Not-Verbretterung des Fensters zwang ihn, auch am Tag das Licht einzuschalten. Er wusch sich den Speichel aus dem Gesicht, packte seinen Kulturbeutel und ging in den Keller. Keine fünf Minuten später hatte er sein Bündel geschnürt und stieg die Treppe wieder hoch. Tamara kniete mitten im Flur. Verheult und verrotzt wie die Gebrochene in einer stark überarbeitungsbedürftigen Provinzposse. Als Thierry an ihr vorbeigehen wollte, klammerte sie sich an sein Bein.

»Du mußt mir glauben, Thierry, bitte«, schluchzte sie. »Ich habe diesen Heineken nicht umgebracht.«

»Wo warst du dann?«

»Hast du ein Taschentuch?«

»Laß mein Bein los, dann bringe ich dir Klopapier.«

Den ersten Meter benutzte Tamara zum Schneuzen, den zweiten, um ihr Gesicht trockenzuwischen. Dann setzte sie sich an die Wand, zog die Beine an, umschlang sie und machte sich so klein, daß sie als Päckchen durchgegangen wäre.

»Ich konnte nicht schlafen«, sagte sie leise. »Ich war völlig krank vor Sorgen und Angst. Rüdiger wurde ermordet, ich wurde erpreßt, Unbekannte sind in mein Haus eingedrungen. Das ist der blanke Horror.«

Thierry ließ sich an ihrer Seite nieder. »Wo warst du?«

»Ich habe mir was zum Rauchen besorgt.«

»Haschisch?«

Tamara schüttelte den Kopf. »Marihuana. Dope vertrage ich nicht. Davon wird mir kotzschlecht.«

»Wo ist das Zeug? Oder hast du alles aufgeraucht?«

»Dann wäre ich jetzt bei Bob Marley. Im Küchenschrank, in der Pfefferminzteedose.«

Thierry überprüfte ihre Angaben, dann nahm er wieder seinen Platz ein.

»Verstehst du jetzt, warum ich wegen des Alibis gelogen habe?«

»Du hättest dich bei deinem Lieferanten unbeliebt gemacht, das sehe ich ein.«

»Bleibst du?« fragte Tamara mit der Stimme eines kleinen Mädchens, das bangt, ob es die zugelaufene Katze behalten darf.

Thierry antwortete nicht, ging aber in die Küche und machte Frühstück.

Thierry war begeistert. Vor ihm stand ein Teutone, der eine Handbreit kürzer war als er. Außerdem schielte der Kerl, hatte Fledermausohren, die pickelige Haut eines Pubertierenden, gelbe, schiefstehende Zähne und die O-Beine eines rachitischen Jockeys. Als Tüpfelchen auf dem i fehlte ihm der Mittelfinger der rechten Hand. Vermutlich verdiente der Mann sein Geld als Sündenbock.

»Sind Sie der Franzose?« fragte er lispelnd.

»Wer will das wissen?« fragte Thierry.

»Der Bürgermeister schickt mich. Ich soll das hier abgeben.«

Als Thierry nach dem kleinen Karton greifen wollte, zog der Mann ihn weg.

»Erst die Quittung unterschreiben.«

Das Formular war unleserlich ausgefüllt. Genausogut konnte es sich um die Bestellung einer Waschmaschine handeln. Thierry machte vorsichtshalber nur zwei Kreuze.

»Warum hat der Bürgermeister nicht angerufen?« fragte er. »Ich hätte das Video abgeholt.«

»Vielleicht will er mit einem wie Ihnen nicht gesehen werden«, sagte der Mann und grinste dreist.

»Mit dem Spruch haben Sie sich um Ihr Trinkgeld gebracht.«

»Von Ihnen hätte ich sowieso nichts genommen.«

Thierry warf die Tür zu.

Die Digitaluhr des Videorecorders blinkte wie nach einem Stromausfall und zeigte eine Phantasiezeit an. Trotzdem funktionierte das Gerät einwandfrei. Daß die Aufnahmen eine Zumutung waren, lag nicht an der Hardware.

Die erste Einstellung zeigte minutenlang einen strahlend blauen Himmel. Dann stürzte das Bild ab, daß einem schlecht werden konnte, und nahm Beine ins Visier. Genauer gesagt klobige Damenschuhe, aus denen mächtige Waden ragten. Diese verschwanden unter einem längsgestreiften Sommerkleid, dessen Stoff auch für eine Markise gereicht hätte. Ein sonnenverbrannter Nacken mit einem daumennagelgroßen Leberfleck beschloß die Kamerafahrt. François hatte Ophelie hinterrücks gefilmt. Und ohne Ton.

Schnitt.

Im ersten Moment dachte Thierry, eine zweite Kamera sei ins Spiel gekommen. Dann erkannte er jedoch, daß François sich im Innenspiegel des Busses selbst gefilmt hatte. Es folgte ein längerer Blick durch die Frontscheibe. Der Bus befand sich auf der Autobahn, was aber nur an den Schilderbrücken zu erkennen war, da die untere Bildhälfte vom Hinterkopf des Fahrers verdeckt wurde. Ein brutaler Schwenk bescherte die Sicht aus dem Seitenfenster. Büsche und Bäume fetzten vorbei wie Sehstörungen, bis die Kamera plötzlich wegkippte und in einen Aschenbecher starrte, in dem eine Zigarette dabei war, Kaugummipapier zu entflammen.

Schnitt.

Thierry zuckte regelrecht zusammen, als sein eigenes Gesicht plötzlich überlebensgroß über die Mattscheibe zitterte. Ruckartige Schwenks brachten nacheinander Yvette, Solange, Roger und Ophelie ins Bild. Alle hautnah gefilmt wie Probanden der Clearasil-Forschung. Dann kippte die Kamera wieder weg, daß einem angst und bange werden konnte, diesmal über das Geländer des Balkons. Pendelnd studierte sie die Grünfläche vor dem Altenheim.

Schnitt.

Heinzmarios Begrüßungsrede, anschließend Ophelies warme Worte, unerwartet mit Ton und viel zu laut. Beide standen schräg wie auf einem sinkenden Schiff. Die folgenden Bilder waren völlig verwackelt, so, als sei François herumgeschubst worden. Dann stierte das Kameraauge auf die Kannen mit den Salatdressings. Essig-Öl, Joghurt mit Kräutern, Sahne mit Dill, Vinaigrette française und bis zur Unerträglichkeit auf Thousand Islands.

Schnitt.

Es war wieder Stummfilm angesagt. Klopfer, der Organist, ebenfalls an Bord der Titanic. Ein parkinsonscher Zeitlupenschwenk zur Theke und retour. Plötzlich ein Erdbeben gefolgt von einem monströsen Stinkefinger. Rüdiger und Thierry kurz von hinten, dann auf den Barhockern. Ein ungehöriger Blick in das Dekolleté einer vorbeieilenden Kellnerin. Ein stehendes Bierglas, das auslief. Thierry spulte verblüfft zurück. Nein, doch kein physikalisches Wunder, François hatte die Kamera quer gehalten.

Schnitt.

Die Bilder wurden immer dunkler. Breite Leiber, kleine Köpfe – zur Abwechslung hatte François mal aus der Hüfte gefilmt. So auch Heinzmario und Thierry, zunächst im Gespräch, dann stutzend. Die Kamera folgte der Blickrichtung des Bürgermeisters und fing gerade noch das Gesäß der im Sauseschritt davoneilenden Ophelie ein. Am Bildrand stand, mehr zu erahnen als zu erkennen, ein lautlos gackernder Rüdiger mit heraushängenden Hosentaschen.

Schnitt.

Thierry fluchte. Nicht nur, daß Kindergartenkinder in der Regel qualitativ bessere Aufnahmen zustande brachten, François hatte zudem so gut wie nie die Tontaste gedrückt. Thierrys Hoffnung, mit Hilfe des Videos mehr über die Auseinandersetzung zwischen Ophelie und Rüdiger zu erfahren, zersetzte sich wie Milch in zu heißem Kaffee. Er wollte schon abbrechen, als plötzlich der Sirtaki erklang.

Anfangs waren Rüdiger und Gilbert nur von hinten zu sehen. Dann kam Bewegung in die Bilder, weil François sich durch die Zuschauer zwängte, wobei er die Kamera über den Kopf hielt. Die Wackelei war migräneverursachend. Und auf einmal stieg die Kamera auf. Hoch und noch höher. Da François nicht fliegen konnte, mußte er auf einen Stuhl und von dort auf einen Tisch gestiegen sein. Dann stürzten die Tänzer zu Boden, und im gleichen Moment erstarb der Ton. So blieb das Lachen der beiden Männer ungehört. Und auch die Worte, die Rüdiger Gilbert zuraunte, woraufhin der guckte wie schockgefroren.

Thierry sah sich die Szene noch einmal an, diesmal mit halber Geschwindigkeit. Es blieb dabei, was auch immer Rüdiger gesagt hatte, hatte Gilbert einen heiligen Schrecken eingejagt. Lippen lesen war zwar nicht Thierrys Stärke, trotzdem verstand er, was Rüdiger gesagt hatte, denn der hatte seine Worte mit einer Geste unterstrichen. Zeige- und Mittelfinger hatte er leicht gespreizt zum Mund und wieder weggeführt, gerade so, als hätte er an einer Zigarette gezogen.

»... mal wieder eine Zigarre rauchen«, übersetzte Thierry die Lippenbewegungen.

Ergab sich die Frage, wieso diese Worte Gilbert derart erschreckt hatten.

*

Thierry wunderte sich einmal mehr über die Vorliebe der Deutschen, die Toilettenfenster ihrer Häuser zu vergittern. Auch die vom Steins machten, was das anging, keine Ausnahme. Dafür lernte er an diesem Abend eine andere kulturelle Eigenart schätzen, nämlich die Außenlampe brennen zu lassen, damit die Hausnummer zu erkennen war. In Frankreich mußte man froh sein, wenn die Häuser überhaupt numeriert waren.

Bea öffnete. Thierry sah gleich, daß sie getrunken hatte.

»Heinzmario ist nicht da«, sagte sie mit einem Zungenschlag, der seine Annahme bestätigte. »Die Steuerfahndung hat ihn und sein halbes Arbeitszimmer heute mittag verschleppt.«

»Das macht nichts«, sagte Thierry. »Ich möchte dich sprechen.«

War das Haus von außen so schlicht, daß Thierry sich schon gefragt hatte, ob deutsche Doppelverdiener sich nichts Besseres leisten konnten, sah er im Wohnzimmer, wo das Geld steckte. Teppiche, antike Möbel, Gemälde. Erfreut registrierte er das Fehlen eines Fernsehapparates. Bea bat ihn, Platz zu nehmen.

»Einen Cognac?« fragte sie. »Ich habe aber auch andere Sachen anzubieten: Pernod, Campari, ein Glas Wein.«

»Cognac ist okay«, sagte Thierry. »Praktizierst du hier im Haus?«

»Im Anbau.«

Die Cognacs waren Doppelte, mehr aber auch nicht. Hier wurde mit Stil gesoffen. Bea plumpste in den Sessel gegenüber dem Zweisitzer, den Thierry gewählt hatte. Ihr Rock rutschte einen Fußbreit höher, als

Heinzmario das vermutlich schicklich gefunden hätte, aber er war ja nicht da.

»Prost!«

»Santé!«

»Hast du Rüdiger nun umgebracht oder nicht?«

»Hat Margot dich als Hilfssheriff vereidigt?«

Das gefiel Bea. Sie lachte rauh und kehlig, verschluckte sich und mußte husten. Heinzmario hätte sie wahrscheinlich aus dem Zimmer geschickt.

Als sie wieder Luft bekam, fragte sie: »Was kann ich für dich tun?«

»Tamara sagte, du hättest '74 in Loches ein Tagebuch geführt. Stimmt das?«

»Damals habe ich damit angefangen. Mittlerweile schreibe ich am siebenundzwanzigsten Band.«

»Dürfte ich einen Blick in den ersten werfen?«

»Nein.«

Thierry guckte die Wände entlang. Er war beileibe kein Experte, aber er wollte einen Besen fressen, wenn das Bild neben dem Kamin kein Turner war. Ein Stück weiter stand eine leibhaftige Ritterrüstung. Eine wundervolle Zeit, das Mittelalter. Damals hätte er zu den Größten gezählt.

»Du bettelst nicht«, sagte Bea. »Alle anderen Männer, die ich kenne, würden jetzt betteln.«

»Ein bißchen Stolz muß sein«, sagte Thierry. »Darf ich den Cognac noch in Ruhe zu Ende trinken?«

»Selbstverständlich. Was versprichst du dir von dem Tagebuch?«

»Informationen über Rüdiger und Gilbert. Über ihr Verhältnis, über die Gründe, warum Gilbert beim Gegenbesuch gefehlt hat. Solche Sachen.«

»Du denkst, so etwas hätte ich notiert?«

»Das hatte ich gehofft.«

»Das Tagebuch ist ein Spiegelbild meiner Seele. Ich kann dich unmöglich darin lesen lassen, Thierry.«

»Du brauchst deine Ablehnung nicht zu begründen.«

»Andererseits ...«

»Andererseits?«

Bea leerte ihren Schwenker und deponierte ihn auf dem Beistelltisch zu ihrer Rechten.

»Ich könnte blättern, ob ich bezüglich deiner Fragen etwas festgehalten habe«, sagte sie. »Würde dir das genügen?«

»Ich wäre begeistert.«

Das Buch, das Bea brachte, war so abgegriffen, daß der Einband aus Leinen fadenscheinig war. So hatte jeder sein Lieblingswerk. Thierrys war »Fort comme la mort« von Maupassant. Tagebuch hatte er nie geführt.

»Das waren noch Zeiten«, sagte Bea und blätterte die Seiten so behutsam um, als halte sie eine fünfhundert Jahre alte Chronik in Händen. »Ach du liebe Güte!«

»Was ist los?«

»Nichts für Männerohren.« Dann senkte sie die Stimme und erzählte es doch. »Am Tag der Reise nach Loches hätte eigentlich meine Periode einsetzen müssen, ist aber ausgeblieben. Vor lauter Aufregung, immerhin war das das erste Mal, daß ich ohne meine Eltern verreist bin.«

»Aha«, sagte Thierry und fragte, weil er das Gefühl hatte, noch etwas sagen zu müssen: »Warst du damals schon mit Heinzmario liiert?«

Bea guckte wie eine Veganerin, die gefragt wird, ob sie Lust auf Eisbein hat. »Heinzmario«, sagte sie nur.

Aber wie sie das sagte. Thierry hatte noch nie gehört, daß jemand einen Namen so aussprechen konnte, daß man umgehend auf die Spezies des Genannten schließen konnte. In dem Fall auf eine Küchenschabe.

»Sei so gut und schenk uns noch zwei Doppelte ein«, wechselte Bea das Thema. »Ich schaue derweil nach, ob ich etwas über Rüdiger und Gilbert finde.«

Die Karaffe war wunderschön geschliffen und schwer wie Blei. Thierry zog den Stöpsel mit einer leichten Drehbewegung heraus.

»In Chambord hast du mich geküßt«, sagte Bea.

»Nein!« rief Thierry und sprang zur Seite, als rase aus dem Nichts ein Lastwagen auf ihn zu.

Dabei rutschte ihm der Stöpsel aus der Hand, was aber ohne Folgen blieb, da der Perser dick wie ein Eisbärenfell war. Bea sah ihn entrüstet an.

»Was führst du dich so auf?« fragte sie. »Sehe ich etwa aus wie eine Hexe?«

»Beileibe nicht«, sagte Thierry hastig und beschäftigte sich erst einmal mit Einschenken, während er gleichzeitig nach den passenden Worten suchte. »Es ist nur so, daß ich mich beim besten Willen nicht erinnern kann, dich angebaggert zu haben.«

»Es war auch mehr ein Überfall. Du standest plötzlich vor mir, sagtest ›Isch libbe Mättschen mit rotte Ahre‹ und hast mich abgeknutscht. Das war alles. Da sich in den nächsten drei Tagen nichts Vergleichbares ereignet hat, nahm ich an, daß du an einer tiefergehenden Beziehung kein Interesse hattest, und habe die Sache abgehakt.«

Thierry servierte und setzte sich wieder. Zu gern hätte er seinen Cognac gekippt, wahrte aber die Contenance und nahm nur einen Schluck. Schweiß sammelte sich auf seiner Stirn. Irgendwer hatte die Heizung eingeschaltet.

»Siebzehnter Mai«, sagte Bea. »Zwanzig Uhr dreißig. La soirée d'adieu à la maison de jeunesse – die Abschiedsfeier im Jugendheim. Am nächsten Tag sind wir abgereist.«

Das hörte sich nach einem Flop an. Kein Wort über Rüdiger oder Gilbert. Aber Bea schien das Tagebuch nur als Anlasser für ihr Gedächtnis zu benötigen.

»Ich erinnere mich«, sagte sie mit in die Ferne gerichtetem Blick, »daß Rüdiger und auch Gilbert an dem Abend Zigarre geraucht haben. Der ganze Fetenraum war voller Qualm. Deswegen hat es Ärger mit den Lehrern gegeben, woraufhin die beiden abgehauen sind. Genau – jetzt fällt mir auch das wieder ein: Am nächsten Tag mußte ich Rüdiger verarzten.«

»Verarzten?«

Beas Blick fand zurück ins Wohnzimmer. »Zu mir sind immer alle gekommen, wenn sie ein Wehwehchen hatten. Weil mein Vater Arzt war, dachten sie, ich hätte von Natur aus heilende Hände.«

»Was hat Rüdiger denn gefehlt?«

»Er klagte über stechende Schmerzen beim Atmen. Ich habe auf eine gebrochene Rippe getippt und ihm den Brustkorb bandagiert.«

»Warum ist er nicht zu einem Arzt gegangen?«

»Dazu habe ich ihm auch geraten, es hätte ja auch etwas anderes sein können. Aber er hat sich mit Händen und Füßen gesträubt. Er hat mir sogar das Versprechen abgenommen, niemandem davon zu erzählen.«

Thierry schüttelte den Kopf. Die Sache ergab noch immer keinen Sinn.

»Warum Gilbert nicht zum Austausch nach Wermelskirchen gekommen ist, weißt du nicht?« fragte er.

»Doch«, sagte Bea. »Aber du solltest das erst recht wissen, schließlich habt ihr nebeneinander gesessen.«

»Jetzt fang du auch noch damit an. Sag mir lieber den Grund.«

»Er hatte sich beide Füße gebrochen, weißt du das nicht mehr?«

»Richtig«, sagte Thierry gedehnt. »Der Nebel beginnt sich zu lichten. Gilbert hatte komplizierte Knöchelfrakturen. Er ging monatelang an Krücken. Die Brüche muß er sich kurz nach eurer Abreise eingehandelt haben. – War es bei Rüdiger wirklich eine Rippe?«

»Zwei«, sagte Bea und schickte einen unwirschen Blick über den Tisch, als hätte Thierry ihre Qualifikation in Frage gestellt. »Aber Gilbert hat sich seine Frakturen nicht nach unserer Abreise eingehandelt, sondern am gleichen Tag wie Rüdiger sich seine Rippenbrüche. Die beiden müssen am Abend der Abschiedsfete irgend etwas angestellt haben, was schief gegangen ist.«

Thierry kam es vor, als wohne er der Enthüllung eines Denkmals bei. Zwar hatten sich die Konturen der Statue bereits unter dem Tuch abgezeichnet, aber erst als es gelüftet wurde, traten sie deutlich zu Tage. Pech war nur, daß es sich um eine abstrakte Darstellung handelte, die sich seiner Interpretation verschloß.

Die Türglocke läutete. Bea verließ das Zimmer mit einem Wer-kann-das-bloß-sein-Gesicht. Thierry vernahm Gemurmel, verstand aber nicht, um was es ging. Dann entfernten sich Schritte in den hinteren Teil des Hauses, kamen zurück, die Haustür fiel zu, und es wurde bedrückend still. Als Thierry nachsehen wollte, ob Bea ihn womöglich allein gelassen hatte, ging die Tür auf, und Margot stand im Rahmen. Sie sah aus, als hätte sie seit drei Tagen nicht geschlafen.

»Bist du mit dem Wagen hier?« fragte sie matt.

»Ja. Wieso?«

»Dann fahr mich bitte zur Wache.«

»Wo ist Bea?«

»Sie ist mit Walther gefahren. Sie muß Totenscheine ausstellen.«

»Wie bitte?«

»Ja«, sagte Margot und lehnte sich gegen die Wand, als habe sie Angst, ihre Beine könnten versagen. »Ein Doppelselbstmord. Daniela und Thomas Frowein haben sich umgebracht.«

Die Ampel sprang auf Rot. Thierry stoppte die DS und schaltete den Motor aus, weil er fürchtete, das Benzin könnte nicht reichen. Seltsamerweise waren es immer Kleinstädte, die sich mit absurd langen Ampelphasen wichtig machten. Irgendwer hatte ihm erzählt, daß man gut daran tat, für die Fahrt von Tente nach Bergisch Born Proviant mitzunehmen.

»Sie hatten sich richtig schick gemacht«, sagte Margot tonlos. »Gerade so, als hätten sie vorgehabt, auf einen Ball zu gehen. Daniela trug ein zitronengelbes Abendkleid, lange Handschuhe und ein Diadem. Thomas hatte einen Frack angezogen. Auf dem Tisch standen zwei Champagnerflöten und eine Flasche Veuve Cliquot. Damit haben sie allem Anschein nach die Tabletten aufgelöst. Auf dem Plattenteller drehte sich ›The Best of Glen Miller‹. Die Nadel ist bei ›In the Mood‹ hängengeblieben. Da das Wohnzimmerfenster offenstand, war das einer Nachbarin bereits nachmittags aufgefallen. Als das um zehn Uhr abends noch immer so war, hat sie die Polizei alarmiert.«

»Dazu gehört Mut«, sagte Thierry. »Und große Liebe.«

Margot suchte und fand ein Taschentuch und putzte sich die Nase. Die Ampel schaltete um, und Thierry ließ die DS wieder an.

»Du kannst vor dem Eiscafé Cordella parken«, sagte Margot.

»Ich habe nicht vor, mit reinzukommen.«

»Das mußt du aber. Ich habe mit dir zu reden.«

Der Wachhabende begrüßte Thierry wie ein Wirt seinen besten Stammgast. Netterweise hatte irgendwer den klebrigen Kunststoffstuhl gegen einen gepolsterten ausgetauscht. Thierry setzte sich und sah aus dem Fenster, erblickte vor dem Hintergrund der Nacht aber nur sein Spiegelbild. Oder stand er in Wirklichkeit draußen und sein Spiegelbild saß auf dem Stuhl? Im Interesse seiner geistigen Gesundheit beschloß er, diesen Gedanken nicht weiterzuspinnen. Margot verschwand kurz und kehrte mit zwei Dosen Bier zurück.

»Magst du?« fragte sie. »Es ist allerdings nicht sehr kalt.«

»Wo liegt in Deutschland die Promillegrenze?« fragte Thierry. »Ich habe schon zwei doppelte Cognacs intus.«

»Solange du mich fährst, steuerst du ein Einsatzfahrzeug, und niemand wird dir etwas tun. Salute!«

Das Bier war tatsächlich warm, kam aus Düsseldorf und schmeckte wie schon einmal getrunken. Thierry verzichtete auf einen zweiten Schluck.

»Wie ist eure Razzia gelaufen?« fragte er. »Habt ihr die Bande hochgenommen?«

»Hör auf«, sagte Margot. »Langsam glaube ich an gar nichts mehr. Die Leute waren perfekt vorbereitet. Es fehlte nur, daß sie die Akten, die wir beschlagnahmt haben, vorsorglich bereitgestellt hätten.«

»Eine undichte Stelle?«

»Eine?« Margot legte den Kopf in den Nacken und schloß die Augen. Auf einmal sah sie sehr alt aus. »Jeder der Brüder hat für die Tatzeit ein hieb- und stichfestes Alibi. Keinem davon werden wir den Mord an Rüdiger nachweisen können.«

»Sag bloß, jetzt bin ich wieder im Rennen?«

»Das wird sich noch in dieser Nacht herausstellen. Ich erwarte nämlich Besuch.«

»Wolfgang?«

Margot klappte die Augen auf, als hätte es geklingelt. »Das habe ich ganz vergessen, dir zu sagen: Wolfgang hat abgesagt.«

»Wegen mir?«

»Unfug, er weiß doch gar nicht, daß du hier bist. Nein, es geht um irgendeine Klausur, auf die er sich am Wochenende vorbereiten muß.«

»Wen erwartest du dann?«

Margot schrammte mit den Nägeln über die Dose und versuchte die Pünktchen des »ö« abzukratzen.

»Manchmal treibt man einen irrsinnigen Aufwand, um am Ende festzustellen, daß alles für die Katz war«, sagte sie. »Wie die Kollegen von der Steuerfahndung, die sich monatelang auf den heutigen Tag vorbereitet haben. Und manchmal unternimmt man nichts und bekommt aus heiterem Himmel Hilfe von Kommissar Zufall.«

Margot leerte die Dose und machte sie platt. In was für einer Zeit leben wir bloß, dachte Thierry, in der Bierdosen so flötig sind, daß Frauen sie zerdrücken können? Kein Wunder, daß die abendländischen Werte wankten.

»Die Kollegen von der Autobahnpolizei Aachen haben letzte Nacht ein ausländisches Fahrzeug gestoppt, das in einem Tempo-100-Abschnitt mit mehr als 150 unterwegs war. Bei der Kontrolle fiel der Fahrer durch außergewöhnliche Nervosität auf. Daraufhin haben die Kollegen den Mann wie den Wagen genauer unter die Lupe genommen und in der Reserveradmulde eine Beretta 7.65 gefunden. Aus der Pistole war kurz zuvor geschossen worden. Morgens haben die Aachener dann im Fahndungscomputer gelesen, daß im Zusammenhang mit dem Mord an Andreas Heineken nach einer 7.65 gesucht wird. Informiert haben sie uns allerdings erst heute nachmittag.«

»War die Beretta die Tatwaffe?«

»Die Untersuchungen laufen noch. Ich hatte dir ja gesagt, daß das Projektil, das wir bei Heineken gefunden haben, stark deformiert war. Die vergleichende Analyse gestaltet sich daher schwierig.« Margot atmete schwer, als trage sie die alleinige Verantwortung für die Zukunft der Menschheit. »Das ist aber nicht alles.«

Thierry drängte sie nicht. Es war erst halb eins.

»Das Fahrzeug war ein Peugeot 206, gemietet bei AVIS in Paris«, fuhr Margot nach einer Weile fort. »Die Mitarbeiterin am Schalter erinnerte sich genau an den Mieter, weil er mit einer AVIS-Kundenkarte bezahlen wollte, die nicht auf ihn ausgestellt war. Sie vergewisserte sich daher bei dem Karteninhaber, ob das seine Richtigkeit hatte. Es hatte.«

Wie viele Kirchen mit Glockentürmen Wermelskirchen hatte, wußte Thierry nicht – mindestens zwei hatte er gesehen. In diesem Moment hörte er beide Glocken zugleich.

»Und nun möchtest du, daß ich rate, wer der Inhaber der AVIS-Kundenkarte ist, richtig?« fragte er aufgekratzt.

Margot nickte.

»Unser gemeinsamer Bekannter Gilbert Marchais.«

»Der Kandidat hat hundert Punkte«, sagte Margot, unterband aber jegliche Jubelarie mit einer schroffen Handbewegung. »Und jetzt will ich hören, wie du auf ihn gekommen bist.«

Thierry tat ihr den Gefallen.

*

Als Thierry von der Toilette zurückkam, war der mutmaßliche Mörder Heinekens eingetroffen. Da der Mann eine geschwollene Oberlippe hatte, dauerte es einen Moment, bis Thierry ihn erkannte. Es war der junge Bursche, den er im EKZ mit einem Einkaufswagen voll Windeln und Babynahrung gesehen hatte. Jetzt saß er da wie einer, dem die Frau samt Kind und Kreditkarte weggelaufen war.

»Ich habe ihn nicht angefaßt«, sagte KA Walther und guckte unschuldig und herausfordernd zugleich. »Die dicke Lippe muß er sich bei den Kollegen in Aachen gefangen haben. Ich habe ihn so übernommen.«

»Ich habe Ihnen schon einmal gesagt, daß ich willkürliche Übergriffe nicht dulde«, sagte Margot mit einer Stimme, gegen die eine Guillotine zum Zigarrenabschneider verblaßte. »Verlassen Sie sich darauf, daß ich der Sache diesmal auf den Grund gehen werde.«

»Was die Aachener sagen werden, weiß ich jetzt schon. Glauben Sie etwa, die geben zu, daß sie den Kerl vermöbelt haben?«

»Ich werde schon herausfinden, was passiert ist. Sie können jetzt gehen.«

»Und der darf bleiben?« Walther zeigte auf Thierry.

»So ist es.«

Liebend gern hätte Walther die Tür hinter sich zugeknallt, das war ihm anzusehen, aber das gute Stück hatte einen hydraulischen Schließer. Ersatzweise reagierte er sich an einem der Pushboys ab, indem er ihn über den Flur kickte. Für einen Augenblick dachte Thierry, Margot würde rausgehen und ihn zusammenschlagen, aber sie schüttelte nur kurz den Kopf und knöpfte sich den Verdächtigen vor.

»Ihr Name ist Fresson, Vorname Jean-Marcel?« fragte sie in einwandfreiem Französisch. »Geboren am 13.12.75 in Poissy? Wohnhaft 16, Rue Edison, dreizehntes Arrondissement, Paris?«

Fresson reagierte überhaupt nicht, sondern stierte vor sich hin, als wäre er mit Haldol vollgepumpt. Feine Schweißperlen bedeckten seine Stirn wie Tau. Erst jetzt entdeckte Thierry die fetten Kajalstriche, mit denen sein Landsmann seine Augen eingeklammert hatte und die ihm zusammen mit den schwarzen Klamotten das Aussehen eines liebeskranken Grufties verliehen.

»Ihnen wird vorgeworfen, in der Nacht von Mittwoch zu Donnerstag am Südwesteingang des Städtischen Friedhofs einen Mann erschossen zu haben. Ich möchte von Ihnen hören, warum Sie das getan haben.«

Fressons Reaktion war die eines Komatösen. Ihn schien nicht einmal zu stören, daß seine Nase lief.

»Ferner sind Sie verdächtig, von Samstag auf Sonntag letzter Woche in einem Gebäude an der Alten Feuerwache einen Mann erstochen zu haben. Vielleicht möchten Sie sich zunächst dazu äußern.«

Fresson gebärdete sich wie ein Toter.

»Falls Sie glauben, Ihr Schweigen gereiche Ihnen zum Vorteil, irren Sie sich. Es hat Menschen gegeben, die haben nicht einmal angesichts des Scharfrichters den Mund aufgemacht und trotzdem ihren Kopf verloren.«

Fresson hob den Blick und blinzelte nervös. »Existiert in Deutschland noch die Todesstrafe?«

Margot war anzusehen, daß sie Fresson gern in dem Glauben gelassen hätte, aber sie entschied sich für die korrekte Beantwortung seiner Frage.

»Nein«, sagte sie. »Aber zwei Morde bringen Ihnen in jedem Fall lebenslänglich ein.«

»Ich habe den Mann aber nicht umgebracht. Das habe ich bereits Ihrem Kollegen erzählt. Deswegen hat er mir ja aufs Maul gehauen.«

»Möchten Sie wegen des Übergriffs Anzeige erstatten?«

Fresson schüttelte den Kopf. »Das führt doch zu nichts.«

Das Telefon klingelte. Margot meldete sich, sagte dreimal »Aha!« und einmal »Prima!« und legte wieder auf.

»Wenn Sie Andreas Heineken nicht umgebracht haben, wie erklären Sie sich dann, daß die Tatwaffe – und seit eben wissen wir mit Bestimmtheit, daß es sich um die Tatwaffe handelt – in Ihrem Wagen gefunden wurde und daß Sie Schmauchspuren an den Händen hatten?«

»Ich meine doch den anderen, den, der erstochen wurde«, sagte Fresson und schniefte. »Am vergangenen Wochenende, als das passiert ist, war ich in Paris. Das können Sie überprüfen.«

Margot blätterte in dem Dossier, das vor ihr lag, und murmelte: »Der Wagen wurde am Montag, dem vierzehnten, gemietet.« Laut sagte sie: »Den Mord an Heineken geben Sie aber zu?«

»Das war ein Unfall.«

»Interessant. Lassen Sie uns hören, wie es dazu gekommen ist.«

Fresson machte ein gequältes Gesicht, als müßte er eine sterbenslangweilige Geschichte zum zehnten Mal erzählen.

»Ich habe diesem Clochard fünfhundert Mark gegeben, damit er vergißt, was er gesehen hat.«

»Was hat er denn gesehen?«

»Das ist doch scheißegal!« Fresson fuhr sich mit dem Ärmel über die Nase. »Dann wollte er, daß ich ihn zum Friedhof fahre, weil er da etwas abzuholen hatte. Mein Gott, hat der Kerl gestunken; ich bin die ganze Zeit mit offenem Fenster gefahren. Als er, nachdem er seine Sachen geholt hatte, über das Tor stieg, fing er auf einmal an und sagte, fünfhundert Mark seien verdammt wenig, andere würden ihm bestimmt mehr bezahlen. Da habe ich die Pistole gezogen, um ihm ein wenig Angst zu machen. Dabei hat sich ein Schuß gelöst. Ich wollte ihn nicht umbringen, es war ein tragisches Unglück.«

»Wem gehört die Pistole?«

»Ursprünglich meinem Vater. Sie ist so ziemlich das einzige, das ich von ihm geerbt habe. Deshalb habe ich sie auch nicht weggeworfen.«

»Ihr Pech. Kommen wir noch einmal zurück auf die fünfhundert Mark. Wofür, sagten Sie, haben Sie Heineken die gegeben?«

»Ich habe überhaupt nichts gesagt.« Fresson schüttelte die Arme, daß die Handschellen klapperten. »Warum geben Sie sich nicht mit meinem Geständnis zufrieden, den Mann versehentlich getötet zu haben?«

»Weil ich wissen will, in wessen Auftrag Sie nach Deutschland gereist sind, einen Einbruch verübt und einen Menschen ermordet haben. Das ist doch nicht auf Ihrem Mist gewachsen.«

»Ich verlange einen Anwalt.« Fresson guckte trotzig wie ein renitenter Zehnjähriger. »Darauf habe ich einen Anspruch.«

»In welcher Beziehung stehen Sie zu Gilbert Marchais?« fragte Margot ohne besondere Betonung.

»Marchais? Gilbert Marchais? Wer soll das sein?«

»Der Mann, mit dessen AVIS-Kundenkarte Sie den Wagen gemietet haben.«

»Okay, okay, ich gebe es zu«, sagte Fresson und mimte den Zerknirschten. »Ich habe die verdammte Karte gestohlen. Zufrieden?«

»Jetzt reicht es mir aber!« schnauzte Margot ihn an. »Ihre Lügen sind eine Beleidigung. Jeder Vorschüler macht das geschickter. Glauben Sie etwa, wir wüßten nicht, daß die AVIS-Mitarbeiterin Rücksprache mit dem Karteninhaber genommen und der sein Einverständnis gegeben hat?«

Margot schlug die vor ihr liegende Mappe auf und hielt zwei Fotos hoch. »Und daß Sie ausgerechnet diese Aufnahmen gestohlen haben, die Gilbert Marchais zusammen mit dem ersten Mordopfer zeigen, ist wohl auch reiner Zufall?«

Fresson schob die heile Unterlippe vor. »Ohne Anwalt sage ich überhaupt nichts mehr.«

»Das brauchen Sie auch nicht. Die Beweislage ist eindeutig.« Margot betätigte die Gegensprechanlage und rief: »Abführen!«

Als sie kurz darauf allein waren, nahm Thierry die beiden Fotos zur

Hand. Gilbert lehnte am Pfosten eines Weidezaunes, während Rüdiger einmal im Laufschritt von hinten und einmal an Gilberts Seite abgelichtet war. Beide hatten großkotzige Posen eingenommen und qualmten Zigarren wie die Gangster. Jenseits des Pfostens ragte die Front eines Facel Vega mit Kennzeichenendziffer 37 ins Bild.

»Hast du eine Erklärung dafür, was diese Fotos so wertvoll macht, daß man dafür einen Einbruch begeht, wahrscheinlich sogar einen Mord?« fragte Margot.

»Vermutlich durften die beiden zu der Zeit noch nicht rauchen«, sagte Thierry. »Nein, im Ernst: Wenn es nicht um Gilbert und Rüdiger geht, dann muß es um das Auto gehen.«

»Woran denkst du?«

»Keiner von beiden hatte '74 einen Führerschein. Und Tamara sagte, Rüdiger hätte die Fotos mit Selbstauslöser gemacht, also war sonst niemand dabei.« Thierry grübelte mit zusammengekniffenen Augen und krauser Stirn. »Außerdem hatte der alte Marchais früher einen schwarzen Facel, das weiß ich genau. Der Wagen war eine absolute Rarität. Von der Limousine sind keine zweihundert Stück gebaut worden.«

Margot zog die Brauen hoch und trommelte mit den Fingern auf die Schreibunterlage, aber mehr kam nicht.

»Wie lange brauchst du, um zu packen?«

»Fünf Minuten«, sagte Thierry ein wenig verdattert. »Warum fragst du?«

»Wir fahren nach Loches«, sagte Margot.

»Ein Kreisverkehr«, sagte Margot. »Der ist aber neu.«

»Hier tut sich einiges«, sagte Thierry. »Elektrisches Licht, fließendes Wasser, Schulpflicht. Sogar vom Frauenwahlrecht ist die Rede.«

Die analoge, nichtsdestoweniger genau gehende Uhr am Armaturenbrett der DS zeigte zehn vor zehn. Keine sieben Stunden hatten sie von Wermelskirchen bis Loches inklusive Kaffee- und Pinkelpause gebraucht. Ein ordentlicher Schnitt, insbesondere mit einer dreißigjährigen Göttin. Margot hatte von Lüttich bis kurz vor Paris geschlafen. Hinter der Hauptstadt hatte sie das Steuer bis auf die Höhe von Orléans übernommen, während Thierry sich auf der Rückbank ausgestreckt hatte.

»Voilà«, sagte er, hielt am Straßenrand und zeigte auf das Gebäude auf der anderen Seite. »Das ist die Gendarmerie. Am besten fragst du nach Inspektor Dassin, Joe Dassin. Und lach nicht über seinen Namen, er heißt wirklich so.«

»Kommst du nicht mit?« fragte Margot.

Thierry verneinte. »Ich fahre ins Krankenhaus. Wir treffen uns nachher im ›Tour St. Antoine‹. Findest du das noch?«

»Immer geradeaus und dann irgendwo an dem großen Platz.«

»Richtig.« Thierry gab ihr hundert Francs. »Für einen Grand crème und ein Sandwich. Bis gleich.«

»Bis gleich«, sagte Margot.

*

Philémon hatte Besuch. Weiblich, zirka sechzehn Jahre, lange braune Haare und Rehaugen. So, wie die beiden einander händchenhaltend anblickten, war die Kleine mehr als eine Klassenkameradin, die ihn über den Unterrichtsstoff auf dem laufenden hielt. Sie bemerkten Thierry erst, als er unmittelbar neben ihnen stand und hüstelte.

»Papa!« rief Philémon. »Das ist Juliette.«

Das Mädchen rutschte von der Bettkante, gab Thierry artig die Hand und vermied, ihn direkt anzusehen. Ihr Händedruck war der eines Schmetterlings.

»Ich habe Philémon nur die Hausaufgaben gebracht, Monsieur«, hauchte sie.

»Ich hätte mich anmelden sollen«, sagte Thierry.

»Nein, nein, Juliette wollte gerade gehen«, sagte Philémon schnell.

»Ja«, sagte Juliette. »Ich wollte gerade gehen.«

Als Juliette nach dem Austausch einiger geheimer Zeichen tatsächlich gegangen war, nahm Thierry ihren Platz auf der Bettkante ein. Die Stelle war überhaupt nicht warm. Den jungen Dingern von heute fehlte es offenkundig an Feuer.

Eine Weile sahen Thierry und sein Sohn sich nur an, dann fragten beide gleichzeitig »Wie geht es dir?« und mußten lachen.

»Haben die salles boches dich endlich freigelassen?« fragte Philémon.

»So gut wie. Der Fall steht kurz vor der Aufklärung.« Thierry klopfte gegen den Gips, der unter der Bettdecke hervorlugte. »Erzähl mir, wie der Unfall passiert ist.«

»Die Vorderbremse hat blockiert«, sagte Philémon gut vorbereitet. »Als ich die Rue de Vignemont runtergefahren bin.«

»Hattest du getrunken?«

»Ein wenig. Aber auch nüchtern hätte sich der Sturz nicht vermeiden lassen. Wenn die Vorderbremse blockiert, machst du gar nichts, weißt du.«

»Ich weiß. Ich hatte mal ein Motorrad.«

»Stimmt.«

Thierry atmete tief durch. »Ich möchte, daß du zukünftig nur noch mit Helm fährst, und wenn du etwas getrunken hast, zu Fuß gehst. Meinst du, du kriegst das hin?«

Philémon biß sich auf die Oberlippe, nickte aber mannhaft. »Ich denke schon«, sagte er. »Es ist ja auch nicht so, daß es Spaß macht, hier herumzuliegen.«

Eine bildschöne Krankenschwester mit dem dunklen Teint einer spanischen Gitana unterbrach ihr Gespräch. Sie maß Philémons Blutdruck, fühlte seinen Puls und trug die Ergebnisse in eine Tabelle ein, die in einem Klemmbord am Fußende des Betts hing. Beim Hinausgehen zwinkerte sie Philémon zu.

»Sind hier alle Schwestern so hübsch?« fragte Thierry.

»Sie ist die häßlichste.« Philémon lachte. »Nett sind sie alle.«

»Wie ist das Essen?«

»Es geht so. Mutter bringt mir das Mittagessen.«

Das konnte man nun so oder so verstehen. Thierry beschloß, das Thema nicht zu vertiefen.

»Ist eure Scheidung eigentlich beschlossene Sache?« fragte Philémon.

Thierry fühlte sich mehr als auf dem falschen Fuß erwischt. »Über Scheidung haben Yvette und ich nicht gesprochen«, sagte er. »Wie kommst du darauf?«

»Mutter sagte, du hättest vor, uns zu verlassen.«

»Das ist nicht wahr. Richtig ist, daß ich das Geschäft verkaufen wollte. Und nächstes Jahr, wenn Hélène und du in die weite Welt gezogen seid, wollte ich mit Yvette nach Irland gehen.«

Philémon zählte seine Finger. Es waren exakt zehn.

»Mutter hat mich gefragt, ob ich das Geschäft übernehmen will«, sagte er.

»Und?«

»Ich habe mir Bedenkzeit ausgebeten.«

»Ich dachte, dein Herz schlägt für die Jurisprudenz.«

»Das schon. Aber mit dem Geschäft könnte ich schnell gutes Geld verdienen, weißt du? Jura kann ich auch später noch studieren.«

»Aha.«

Schweigen machte sich breit, als säßen sie vor einem ungenießbaren Essen und keiner brächte den Mut auf, die Tafel aufzuheben.

»Wie geht es Hélène?« fragte Thierry. »Zuletzt am Telefon klang sie nicht gut.«

»Sie ist zu einer Freundin nach Tours gezogen. Jeder in der Stadt muß sie nach dir gefragt oder blöde Kommentare abgegeben haben. Außerdem hat sie sich mit Mutter gefetzt. Ab und zu ruft sie an.«

»Weißt du ihre Handynummer auswendig?«

Philémon betete die Zahlen herunter, und Thierry kritzelte sie auf die Rückseite einer Péage-Quittung. Dann stand er auf.

»Wenn deine Schwester sich wieder meldet, sag ihr bitte, ich rufe sie an, sobald ich in die Nähe eines Telefons komme.«

»Hast du immer noch kein Handy?«

»Nein. Aber wenn das so weitergeht, schaffe ich mir noch eins an.«

»Willst du schon gehen?«

»Ja, tut mir leid. Ich bin verabredet.«

»Soll ich Mutter etwas ausrichten?«

»Nein.« Thierry beugte sich hinab und küßte seinen Sohn. »Ich spreche selbst mit ihr.«

Auf dem Gang lief ihm Solange in die Arme, die nach einer Zimmernummer suchte.

»Was machst du denn hier?« fragte Thierry. »Willst du meinen Sohn besuchen?«

»Wie? Wen?« haspelte sie. »Nein, ich suche Rogers Zimmer. Die 13.«

»Roger? Was fehlt ihm denn?«

»Er ist vorgestern in der Rue de la République unter ein zusammenstürzendes Baugerüst geraten. Ein paar Leute haben ihm noch zugerufen, er solle zur Seite springen, weil sie das Unheil kommen sahen, aber

Roger hört in letzter Zeit nicht mehr richtig. So hat ihn das Gerüst unter sich begraben. Die Feuerwehr brauchte eine Stunde, um ihn zu befreien.«

»Ist er schwer verletzt?«

»Eigentlich hat er nur Prellungen und Abschürfungen. Aber sein Gemüt ist beschädigt. Die Ärzte mußten ihm ein starkes Beruhigungsmittel geben, weil er getobt hat.«

»Bestell ihm gute Besserung von mir.«

»Nein, das werde ich nicht tun.«

»Wie du meinst. Sehen wir uns noch einmal?«

»Nie wieder«, sagte Solange und entfernte sich seitwärts wie eine Krabbe auf der Flucht. »Hörst du? Nie wieder!«

*

Margot war der einzige Gast und saß am Fenster. Die große Kaffeetasse, die vor ihr stand, war halbleer, und Brotkrümel verrieten, daß sie etwas gegessen hatte. Thierry orderte einen Café noir und setzte sich ihr gegenüber.

»Wie geht es deinem Sohn?« fragte Margot.

»Ihm tut nur die Langeweile weh.«

»Du wirkst trotzdem bedrückt.«

»Ich war keine Woche weg und finde eine veränderte Welt vor. Gerade so, als wäre ich Jahre zur See gefahren.«

Das Einwickelpapier des Würfelzuckers belehrte Thierry über seine Charaktereigenschaften. Der Löwe war mutig und warmherzig, aber auch zügellos. Endlich wußte er Bescheid.

»Wie ist es bei dir gelaufen?« fragte er.

Da Margot nicht antwortete, blickte Thierry auf. Sie hatte beide Daumen gereckt und strahlte.

»Ein Volltreffer?« fragte er.

Der Café noir wurde gebracht. Obwohl die Serviererinnen im »Tour St. Antoine« beinahe quartalsweise wechselten, entsprachen sie immer dem gleichen Typ. Thierry hatte den Verdacht, daß sie in der näheren Umgebung gezüchtet wurden.

»Dein Freund, Inspektor Dassin –« hob Margot an.

»Dassin ist nicht mein Freund«, fiel Thierry ihr ins Wort. »Dassin ist derjenige, der in den letzten zwanzig Jahren neunzig Prozent meiner Strafmandate ausgestellt hat.«

»Manche verbindet weniger. Also, Inspektor Dassin, der nicht dein Freund ist, war ausgesprochen hilfsbereit und hat mich höchstpersönlich in die Katakomben des Archivs geführt. Sämtliche Akten werden zur Zeit gescannt, entsprechend war das Chaos. Trotzdem sind wir fündig geworden.«

Aus heiterem Himmel begann Thierry zu zittern, daß er Mühe hatte, seine Kaffeetasse festzuhalten.

»Was ist los?« fragte Margot besorgt.

»Das ist die Spannung«, sagte Thierry. »Komm schneller auf den Punkt, sonst kollabiere ich.«

»Idiot!« Margot nahm einen extralangen Schluck Milchkaffee. »Am 17. Mai 1974 wurde am späten Abend auf der D41 am Ortsausgang von Perrusson in Fahrtrichtung Châtillon-sur-Indre eine alte Dame überfahren. Ihren Namen habe ich mir nicht gemerkt, ebensowenig ihr Alter, beides tut auch nichts zur Sache. Die Frau war auf der Stelle tot. Der Unfallverursacher beging Fahrerflucht. Der Fall wurde nie geklärt.«

»War es das?«

»Beinahe. Inspektor Dassin und ich haben des weiteren überprüft, welche Fahrzeuge unmittelbar nach dem 17.5. als gestohlen gemeldet worden waren. Insgesamt waren es drei. Zwei hat man wiedergefunden. Der dritte Wagen tauchte nie wieder auf. Eine Facel Vega Limousine, zugelassen auf Alexandre Marchais, Gilberts Vater.«

»Worauf warten wir noch? Auf nach Paris.«

»Das wird nicht nötig sein«, sagte Margot. »Inspektor Dassin hat Gilbert erst gestern hier in Loches gesehen. Seinem Vater geht es offenbar sehr schlecht. Weißt du, wo das Haus der Marchais' liegt?«

»Haus ist gut«, sagte Thierry.

*

»Ich komme mir vor wie in der Kulisse für einen Mantel- und Degenfilm«, sagte Margot. »Wie heißt der Ort?«

»Chanceaux-près-Loches«, sagte Thierry und bog am Ortsende in einen von Hecken gesäumten Weg ein. »Warte, bis du das Château siehst.«

Anscheinend hatte Margot ein Anwesen wie Chambord erwartet, denn sie machte ein enttäuschtes Gesicht. Das Château der Marchais' war nicht größer als der Altbau des Wermelskirchener Gymnasiums, allerdings in erheblich bedenklicherem Zustand. Mit einer Kelle Mörtel und einer Rolle Dachpappe war es hier nicht getan. Dafür war der Park umwerfend. Zwar bestand er überwiegend aus Rasenfläche und nur wenigen, zudem noch unbepflanzten Beeten, aber das Gelände fiel sanft ab und verlor sich in einem See, auf dem zwei Schwäne sich umkreisten.

Eine Klingel gab es nicht, ebensowenig eine Glocke oder einen Klopfer. Entweder man strapazierte seine Fingerknöchel, oder man trat einfach in das Château ein. Thierry tat letzteres, und Margot folgte ihm.

Im Inneren des Gebäudes war es, obwohl die Sonne bereits im Zenit stand, kühl und feucht. Eine ideale Umgebung, um sich Rheuma oder eine unheilbare Lungenkrankheit zuzuziehen. Soweit Thierry wußte, litt der alte Marchais seit Jahrzehnten an beidem. Seine Frau hatte nicht einmal die Mondlandung erlebt.

Plötzlich schoß ein graues Tier mit einem körperlangen Schwanz quiekend an ihren Füßen vorbei.

Margot schluckte vernehmlich und sagte: »Eine Ratte.«

»Das kann auch eine Katze gewesen sein«, sagte Thierry.

»Hattest du keinen Biologieunterricht?«

»In Frankreich gibt es andere Katzenrassen als bei euch.«

»Willst du nicht mal rufen?«

Statt zu rufen, blieb Thierry stehen und lauschte. Über ihnen knackte es. Irgendwo schlug ein Fensterladen, obwohl kein Wind ging. Dann rauschte Wasser in einem Rohr, als sei ein WC abgezogen worden.

»Rechts ist vermutlich die Küche«, sagte Thierry. »Da werden sich die Marchais meistens aufhalten. Wegen des Herdfeuers, wie alle verarmten Schloßbesitzer.«

»Dafür, daß du mit Gilbert angeblich nie etwas zu tun hattest, weißt du über die Örtlichkeiten und die Gewohnheiten seiner Leute aber verdammt gut Bescheid.«

»Ich bin zum ersten Mal in diesem Château. Hörst du nicht das Heulen?«

Jetzt hörte Margot es auch.

»Wetten, daß das der Rauchabzug über dem Herd ist?«

Thierry hatte recht und auch nicht. Was da heulte wie ein kleines Gespenst, war tatsächlich der Rauchabzug, aber im Herd brannte kein Feuer, und zu sehen war kein Mensch. Sah man mal von dem Dreck ab, der alles überkrustete, war der Raum eine Schau. Allein die Ausmaße beeindruckten. In Köln und Umgebung wurde auf einer derartigen

Fläche ein Reihenhaus mit Carport errichtet. Margot begeisterte sich am meisten über die Reihe an der Wand hängender Kupfertöpfe. Taugte der kleinste gerade mal, um ein einzelnes Ei zu kochen, reichte der größte locker für ein Sitzbad. Dafür waren Elektrogeräte so zahlreich wie Sonnenstudios in der Sahara.

Thierry hatte inzwischen die Tür zum Nebenraum geöffnet und erschnupperte Zigarrenqualm. Als er näher trat, sah er, daß über der Lehne eines abgewandten Drehsessels ein feines Fähnchen aufstieg, hin und wieder unterbrochen von einer Verpuffung. Der Indianer in dem Sessel übte noch.

»Kommt ruhig herein«, sagte Gilbert und schwang herum. »Ich habe euch bereits erwartet.«

Anders als auf den Fotos rauchte er mit links. Das tat er, weil er in der Rechten einen Revolver mit unverschämt langem Lauf hielt.

»Bedient euch«, sagte Gilbert. »Ich nehme einen Absinth. Nur wenig Wasser, bitte.«

Margot wollte nichts, Thierry schenkte sich einen doppelten Calvados ein. Ein Zwinkern lang spielte er mit dem Gedanken, Gilbert den Ricard ins Gesicht zu schütten und ihm anschließend den Wasserkrug über den Kopf zu hauen, dann aber sah er, daß der Hahn des Revolvers bereits gespannt war. Also beließ er es dabei, den Servierwagen in Gilberts Reichweite zu schieben.

»Setzt euch auf die Chaiselongue«, sagte Gilbert und wies mit der Waffe auf ein Möbel, dessen royalblaue Polster mit der Lilie der Bourbonen bestickt waren. Darüber hing ein Gemälde, das Napoleon oder Pompidou zeigte.

Während sie sich Seite an Seite niederließen, überlegte Thierry, ob Margot wohl ihre Dienstwaffe mitgenommen hatte. Zu sehen war sie nicht, aber das wäre ja auch nicht Sinn der Sache gewesen.

»Du sagtest, du hast uns erwartet, Gilbert«, sagte Margot. »Darf man fragen, wieso?«

»Als Jean-Marcel gestern nicht wie vereinbart anrief, wußte ich, daß etwas schiefgegangen sein mußte.«

»Wieso bist du nicht geflüchtet?«

Gilbert bedachte Margot mit einem mitleidigen Blick. »Ich bin bekannt wie ein bunter Hund, meine Liebste. Wo könnte ich mich schon verstecken? Außerdem wollte ich meinen Vater nicht allein lassen.«

»Wie geht es ihm?«

»Er ist vor einer Stunde gestorben.«

»Das tut mir leid.«

»Für ihn war es eine Erlösung.«

Thierry ließ seinen Blick schweifen. Der Raum, in dem sie sich befanden, war vollgestopft wie das Lager eines Trödlers. Schränke, Kommoden, Buffets, Tische, Sofas, Sessel und Stühle drängten sich dicht an dicht. Obenauf türmten sich Bilder, Bücher, Geschirr, Lampen, Uhren, Vasen und ausgestopfte Vögel. Anscheinend hatte der alte Marchais alles, was er besaß, hierher schaffen lassen, um die übrigen Räume nicht heizen zu müssen. Nur ein Bett war nirgendwo zu sehen. Gestorben war der alte Herr wohl im Kalten.

»Was hat Rüdiger getan, daß er sterben mußte?« fragte Margot nach einer angemessenen Pause. »Hat er damit gedroht, die alte Geschichte von dem Unfall mit Fahrerflucht publik zu machen?«

Gilbert lächelte mild wie jemand, der rückblickend einer läßlichen Jugendsünde gedenkt. Ein Moment der geistigen Abwesenheit, den Thierry nutzte, um Margots Brust mit seinem Oberarm zu berühren. Sie trug kein Unterarmholster, ohrfeigte ihn aber auch nicht.

»Zuerst dachte ich, Rüdiger scherzt«, sagte Gilbert. »Als er aber an dem Abend wieder und wieder davon anfing, daß er die Fotos aufgehoben hätte, die ihn und mich zigarrerauchend mit dem Wagen im Hintergrund zeigten, begriff ich langsam, daß es ihm ernst war. Zuletzt hat er mich offen erpreßt. Das war kurz vor dem Eklat, als er sich an deiner Frau, Thierry, vergriffen hat.«

»Was wollte er? Geld?«

»Er wollte eine halbe Million Francs. Eine fünf mit fünf Nullen, wie er sich ausdrückte.«

»Was ihr damals getan habt, muß doch inzwischen verjährt sein«, sagte Thierry und legte seinen Arm hinter Margot auf die Lehne. »Und wenn nicht, wäre Rüdiger mit dran gewesen.«

»Verjährt! Ich war bis Montag, elf Uhr, der Moderator einer Sendung namens ›Numero du dossier XY non résolu‹, eine wortgetreue Übersetzung des deutschen Formates ›Aktenzeichen XY ungelöst‹. Kannst du dir vorstellen, was los gewesen wäre, wäre herausgekommen, daß der TV-Verbrecherjäger Nummer eins dieses Landes eine alte Frau überfahren und anschließend Fahrerflucht begangen hat? Selbst wenn das vor dem Krieg passiert wäre, hätte mich das den Kopf gekostet. Rüdigers Ruf dagegen interessiert niemanden.«

»Habe ich dich falsch verstanden, oder sagtest du gerade, du *warst* der Moderator dieser Sendung?« hakte Margot nach.

»Eine Ironie des Schicksals. Am Montag wurde mir eröffnet, daß ich wegen zu niedriger Einschaltquoten endgültig untragbar geworden sei, der Sender aber bereit sei, mir wegen meiner langjährigen Verdienste einen Posten in der Verwaltung anzubieten. Selbstverständlich bei angepaßten Bezügen. Als ich den Programmdirektor daraufhin geohrfeigt habe, hat er mich vom Wachdienst hinauswerfen lassen. Die offizielle Kündigung hat mich noch am gleichen Tag per E-Mail erreicht.«

»Trotzdem hast du Fresson nach Deutschland geschickt.«

»Das war unerläßlich. Schließlich mußte ich jetzt versuchen, eventuell bei einem der kleineren Sender unterzukommen, zur Not im Nachmittagsprogramm. Deshalb mußten die Fotos verschwinden, und ich mußte wissen, ob der Clochard, der mich in der Nacht des Mordes gesehen hatte, den Mund hält.« Gilbert riß mit einer verzweifelten Geste Zigarre und Waffe hoch. »Dieses Gesicht ist, verdammt noch mal, mein einziges Kapital.«

Thierrys Hand rutschte Margots Rücken hinunter und wanderte unter ihren Blazer. Falls sie ihre Pistole am Gürtel trug, hinten war sie nicht.

»Fresson hat den Mann erschossen«, sagte Margot.

»O nein!« Gilbert wandte den Kopf ab, als sei diese Nachricht ein Anblick, den er nicht ertragen könnte. »Davon ist nie die Rede gewesen.«

»Er behauptet, es sei ein Unfall gewesen.«

»Dann war es wahrscheinlich so. Jean-Marcel neigt nicht zu Gewalttätigkeit.«

»In Tamaras Haus hat er gewütet wie eine Horde Tataren«, sagte Thierry und schob seine Hand in Richtung Margots rechter Hüfte. Hoffentlich war sie nicht kitzelig.

»Das hatte ich ihm gesagt«, sagte Gilbert. »In der Hoffnung, daß so nicht auffallen würde, was gestohlen wurde.«

»Woher wußtest du, wo Rüdiger sein Büro hatte?« fragte Margot.

»Er hatte mir die Anschrift genannt, weil ich darauf bestanden hatte, die Fotos zu sehen, bevor ich bezahlen würde. Wir hatten uns für den nächsten Morgen verabredet, dann wollte er sie mir zeigen.«

Thierrys Hand stieß auf kaltes Metall.

»Du bist aber noch in der gleichen Nacht dorthin gegangen, in der Hoffnung, die Aufnahmen stehlen zu können«, sagte Margot zu Gilbert und dann zu Thierry: »Hör auf, an mir herumzufummeln. Meine Pistole ist in meiner Handtasche und die liegt im Auto, kapiert? Entschuldige, Gilbert.«

Mit Argusaugen beobachtete Gilbert, wie Thierry seinen Arm hinter Margots Rücken hervorholte. Erst als eindeutig war, daß Thierry nichts in der Hand hatte, sagte Gilbert:

»Nein, von einem Diebstahl habe ich mir nichts versprochen, für so etwas habe ich kein Talent. Ich weiß selbst nicht genau, was ich dort wollte. Als ich aber sah, daß die Tür offenstand, bin ich hineingegangen. Rüdiger lag vor seinem Schreibtisch, blutüberströmt und scheinbar tot. Ein Brieföffner ragte aus seiner Brust. Da habe ich die Gelegenheit genutzt und alles durchsucht.«

Thierry wollte etwas sagen, aber Margot stieß ihm den Ellbogen in die Seite.

»Scheinbar tot?« fragte sie gedehnt.

»Mich schaudert noch jetzt, wenn ich daran denke, wie er plötzlich schwankend über mir stand, während ich in der Hocke die unteren Fächer eines Schränkchens durchwühlt habe. Dagegen ist ›Shining‹ ein Film für Zehnjährige.«

»Was geschah weiter?«

»Er hat sich auf mich gestürzt, und wir haben miteinander gerungen. Das nächste, woran ich mich erinnere, ist, daß ich den Brieföffner in der Hand hatte und ihm ins Herz gestoßen habe. Da war er endlich tot. Ich habe dann den Griff und alles, was ich sonst noch angefaßt hatte, abgewischt und gemacht, daß ich rauskam.«

Margot schlug die Beine übereinander und stützte sich ganz natürlich mit der rechten Hand auf der Sitzfläche ab. Grundgütiger, dachte Thierry, sie tut es selbst.

»Als du das Büro wieder verlassen hast, bist du von dem Stadtstreicher gesehen worden.«

»So ist es. Ich war so nervös, daß ich mir vor der Tür ein Zigarillo anstecken mußte. In dem Moment kam unter einer Treppe auf der anderen Straßenseite ein Mensch hervorgekrochen, blickte mich mit riesigen Augen an und rannte davon wie der sprichwörtliche geölte Blitz.«

Margot löste den untersten Knopf ihres Blazers mit einer Unauffälligkeit, die an Zauberei grenzte. Thierry fragte sich, ob so etwas bei der Kripo trainiert wurde. Falls ja, war Margot zweifellos die Fleißigste gewesen.

»Ich bin dann zurück in mein Hotel gegangen«, setzte Gilbert seine Schilderung fort. »Die ganze Nacht habe ich kein Auge zugetan. Immer wieder hatte ich dieses grauenerregende Bild vor Augen, wie Rüdiger sich plötzlich wie von den Toten auferstanden über mich beugte.«

»Was ist eigentlich aus dem Facel geworden?« fragte Thierry.

»Wenn du hinunter zum See gehst, stehst du an seinem Grab. Vater hing sehr an dem Wagen. Er wollte, daß er in der Nähe bleibt.«

»Dein Vater wußte von dem Unfall?«

»Er war ein Prachtkerl.«

»Ich rätsele immer noch, wer damals gefahren ist«, sagte Thierry, während Margot sich an seiner Seite straffte.

»Wie schön, daß es noch Geheimnisse gibt, die auf ewig bewahrt werden«, sagte Gilbert, legte die Zigarre zur Seite und griff zum ersten Mal nach seinem Absinth. »Auf euer Wohl!«

Während Thierry sich noch wunderte, warum Gilbert sein Glas in einem Zug leerte, schubste Margot ihn von der Chaiselongue, zog ihre Pistole und rief:

»Hände hoch!«

Mit seinen Backen voller Absinth ähnelte Gilbert dem Mann im Mond in einem von Thierrys Kinderbüchern. Dann drehte er den unmöglich langen Revolver mit einer Umständlichkeit herum, als hantiere jemand zum ersten Mal mit einem Fernrohr und habe zunächst am falschen Ende hineingeguckt, und führte den Lauf in seinen Mund ein. Das letzte, was Thierry registrierte, war, wie Gilbert den Daumen in den Abzugbügel steckte. Dann schloß er die Augen.

Als er sie nach der Explosion wieder öffnete, lag Margot über ihm und verdeckte ihm gnädigerweise die Sicht.

»Nur mit Mikrofon«, sagte Margot.

»Das ist doch überflüssig«, sagte Thierry.

»Entweder mit Mikro oder gar nicht. Du hast die Wahl.«

»Was ist denn das für eine Wahl?«

Sie standen sich in Margots provisorischem Büro in der Wermelskirchener Polizeiinspektion gegenüber. Auf dem Schreibtisch lag das Objekt der Auseinandersetzung. Daneben verschiedene Kabel, ein Sender von der Größe einer Zigarettenschachtel, frische Batterien und eine Rolle Klebeband. Da sie die zweite Nacht hintereinander statt zu schlafen Auto gefahren waren, lag bei beiden die Reizschwelle im Minusbereich. Entsprechend kochte die Luft. KA Walther war bereits nach einer Minute getürmt.

»Außerdem habe ich eine Klebeband-Allergie«, sagte Thierry.

»Woher wußte ich nur, daß du das jetzt sagen würdest?« fragte Margot scheinbar seelenruhig, während in ihren Augen eine Raffinerie in Flammen stand.

»Einverstanden«, sagte Thierry. »Der Klügere gibt nach.«

»Nein«, sagte Margot. »Du gibst nach.«

»Scheiße!« brüllte Thierry und riß das Hemd auseinander, daß die Knöpfe davonflogen. »Kleb mir dieses verdammte Ding auf die Rippen, aber halt deine Klappe!«

»Du bist ein Idiot! Jetzt muß ich die Knöpfe wieder annähen.«

»Näh das Hemd zusammen, das geht schneller. Ich kann die Lederjacke ja zulassen.«

Eine Viertelstunde später war Thierry einsatzbereit. Verkabelt kam er sich vor wie ein Patient, von dem ein 24-Stunden-EKG erstellt werden sollte. Das sagte er auch Margot.

»Freu dich, so lange wird es nicht dauern«, sagte sie. »Und denk daran, daß du uns das vereinbarte Zeichen gibst, falls es brenzlig werden sollte.«

»Ein zweifaches Hüsteln. Öhö-öhö. Gut so?«

»Perfekt.«

*

Die DS fand den Weg beinahe von allein. Thierry stellte sie in der Garagenzufahrt ab, ging zur Haustür und klingelte. Tamara öffnete so prompt, als hätte sie hinter der Tür gewartet. Den Rändern um ihre Augen nach zu urteilen, hatte sie wenig geschlafen, aber viel geweint.

»Ich habe dich vom Küchenfenster aus gesehen«, sagte sie. »Dow Jones ist tot.«

Thierry war ehrlich betroffen. »Wie ist das passiert?«

»Komm erst mal rein.«

Sie gingen in die Küche. Für einen Moment dachte Thierry, Tamara hätte dem Hund zu Ehren Weihrauch verbrannt, bis er einen qualmenden Joint von der Größe einer Eistüte im Aschenbecher entdeckte. Caribbean Breakfast.

»Als ich gestern abend mit ihm spazierengegangen bin, kam ein Jaguar den Eickerberg runter, das gleiche Modell, das Rüdiger gefahren hat«, sagte Tamara. »Da hat er sich losgerissen und ist einfach auf die Fahrbahn gelaufen, wahrscheinlich weil er dachte, sein Herrchen kommt zurück. Dabei wurde er von einem anderen Wagen überrollt. Ich mußte ihn einschläfern lassen.«

Dicke Tränen kullerten ihre Wangen runter, stürzten ab und verdampften zischend in der Glut des Joints.

»Und weißt du, was das Schlimmste ist? Der, der ihn überfahren hat, ist der städtische Angestellte, der für die Hundesteuer zuständig ist.«

»Wenn er das öfter macht, ist er seinen Job bald los.«

»Du bist geschmacklos!« schluchzte Tamara, legte ihren Kopf auf die Unterarme und heulte bitterlich.

»Verzeih«, sagte Thierry. »Das ist mir so rausgerutscht.«

Tamara weinte und weinte und wollte sich gar nicht mehr beruhigen. Thierry begriff, daß sie nicht nur um Dow Jones trauerte, sondern das ganze Elend ihres derzeitigen Lebens beklagte. Viel Unglück war ihr widerfahren, und es würde noch mehr werden.

Des Herumsitzens überdrüssig stand Thierry auf, lehnte sich über die Spüle und öffnete das Küchenfenster. Lau war dieser Vormittag, trotzdem lag etwas in der Luft. Die Nachbarn von gegenüber traten hinter die Gardinen zurück. Thierry winkte ihnen zu, aber niemand winkte zurück. Die nächste Enttäuschung folgte, als er im Kühlschrank nach einer Dose Bier suchte. Ersatzweise genehmigte er sich ein Glas Leitungswasser. Tamara stellte er ebenfalls eins hin. Als sie es entdeckte, leerte sie es wie die letzte Überlebende einer Karawane.

»Als ich gestern morgen deinen Zettel gefunden habe, dachte ich, du hättest dich für immer verabschiedet«, sagte sie. »Und jetzt bist du schon wieder da. Warst du überhaupt in Loches?«

Thierry nickte. »Aber die Spur hat mich noch mal zurückgeführt.«

»Ich glaube, ich bin nicht auf dem neuesten Stand.«

Thierry faßte für Tamara das Wesentliche zusammen. Wie er durch Rüdigers Geste auf dem Video erstmals Verdacht gegen Gilbert geschöpft hatte. Beas Aussage, die seinen Verdacht erhärtet hatte. Dann die Verhaftung Fressons, der Heineken ermordet hatte. Und zuletzt die Ereignisse von Chanceaux-près-Loches mit Gilberts Geständnis und Selbstmord.

Mit jedem Satz wurden Tamaras Augen größer und ihr Mund weiter. Zuletzt hätte ein Butterkeks hochkant reingepaßt. Einzig von dem Selbstmord der Froweins hatte sie bereits erfahren. In der Stadt sprach man offenbar von nichts anderem.

»Dann ist also Gilbert Rüdigers Mörder«, sagte Tamara und schien es nicht fassen zu können. »Das ist ja ... wunderbar. Ich meine für dich. Jetzt bist du endlich über jeden Verdacht erhaben.«

»Und erst recht für dich«, sagte Thierry.

Tamaras Mienenspiel geronn zu einer Maske zwischen Lächeln und Verunsicherung.

»Weil ich jetzt endlich Gewißheit habe?« fragte sie. »Oder wie meinst du das?«

»Die Gewißheit, daß dein Stich nicht der todbringende war, ja.«

»Mein Stich?«

»Hör endlich auf, mir das Unschuldslamm vorzuspielen, Mädchen«, raunzte Thierry sie an. »Du hast mich lange genug an der Nase herumgeführt. Rüdiger hat noch gelebt, als du das Büro verlassen hast. Vielleicht wäre er verblutet, vielleicht hätte er sich aber auch nach draußen geschleppt, und dieser Heineken hätte den Notarzt verständigt. Egal wie, Gilbert hast du es zu verdanken, daß du nicht wegen Mord oder Totschlag angeklagt werden wirst, sondern bestenfalls wegen des Versuchs und wegen unterlassener Hilfeleistung.«

»Du behauptest da Sachen, die –«

»Dein Pech war, daß du nicht wußtest, daß zweimal auf Rüdiger eingestochen wurde. Du dachtest nämlich, du hättest ihn getötet, und wer auch immer nach dir im Büro war, hätte es lediglich durchwühlt. Ich hätte gleich zu Anfang stutzig werden müssen, als du meintest, die Kripo hätte dieses Chaos angerichtet.«

Selbstgerechtigkeit legte sich über Tamaras Gesicht wie ein Fangnetz.

»Nehmen wir einmal an, es wäre wirklich so gewesen«, sagte sie und reckte ihr kleines, spitzes Kinn vor. »Was macht das für einen Unterschied?«

»Das fragst du noch?« schnauzte Thierry und schlug auf den Tisch, daß der Aschenbecher handbreit in die Höhe hopste. »Hättest du Margot von Anfang an die Wahrheit gesagt, dann würde Heineken noch leben, Fresson säße nicht im Knast, und Gilbert hätte sich nicht seiner irdischen Gerechtigkeit entziehen können. Mal ganz abgesehen davon, daß ich nicht eine Woche lang hier festgesessen hätte.«

»Ich habe dich nicht in den Fall hineingezogen.«

»Du hast aber auch nichts getan, um meine Unschuld zu beweisen, was dir ein leichtes gewesen wäre.«

Eine Weile saßen sie nur herum. Tamara zog ein Zigarettenpapier nach dem anderen aus dem Heftchen und riß es in kleine Stücke. Das war so sinnlos, wie Tiere zu quälen. Oder wie Menschen umzubringen. Thierry stand auf und zapfte sich ein weiteres Glas Wasser. Als er wieder saß, fragte er:

»Warum hast du Rüdiger niedergestochen?«

»Rüdiger war ein Schwein«, sagte Tamara, ohne von ihrer Schneeproduktion abzulassen. »Du hast doch gesehen, was er mit deiner Frau gemacht hat.«

»Du willst mir doch nicht weismachen, du hättest ihn wegen Yvette erstochen?«

»Wegen Yvette und all der anderen. Als ich aus dem ›Giebel‹ nach Hause kam, war Rüdiger nicht da. Ich bin dann in sein Büro gefahren. Er saß besoffen an seinem Schreibtisch und starrte auf Fotos, die ihn und diese Krüger beim Sex zeigten. Da ist mir die Sicherung durchgebrannt.« Tamara wischte die Winterlandschaft mit einer Armbewegung vom Tisch. »Wirst du das Margot erzählen?«

»Ich trage einen Sender.«

»Du bist genauso ein Schwein«, sagte Tamara.

»Ich weiß«, sagte Thierry.

Als er vor die Haustür trat, begann es zu regnen.

EPILOG

Jean-Marcel Fresson beging an Mariä Himmelfahrt, dem 15. August, während seiner Untersuchungshaft in Köln-Ossendorf Selbstmord, indem er sich die Pulsadern aufschnitt.

Nach einer schlaflosen Woche wußte Ophelie, was sie zu tun hatte. Sie setzte François vor die Tür, erteilte der Action Nationale eine Absage und verkaufte die Cloutiere an einen Pariser Geschäftsmann, der einen Feriensitz in der Touraine suchte. Auch wenn ihr beim Auszug aus ihrem Elternhaus schier das Herz brach, war sie doch froh, die saubere Lösung gewählt zu haben. Außerdem verliebt sie sich wieder: Diesmal in einen klapperdürren Klavierspieler aus Chateauroux. In Loches geht sogar seit kurzem das Gerücht um, die Bürgermeisterin sei schwanger.

Das Verfahren wegen Steuerhinterziehung gegen Heinzmario vom Stein wurde mangels Beweisen gar nicht erst eröffnet. Der Vertuschungsapparat der Partei hatte wieder einmal ganze Arbeit geleistet. Trotzdem mußte Heinzmario zwei Monate nach den zuvor geschilderten Ereignissen von seinem Amt als Bürgermeister zurücktreten. Einer der Pensionäre aus dem Haus Vogelsang, die Heinzmario kurzerhand wegen des Besuchs der Franzosen umquartiert hatte, hatte seinem Neffen, einem Redakteur der Rheinischen Post, von diesem Willkürakt berichtet. Als der Fall Schlagzeilen machte, wandten sich sämtliche Parteifreunde von Heinzmario ab, und auch Deinhardt ließ ihn fallen. Da Bea fürchtete, Heinzmario könnte sich etwas antun, besorgte sie ihm einen Langhaardackel aus dem Tierheim. Mit dem unternimmt Heinzmario seitdem ausgedehnte Spaziergänge über die Eipringhauser Felder. Seiner Meinung nach ist es nur eine Frage der Zeit, bis sein Rat wieder gefragt ist.

Tamara wurde dank der brillanten Verteidigung durch ihren Vater lediglich zu einer mehrmonatigen Bewährungsstrafe wegen versuchten Totschlags im Affekt verurteilt. Nahezu mittellos und durch den zermürbenden Prozeß um Jahre gealtert, verließ sie Wermelskirchen unmittelbar nach der Urteilsverkündung. Sie lebt heute mit ihren Töchtern in Leck, Nordfriesland, wo sie eine Anstellung als Anwaltsgehilfin gefunden hat und nebenbei Labradors züchtet.

Die Aussprache zwischen Thierry und Yvette führte zu keiner Versöhnung. Im Gegenteil, als Thierry ihr von Wolfgangs Existenz berichtete, machte Yvette ihm eine entsetzliche Szene und verlangte umgehend die Scheidung. Inzwischen befassen sich die Anwälte mit dem Fall. Seitdem lebt Thierry in Carentec in der Bretagne, für ihn, wie er sagt, die ideale Mischung aus Irland und Portugal, und betreibt im benachbarten Morlaix eine Kneipe im Stil des ehemaligen »Charles VII«. Eine Begegnung mit Wolfgang kam bisher nicht zustande, aber sie haben miteinander telefoniert und sich für Weihnachten in Leverkusen verabredet. Margot hat versprochen, dann einen Rheinischen Sauerbraten zu machen. Sobald das Treffen stattgefunden hat, lasse ich wieder von mir hören.

Allen anderen geht es den jeweiligen Umständen entsprechend gut.

La maladie d'amour

Elle court elle court
La maladie d'amour
Dans le cœur des enfants
De sept à soixante dix-sept ans

Elle chante elle chante
La rivière insolente
Qui unit dans son lit
Les cheveux blonds les cheveux gris

Elle fait chanter les hommes et s'agrandir le monde
Elle fait parfois souffrir tout le long d'une vie
Elle fait pleurer les femmes elle fait crier dans l'ombre
Mais le plus douloureux c'est quand on en guérit

Elle court elle court
La maladie d'amour
Dans le cœur des enfants
De sept à soixante dix-sept ans

Elle chante elle chante
La rivière insolente
Qui unit dans son lit
Les cheveux blonds les cheveux gris

Elle surprend l'ecolière sur le banc d'une classe
Par le charme innocent d'un professeur d'anglais
Elle foudre dans la rue cet inconnu qui passe
Et qui n'oubliera plus ce parfum qui volait

Elle court elle court
La maladie d'amour
Dans le cœur des enfants
De sept à soixante dix-sept ans

Elle chante elle chante
La rivière insolente
Qui unit dans son lit
Les cheveux blonds les cheveux gris

Elle court elle court
La maladie d'amour
Dans le cœur des enfants
De sept à soixante dix-sept ans

Elle chante elle chante
La rivière insolente
Qui unit dans son lit
Les cheveux blonds les cheveux gris

Elle fait chanter les hommes et s'agrandir le monde
Elle fait parfois souffrir tout le long d'une vie

Paroles: Michel Sardou et Yves Dessca
Musique: Jacques Revaux
Année: 1973

Der Dank des Autors gilt neben den üblichen Beteiligten diesmal im besonderen (in alphabetischer Reihenfolge):

Ralf Achterrath, Matthias Böhmer, Rita Burghoff, Heidi Engels, Brigitte Lenoble, Ralf Mombrei, Camille Puechavy, Sigrid Scheidler, Uschi Schulz, Romy vom Stein, Bernard Vaillot.